杨雨 著

杨雨说词

YangYu Shuo Ci

第一卷　唐五代

上海教育出版社

貂裘换酒

——杨雨女史《杨雨说词》题词并序

澳门大学 施议对

沈祖棻女史，20世纪本色词传人。吴子臧（世昌）谓其作品出色当行，不可多得。其以深知此中甘苦之慧业词人自己来"赏析"宋词，自必有他人所不及之独到之见。杨雨女史，21世纪第二代词学传人。既以精进词说荣登学府讲坛，又以超魅力之说词鸣天下。

赞曰：让美好古典诗词重新栖息在平凡生活里，疗愈忙碌繁琐之日常。杨雨说词，乃百家之幸，亦诗词之幸。

"换我心，为你心，始知相忆深。"愿世界之每一角落，都能为中华古典诗词所感动。因集《涉江词》句赋得《貂裘换酒》一阕以寄其意，并为之序。己亥谷雨后六日濠上词隐于濠上之赤豹书屋。

归路江南远。曲游春 柳烟斜、临风几度，罗衣尘浣。菩萨蛮 永日描花新样学，尚觉银屏春浅。拜星月慢 十幅写、吟边缱绻。踏莎行 犹有眼前山河旧，只相逢、休记闲恩怨。踏莎行 鸳鸯梦，易惊散。天香 夜窗秋雨灯重剪。玲珑四犯 算谁知、蔷薇再到，琴心先变。拜星月慢 乍卷高帘红阑候，不比当初双燕。蝶恋花 一任过，杨花别院。谒

金门踏月今宵到得无,倒金壶、绿树鹧鸪唤。鹧鸪天 欢事数,渐成茧。拜星月慢

附注:

世纪词学传人世代划分,以生年为依据。20世纪词学传人,划分为五代:第一代,1855—1875年间出生;第二代,1875—1895年间出生;第三代,1895—1915年间出生;第四代,1915—1935年间出生;第五代,1935—1955年间出生。21世纪词学传人,亦依五个世代进行划分。第一代,1955—1975年间出生;第二代,1975—1995年间出生;第三代,1995—2015年间出生。之后类推。杨雨介于21世纪词学传人第一代及第二代之间,今特划归为第二代。

施议对,1940年生。澳门大学教授,先后师从夏承焘、吴世昌诸先生习词。有《词与音乐关系研究》等多种论著行世。与杨海明、邓乔彬、刘扬忠并称为"当代词坛四杰"。

自序

自序

  词究竟有着怎样的模样？这是时常在我心中泛起却也一直难以深究的问题。

  如果勉强以词来模糊解答，我最先想到的便是白居易的《花非花》词："花非花，雾非雾，夜半来，天明去。来如春梦几多时？去似朝云无觅处。"这种朦胧飘忽，其来无端、其去无影的状态，我认为多少可以代表部分词的模样。

  如果把白居易的这首词换成词学家的表述，况周颐《蕙风词话》中的一节言论应该最为接近。况周颐说：

  吾苍茫独立于寂寞无人之区，忽有匪夷所思之一念，自沉冥杳霭中来，吾于是乎有词，洎吾词成，则于顷者之一念若相属若不相属也。而此一念，方绵邈引演于吾词之外，而吾词不能殚陈，斯为不尽之妙。

  词人这个群体，在我们现代的观念里，虽然清雅高贵，但其实他们都生活在现实社会，柴米油盐酱醋茶之中时常穿梭着他们忙碌的身影。而一旦进入创作的状态，词人就能从尘世中瞬间抽离出来，似乎到了无人区，疏离了尘俗之一切。在这样的寂寞区域，

思绪也就经常呈现出"匪夷所思"的一面,譬如意象的跳跃、情感的断续等等,而这些正是言外之意的生发空间。语言当然会有窘迫的一面,这种窘迫可能在一定程度上限制了意思的连贯和畅达,却也开启了自由联想之门。

词人在尘世与超拔尘世的斗争中生存,所以词也就难免承载着尘世之俗与想象之雅交错杂陈的现象了。词的模样也因此注定不可能只是一种面目,而是各有其质,各形其面。

但在纷纭其表之下,有些支撑着外部模样的内质却是有着惊人的一致。

按常规性的理解,文学注重感觉,科学讲究精准,所以在不少科学家看来,文学的模糊性可供消遣雅玩,却难得实用,也因此文学与科学的关系长期在人们的观念里是有隔膜的。但我不得不说,这是对文学的极大误解,一流的文学不仅承载着一流的感觉、情感与思想,同样也精准地契合着科学的理念,洋溢着科学的精神。

我此前读辛弃疾《木兰花慢》,读至"可怜今夕月,向何处、去悠悠?是别有人间,那边才见,光影东头"数句,很是震惊,因为今夕之月与那边光影,确实是一种亘古的循环。以我有限的闻知,稼轩应该没有天文学的学养,也不能使用天文望远镜,他仅凭想象和推测,便直达科学的结论。所以,后来王国维在《人间词话》中也引用稼轩此词而感叹说:"词人想象,直悟月轮绕地之理,与科学家密合,可谓神悟。"稼轩寥寥数句就写出了月球绕地球旋转的规律,确实堪称神悟。

自序

也许类似这种将文学的想象与天文学的结论"密合"的现象,我们不能举出太多。但同样彰显着科学精神的词却绝非个别,这意味着科学的品格其实是文学经典的一种基本内涵,这给文学以另类的信心,给科学以别样的力量。我们可以白居易《长相思》为例,此词是白居易写给爱妾樊素的一首名作,其中"汴水流、泗水流,流到瓜洲古渡头。吴山点点愁"数句,不唯深情款款,文字亦自然清雅。但若对勘唐代地图,汴水、泗水、瓜洲、吴山,这两条河流、一个渡口、一座山丘,其间竟然极其精妙地契合着地理的事实。白居易当然不是在为樊素回家安排一个交通指南,而是在依依不舍之中,带着对樊素一路的牵挂。

白居易词中点出的四个地名,连贯起来就是樊素南归的一条必经之路:樊素先从汴河一路往东,大约在今天江苏徐州一带,汴河汇入泗水,然后泗水并入大运河,一直流到扬州的瓜洲古渡。樊素从瓜洲渡过长江,继续沿大运河南下,最后到达目的地——杭州。稍微运用地理学的知识,我们就能知道白居易在樊素南归前充分调动了他对这一路行程的地理知识储备,所以看似信笔写去,稍带抒情,其实是饱含着深切的关怀与强烈的不舍。它绝非文人的凭空想象,而是精准地契合着地理学的写实。这种写实,折射出求真的科学精神。

词以婉约为本色,所以它的模样还有着"男子而作闺音"的特点。性别转换在中国各体文学中都有着程度不同的体现,但毋庸讳言,在诗词领域更为普遍。屈原是顶天立地的男子汉,但在他的诗歌里,他却经常变换为女性的角色来抒情。如《离骚》"众女嫉余

之蛾眉兮,谣诼谓余以善淫"二句,其背景便是把自己比作绝代佳人,然后用夫妻关系来比喻君臣关系,表达自己被小人陷害、被君王抛弃的愤慨。因为屈原在中国历史上的崇高地位,后代的诗人、词人就将这种代言体的创作手法继续发扬光大了。

词最初是应歌而作,而歌者多女性;词人虽多男性,但考虑到演唱者的性别特征,为免格调不侔,也不能不在作品中将自己设想为女性,从而形成了"男子而作闺音"的传统。《花间集》中温庭筠、韦庄、顾敻等人的词往往如此,"照花前后镜,花面交相映""梳洗罢,独倚望江楼"的女子不是男子温庭筠,"妾拟将身嫁与、一生休"的韦庄也是堂堂男儿身,"泪眼问花花不语"的冯延巳虽然忧郁,但却是个忧郁的男人,等等。这些男性词人笔下所表现的往往是女性的惆怅和哀怨,当然偶尔也有女性的奔放与热烈。如何在性别的转换中体会两性之间的情感置换,其实是非常考验解说者的智慧的。

词的模样当然还有"遗传"的特点。敦煌曲《菩萨蛮》(枕前发尽千般愿),既可以远追《诗经·大车》中的"穀则异室,死则同穴。谓予不信,有如皦日"数句,也可近溯汉乐府的《上邪》,下探可到明代的《挂枝儿》小曲:

要分离除非是天做了地,要分离除非东做了西。要分离除非官做了吏。你要分时分不得我,我要离时离不得你。就死在黄泉,也做不得分离鬼。

这种出自女性而不留余地的口吻,其实传承了自古以来女性精神的一脉源流。对爱情的种种发誓背后,承载的是女性在爱情

自序

中的艰难和困苦。这意味着看似解说一首简单的词,其实需要对文学史有广阔而深远的了解,才能在源流之中见出眼前作品的特殊之处。

词人心性不同,在作品中呈现出来的情感便也不同,所以从作品中归纳出词人独特的抒情范式,也是解说者义不容辞的责任。李白《菩萨蛮》《忆秦娥》的真假问题姑且不论,即其"何处是归程,长亭更短亭"式的迷茫,便是典型的太白式的。若是换作他人,不适感便立马显现出来的。漫游虽然是中国文化的永恒主题,但谢灵运、杜甫等人的漫游,极有方向感。而在李白身上,就完全不同了。他的一生,起点模糊,终点同样不清晰,他似乎没有固定的归宿,他的感叹不是面向终点而难及的感叹,而是不知终点在何处的感叹。明乎此,要把《菩萨蛮》《忆秦娥》二词的作者转嫁到他人头上,还真有些为难。

词的模样更应有历史的模样。蒋春霖的《琵琶仙》作于同治四年(1865),这时候,长达十几年的太平天国运动终于结束。蒋春霖的"弹指十年幽恨""天际归舟,悔轻与、故国梅花为约",将一腔血泪倾注于词,写尽社会陵谷变迁,谱出寒士悲愤心曲,使一度低迷的"词史"之说再次焕发新的光芒,也为清词题材内容的发展注入了新的内涵。

词的模样虽然丰富,但女性化总是其重要特征之一。"男子而作闺音"当然是一种有意味的现象,但毕竟是代入式抒情,其中的隔膜还是显而易见的。而词史中不少的女性词人能在什么程度上彰显词的女性特色,却是一个更有意味的话题了。李清照与朱淑

真是此前关注比较多的女词人,这里可不置论。而柳如是、顾太清、罗庄、秋瑾的词就值得格外关注了。

陈寅恪晚年在广州,因为目盲腿折,用他自己的话来说,就是著书唯有"颂红妆"了,而这其中最重要的"红妆"便是柳如是。陈寅恪晚年著作或以"金明馆"或以"寒柳堂"为名,皆因柳如是而起。柳如是《金明池·咏寒柳》词云:

有恨寒潮,无情残照,正是萧萧南浦。更吹起、霜条孤影,还记得、旧时飞絮。况晚来、烟浪迷离,见行客、特地瘦腰如舞。总一种凄凉,十分憔悴,尚有燕台佳句。　　春日酿成秋日雨。念畴昔风流,暗伤如许。纵饶有、绕堤画舸,冷落尽、水云犹故。忆从前、一点东风,几隔着重帘,眉儿愁苦。待约个梅魂,黄昏月淡,与伊深怜低语。

读柳如是词,"金明""寒柳"便扑面而来。但陈寅恪关注柳如是,并非其"金陵八艳"之首的美名,而是其背后蕴含的家国之思。柳如是与陈子龙、钱谦益等人的情感波澜,在陈寅恪《柳如是别传》中尽展其姿;陈圆圆和吴三桂的悲欢离合见于吴伟业《圆圆曲》;孔尚任浓墨重彩地在《桃花扇》中演绎了李香君和侯方域的坎坷爱情;冒襄的《影梅庵忆语》则深情追忆了他与董小宛的生死情缘。明末清初的秦淮八艳,简直是当时时代的一个缩影。而柳如是又是其中特之又特的一个人物了。上引《金明池》词便是柳如是在与陈子龙被迫分离后,在无数个寂静凄冷的黄昏,体会到的形单影只、人生飘零之感。"待约个梅魂,黄昏月淡,与伊深怜低语",如此幽静与暗香,其实是那个时代无边的寂寞而已。

自序

此外,如罗庄"一夜乡心万斛愁"(《减字木兰花》)所展现的遗民之思,此前在女词人中也是不多见的。而千古侠女秋瑾为争取女权而作的《满江红》更是让人读来动容:"身不得,男儿列;心却比,男儿烈!算平生肝胆,不因人热。俗子胸襟谁识我?英雄末路当磨折。"这种热性肝肠之语,已经预示着近代女性意识的充分觉醒。我在解析女性词的部分,固然也讲解了李清照的若干婉约词,虽然情致有特点,可还是与不少"男子而作闺音"的情况相似,属于"要眇宜修"的范围了。而我拈出的柳如是、罗庄、秋瑾等人的词,则着重展现她们身上所寄寓的时代色彩。

词史浩渺,写一部翔实的词史,非我所能;但择取词史发展中有特点、有变化、有影响的词人词作来解说,来羽翼一部词史,却是可能的。我的这部说词之书,以敦煌曲《菩萨蛮》肇端,以秋瑾《满江红》煞尾,用120首词作贯穿了从盛唐至民国词史的重要节点。但我深知,词史的节点与节点之间的脉络衔接、理论提升,需要更深沉的思考和更广阔的构想。这会不会是我未来工作的方向?我姑且把这个疑问放在这里。

一路走来的词史风景,曾让我流连忘返。而那些未曾与未及探访的风景,其实对我有着更大的诱惑力。词的模样,我才描摹了一个粗浅的轮廓;更精致的描摹,尚有待于后来者。

杨雨

2019 年 5 月 26 日

前言

  中国自古以来就是一个诗的国度,从《诗经》开始,到我们常常并提的唐诗宋词元曲,诗歌为我们营造了一个充满深情、力量和智慧的心灵世界。我们可能从小就会背"白日依山尽,黄河入海流。欲穷千里目,更上一层楼"这样朗朗上口的唐诗,我们同样会用"但愿人长久,千里共婵娟"这样的宋词作为中秋祝福,发送给远方的亲人或者是朋友。

  我很愿意将唐诗比作是太阳,那么宋词就宛若一弯明月。"日照香炉生紫烟,遥看瀑布挂前川。飞流直下三千尺,疑是银河落九天。"这是唐诗的潇洒飘逸。"夜月一帘幽梦,春风十里柔情。"这是宋词的柔美轻灵。我以为,每个中国人一生都应该拥有这样一轮红日和一弯明月,生命的蓬勃炽热和深邃宁静会带给我们截然不同的人生体验。我们需要迎着太阳奔跑,尽情释放生命的激情,我们也需要在月光下沉思,静静聆听自己生命的足音。

  是的,唐诗和宋词是两种不一样的美。曾经有人这么评价:词如美人,而诗则壮士也。但我,更愿意说:唐诗适合群居,宋词宜于独处。就好像,当你和朋友们聚会畅饮的时候,也许你会豪迈地吟诵李白的

《将进酒》:"五花马,千金裘,呼儿将出换美酒,与尔同销万古愁";而夜深人静的时候,你也许更愿意垂下窗帘,守着一盏台灯,捧读一卷纳兰容若的词:"谁翻乐府凄凉曲?风也萧萧,雨也萧萧。瘦尽灯花又一宵。"

唐诗的豪迈,宋词的婉约,的确是我们对唐诗宋词一般的印象。但,宋词的美其实远远比我们想象的更为丰富,更加妙不可言。甚至还有学者说,在中国的古典诗歌中,词是最美的一种诗歌形式。

唐诗以五言、七言诗为主,形式上很整齐,但不同的人拥有不同的性格特点和情感特质,同一个人在不同的时期心情也会有差别,诗歌的形式可以整齐划一,但情感绝不可能是整齐划一的。比起五言七言诗那种整齐划一的诗歌形式,词的长短句形式更能契合我们情感的丰富变化:它有时候是悠长舒缓的,有时候是短促欢快的,有时候是悲凉低沉的,有时候又是慷慨激昂的……长短参差的句式显然更加能够细腻地表达情感的复杂。

还有一点也很重要,唐诗并不以能不能演唱作为判断诗歌好坏的标准,而宋词的音乐性是一个最重要的基本特性,词的长短句形式其实也是为了更好地配合旋律的变化。

因此,词其实就是唐宋时代的流行歌曲,它从唐代开始形成,在宋朝达到极盛,它还拥有很多与音乐相关的别名,例如"曲子词""歌曲""乐章""乐府",等等。词的发展初期,主要是配合唐代开始流行起来的燕乐进行填词创作,是先有曲调后有歌词的,所以,写诗和写词是不一样的,写词被称为"填词",是根据既定的曲调旋律填写歌词,因此,音乐性才是唐宋词的首要属性。甚至可以说,有多少种曲调的变化,

前言

就可以有多少种歌词的形式变化,就能够表达多少种情感的变化。这样的特点是唐诗所不具备的。

音乐美,是宋词一种非常独特的美。唐宋时期所谓的词坛,就好比我们今天"歌手"或者是"好声音"的舞台。一首作品的完成,并不是某一个作家躲在家里闭门造车的结果,而往往是一个团队共同合作完成的音乐活动:一首流行歌曲的创作与传播需要专业的音乐制作人包括作曲家、词人、编曲人;当然还需要合适的歌手、乐队和合适的舞台、传播的平台或者渠道;最后,当然还需要一群忠实的听众与观众。当一首作品大红大紫之后,往往还会有其他的音乐制作人或者歌手再去进行改编、翻唱,再一次赋予它新的魅力……

你看,唐宋词的创作与流行,和今天的流行歌曲是多么相似啊!

当然,词发展到后来,很多词人同时就是一流的作曲家、一流的音乐制作人,他们可以自己谱曲、自己填词,例如柳永、周邦彦、姜夔等,既是作曲家,又是词作家。当然也有很多我们熟悉的大词人,在音乐方面并不那么专业,例如苏轼。苏轼曾经自嘲,说他平生有三个方面比不上别人:下棋、喝酒、唱歌。正因为苏轼自己承认唱歌老"跑调",他写的词常常被宋人批评不合音律,不符合词体本色。不过,宋词当时所配合的音乐已经基本失传了,我们现在读苏轼的词,感受到的主要是文字与情绪的美感,再也不用担心唱苏轼的词会被他带跑调啦。

词既然是唐宋时代的流行歌曲,那么也许有人会问,今天的我们为什么还要读词呢?

我想,要回答这个问题,还是得和当代的流行歌曲联系起来说。

我们绝大多数人都不是专业歌手,那我们为什么还喜欢听歌?喜

欢唱歌呢？原因同样很简单。因为总有那么几首歌，会唱到我们心里去，总有那么几位歌手，他的沧桑或者是清纯、他的深刻或者是简单、他的叛逆不羁或者是一往情深，是那么地契合了我们的心境。他或者陪伴过我们的青春，或者抚慰过我们的创伤，或者给予过我们支撑下去的希望……

在这个"杨雨说词"系列中，我选取了近五十位词坛名家的120首词作，从时间上看，自词的萌芽时代——唐朝的敦煌曲子词，一直到近代词学的革新者王国维，都有代表作入选。可以说，这120首作品比较完整地勾勒了词发展的全部历史，囊括了一千多年中最重要的大词人和最经典的代表作，也覆盖了最重要的风格流派。当然，宋代是词发展的巅峰，因此我选词的重点也偏向宋朝。清代是词的复兴时期，产生了像纳兰性德这样最优秀的词人，像王国维这样最深刻的词学家，故而清代词人入选也比较多。

在这120首作品中，有的反映了特别宏大的历史背景，比如南唐的灭亡、靖康之难、太平天国等；有的述说着词人的特殊经历，比如苏轼经历的乌台诗案、李清照在爱情当中的悲欢离合、纳兰性德在康熙身边的工作经历；有的则承载了词人丰富而细腻的情感，例如白居易对于初恋刻骨铭心的怀念、晏几道梦幻般的追忆、柳永在飘零沦落中的失意与忧伤……当我们读词品词的时候，其实是在与这些历代最优秀的词人进行超越时空的心灵对话，汲取他们的人生智慧，来丰富我们自己的精神世界，体验情感的温度，积聚生命的力度。

时光会流逝，我们的情感却在生命的轮回中与古人息息相通，一脉相承。

前言

这么美丽的宋词,我们怎么能够轻易错过?

是的,总有一首歌会荡漾在我们心里,总有一阕词会融入我们的生命。

也许在某一个晴朗的午后,或是人静帘垂的深夜,又或者是伴着风声雨声的黄昏,当你的心里忽然泛起一句两句词来,咀嚼涵泳而不能已,无端哀怨或是万般喜悦就在这一句两句词中蔓延开来,让你的心情莹然开朗如满月,肌骨清凉,不知今夕何夕,不知斯世何世也。在这样的时刻,你一定希望会有那么一两位素心人,能够和你分享"传说"中这种清空绝尘的词心吧!

那么你,会是我们期待的那位素心人吗?

目录

唐

菩萨蛮(枕前发尽千般愿)	敦煌曲子词	3
忆秦娥(箫声咽)	李白	12
菩萨蛮(平林漠漠烟如织)	李白	21
渔父(西塞山前白鹭飞)	张志和	30
章台柳(章台柳)	韩翃	38
忆江南词三首	白居易	47
长相思(汴水流)	白居易	57
花非花(花非花)	白居易	65
竹枝(杨柳青青江水平)	刘禹锡	74
潇湘神(湘水流)	刘禹锡	81
菩萨蛮(小山重叠金明灭)	温庭筠	89
梦江南(梳洗罢)	温庭筠	98
采莲子(船动湖光滟滟秋)	皇甫松	106
思帝乡(春日游)	韦庄	115

女冠子(四月十七) 韦庄 124
女冠子(昨夜夜半) 韦庄 132
菩萨蛮(人人尽说江南好) 韦庄 139

五代

生查子(春山烟欲收) 牛希济 149
诉衷情(永夜抛人何处去) 顾敻 157
鹊踏枝(谁道闲情抛弃久) 冯延巳 166
鹊踏枝(庭院深深深几许) 冯延巳 175
摊破浣溪沙(手卷真珠上玉钩) 李璟 184
摊破浣溪沙(菡萏香销翠叶残) 李璟 192
玉楼春(晚妆初了明肌雪) 李煜 199
菩萨蛮(花明月暗笼轻雾) 李煜 207
破阵子(四十年来家国) 李煜 215
乌夜啼(无言独上西楼) 李煜 224
相见欢(林花谢了春红) 李煜 232
浪淘沙令(帘外雨潺潺) 李煜 239
虞美人(春花秋月何时了) 李煜 248

唐

唐

菩萨蛮
敦煌曲子词

枕前发尽千般愿，要休且待青山烂。水面上秤锤浮，直待黄河彻底枯。　　白日参辰现，北斗回南面。休即未能休，且待三更见日头。

这首《菩萨蛮》在词史上有着非同寻常的意义，虽然它的作者早已无法考证，但这首小词的发现，在客观上折射出了中国近代历史上极其重要的一个文化事件，而且这个文化事件，在全世界的文化界都曾引起巨大的轰动。因为，这首小词，是在敦煌莫高窟鸣沙山藏经洞里被发现的，和它一起重见天日的，还有藏经洞里两万多卷珍贵的古籍文献。这个历史性的时刻，就是1900年，即清光绪二十六年。

1900年，一个叫作王圆箓的道士无意中发现了这个藏经洞，那个时候，王圆箓还不知道，1900年不仅是一个新世纪的开始，更是一个文化的新纪元。敦煌石窟的大门一旦被打开，全世界的汉学家即闻风而至。最早到敦煌的是俄国"帕米尔地质考古队"奥勃鲁切夫，他于

1905 年听说敦煌发现古代写本文书后，就在当年 10 月赶到敦煌，通过王道士取走了一大批珍贵的文书经卷。接着，匈牙利人斯坦因、法国汉学家伯希和，以及一些日本人接踵而来，通过各种渠道取走了大量保存完好的珍贵文献。直到 1909 年，清政府才反应过来，下旨将剩下的经卷全部运送上缴到京师大学堂图书馆，可是这个时候留下来的敦煌残卷已不足万件，现藏于北京图书馆。而当时被取走的大量精好文献，现在分别被收藏在伦敦不列颠博物馆、法国巴黎国家图书馆东方手卷部、彼得格勒亚洲科学院研究所敦煌馆等地。国宝流失的遗憾是历史造成的，难以弥补，现代学者为了整理研究这些珍贵典籍，付出了巨大的代价。

1924 年，朱孝臧根据伦敦抄回的写卷，校刻印行《云谣集杂曲子》（残，存 18 首），这是国内最早刊刻的一部敦煌写本曲子专集。

1950 年 1 月，王重民编辑的《敦煌曲子词集》出版，这是根据从英、法两国摄回的胶片、罗振玉所藏三卷以及日本人桥川氏所藏胶片相与校补，删去重复者编成，定为曲子词一百六十一首（内七首残）。它是我国第一部专收敦煌写本曲子的结集。之后又有学者继续致力于搜集整理，目前已整理出来的一共有一千二百多首了。

这一千二百多首敦煌曲子，大部分作于晚唐五代，其中年代最早的是五台山曲子《苏幕遮》大曲，据任二北先生考证，认为这首曲子大约作于武则天末年。这说明，最晚在武则天时代，词的创作与演唱、传播就已经开始普及了。在已发现的敦煌写本曲子中，标明作者姓名的只有六首，其他全是无名氏之作。《菩萨蛮》就是一首无名氏的作品：

枕前发尽千般愿，要休且待青山烂。水面上秤锤浮，直待黄河彻

唐

底枯。　　白日参辰现,北斗回南面。休即未能休,且待三更见日头。

尽管这首词的作者无考,但并不影响我们对这首词进行分析和理解。首先,我们可以确定这首词是以女性口吻创作的,当然,这并不能推断出作者也一定是女性,极有可能是男性作者模仿女性口吻来进行创作。其次,这首词的主题是爱的誓言。

为什么我们能判断这首词就一定是从女子的角度来写的呢?

因为这首词前两句就已经揭示了答案:"枕前发尽千般愿,要休且待青山烂。"这一对爱人已经在枕边无数次山盟海誓:"要休且待青山烂。""休"就是离婚的意思了。当然,在古代,离婚通常是丈夫单方面的休妻,女方是没有权利主动提出和丈夫离婚的。从《诗经》中的《氓》,到汉乐府的《孔雀东南飞》,再到宋代的陆游和唐琬,都是丈夫休妻,或者丈夫秉承父母旨意休妻,女方只能是逆来顺受。大家可能还记得《红楼梦》中的迎春,嫁给人称"中山狼"的孙绍祖,受尽虐待,回娘家向王夫人和姐妹们诉苦,王夫人虽然同情她的遭遇,也只能劝她:"我的儿,这也是你的命!"连最疼孙儿孙女们的贾母,也只能无奈地叹息:"碰着这样的人,也是没法儿的。"从小金枝玉叶般长大的贾府二小姐,所嫁非人,竟然也只能认命,结婚不过一年多,年纪轻轻的迎春就被活活折磨而死。

当然,也有不信邪的"女汉子",例如李清照。李清照因为晚年误嫁骗子张汝舟,她毅然提出诉讼离婚,可是按照宋朝的法律,李清照即使胜诉,因为告的是丈夫,也因此而锒铛入狱。不仅如此,李清照因为离婚事件,还被很多卫道士认为是晚节不保,忍受了诸多骂名。

这样看来,"枕前发尽千般愿,要休且待青山烂"应该就是以女子

的口吻,通过回忆的方式向男方倾诉:你曾经在枕边无数次对我许下诺言,说这辈子咱们都要在一起,永不分开,你要是抛弃我,那除非是连青山都腐烂了。

"要休且待青山烂",说实话,这样的誓言听起来,总觉得好像是在哪里听到过似的,耳熟得很。大概人在赌咒发誓、生怕别人不相信的时候,总会找出类似的比喻,来证明自己的心志坚定吧!这首《菩萨蛮》也是这样,"枕前发尽千般愿"是领起整首词,接下来连用了六件事,来证明自己对爱情的忠诚。哪六件事呢?

第一件事,"要休且待青山烂"。要让我不爱你了,除非青山都腐烂了。

第二件事,"水面上秤锤浮"。要让我不爱你了,除非铁秤锤都能浮在水面上了。

第三件事,"直待黄河彻底枯"。要让我不爱你了,除非黄河水都见底了。

第四件事,"白日参辰现"。要让我不爱你了,除非参星和商星大白天同时出现在天上了。参、商是两大星宿。参星,酉时,也就是傍晚五点到七点出现在西方。商星,又叫辰星,卯时,也就是早上五点到七点出现在东方。参与商,一升一落,一早一晚,永远不可能同时出现在天空中。杜甫的《赠卫八处士》诗开头两句就说:"人生不相见,动如参与商。"在那个没有手机、没有网络的时代,尤其是在音讯隔绝的烽火乱世中,杜甫的意思是说,人与人的分离就像参与商两个星宿一样,聚到一起几乎是完全不可能的事。

第五件事,"北斗回南面"。要让我不爱你了,除非北斗七星跑到

唐

南边儿去了。早在《诗经》里,人们就已经注意到了北斗的方位,《大东》诗云:"维南有箕,不可以簸扬。维北有斗,不可以挹酒浆。"北斗星的位置当然是永恒不移的。

在第五件事到第六件事之间,作者又强行植入了一句直抒胸臆的强烈表白"休即未能休",就算前面五件事都变成了现实,那你也不能休我,因为你还说过"且待三更见日头"!你要真想休了我,除非太阳三更天就出来了!

三更,大约就是半夜十一点到凌晨一点,又称子夜。在中国的绝大多数地方,半夜十一点到凌晨一点晒大太阳,这肯定是天方夜谭。

"且待三更见日头",这就是第六件事了。

读完这首词,我想你一定也和我一样,有一种感觉,这种感觉就像贾宝玉第一次见林黛玉那样:"这个妹妹我曾见过的。"对了,这就是一种似曾相识的感觉。那么,你是在哪里见到过类似的表达呢?

是的,就是汉乐府诗歌中的名篇《上邪》。"上邪!我欲与君相知,长命无绝衰。山无陵,江水为竭。冬雷震震,夏雨雪。天地合,乃敢与君绝。"《菩萨蛮》是一连列举了六件自然界中绝对不可能出现的现象,来表达对爱情始终如一的忠贞。《上邪》则是列举了五件事:

第一件事,"山无陵"。陵,就是山凸起的高地,或者说就是山头的意思。既然是山,那当然就得有山头,有山谷,有高低起伏,否则就是一马平川的平原了。因此还有一个成语"陵谷变迁",就是比喻社会、人事或自然界发生的巨大变迁,和"沧海桑田"的意思近似。

第二件事,"江水为竭"。滔滔江水都枯竭了。

第三件事,"冬雷震震"。冬天打雷。

第四件事,"夏雨雪"。夏天下起了鹅毛大雪。

第五件事,"天地合"。天和地都合拢在一起。

这五件事都是自然界不可能发生的现象,用来表达爱情的誓言。顺便说一下,《上邪》这首诗曾经被琼瑶阿姨化用过,在红极一时的电视连续剧《还珠格格》中,那个温柔博学的紫薇格格总是含着盈盈泪水,对尔康深情地说:"山无棱,天地合,才敢与君绝。"琼瑶阿姨修改了古诗,将原文"山无陵"改成了"山无棱",意思变成了"当山峰没有棱角的时候"。其实呢,山峰没有棱角很正常,山峰没有陵才不正常,因此这样的修改并不符合现实情况。

我们再回到这首词中来。乍一看,《上邪》和《菩萨蛮》的发誓方式如出一辙,但仔细品读回味,也许你会发现,两者的口气还是有区别的。什么区别呢?

《上邪》很显然是女子向男子发誓,"我欲与君相知","君"是女性对男性的尊称,因此《上邪》是女性表达对男性的爱情忠贞。再顺便说一下,《上邪》出自汉乐府中的"铙歌",这种性质的歌曲往往是在军队中为了鼓舞士气而演唱,属于军乐、军歌的范畴,因此我们可以脑补一下《上邪》的创作背景:男子即将上战场了,女子就在送别的时候唱了这首表达爱情忠贞的歌曲,连用五件自然界绝无可能发生的事情,表达自己对爱情的坚定。也许这样的爱情誓言,真的能够让战士在战场上更加安心杀敌、平安凯旋吧。因此《上邪》虽然也是爱情歌曲,却不是那种悲悲切切、缠缠绵绵的风格,诗中女子的身份很可能就是一名"军嫂",她的爱情誓言是铿锵有力、掷地有声的,很符合战地爱情的唐

特点。

和《上邪》的誓言表达方式类似的，还有明代的小曲《挂枝儿》：

要分离除非是天做了地，要分离除非东做了西。要分离除非官做了吏。你要分时分不得我，我要离时离不得你。就死在黄泉，也做不得分离鬼。

这首小曲儿也是一连罗列几件不可能发生的事情，来表达生死不离分的爱情誓言。

而《菩萨蛮》呢，虽然也是以女子的口吻，但更像是女子在追述男子情浓之时在枕边向她许下的诺言，那六件事应该是当时男子对女子表达忠诚的山盟海誓，因此怎么读都觉得其中带着点儿幽怨的味道："枕前发尽千般愿，要休且待青山烂。"翻译成大白话，大概的味道应该是这样的："你说过永远都不会抛弃我的呀！你说过就算是青山都腐烂了也不会离开我的呀！"和《上邪》的直接宣誓不同的是，《菩萨蛮》用"要休……且待"这样的句式反着来说，还在连续列举五件事之后，用"休即未能休"作一个跌宕，最后再以另外一件不可能的事作结："且待三更见日头。"同一个意思分作两层表达，这就让人感觉有点意味深长了。何况，词的第一句就挑明了发誓的特殊场景，是在"枕前"，这也是一个意味深长的伏笔，男人在"枕前"发下的誓言，到底能有多大的可信度呢？！所以，我非常赞同当代词学家俞平伯先生的论断："这是反说，虽发尽千般愿，毕竟负了心，却是不曾说破。"

的确，《菩萨蛮》的写作背景，更像是男人已经负了心，女子在百般痛苦中追忆过去男子曾在"枕前"许下的种种誓言，因而这样的誓言才

显得极具讽刺意味。明话反说,女子其实是在借男子对当日誓言的违背,宣泄埋藏在心底的愤怒与痛苦,这样的"反讽",有时比正面鞭挞还要有力。

爱情,是文学永恒的主题。爱情中的誓言,也是文学中重要而且常见的主题。从《诗经》中的誓言:"榖则异室,死则同穴;谓予不信,有如曒(角)日。"(《大车》)到汉代《上邪》的"天地合,乃敢与君绝",到唐代《菩萨蛮》的"要休且待青山烂",再到明代《挂枝儿》的"要分离除非是天做了地,要分离除非东做了西",我们会发现,这一类的誓言诗词有两个共同点:第一,都是以女性口吻来表达誓言;第二,都带有浓郁的民歌风味,语言风格大胆泼辣,一往直前,毫无保留。

如果我们对比一下文人的誓言词,也许就会发现两者之间风格的差异了。比如南唐宰相词人冯延巳模仿女性口吻创作的这首《长命女》:

春日宴,绿酒一杯歌一遍,再拜陈三愿:一愿郎君千岁,二愿妾身常健。三愿如同梁上燕,岁岁长相见。

冯延巳这首词显然更像是一首在酒宴上唱的祝酒歌,而且是妻子或者是侍妾对丈夫表白爱情的祝酒歌,三个愿望"一愿郎君千岁,二愿妾身常健。三愿如同梁上燕,岁岁长相见"表达得温柔而缠绵,比起《上邪》和《菩萨蛮》来,语言风格显然要更加柔婉清丽一些,和民间女子的泼辣决绝形成了鲜明对比。

爱情,尤其是热恋中的爱情,总是需要一些山盟海誓来证明的。不过誓言只能证明——爱情,它曾经来过;却不能证明——爱情,它会唐

永远都在。

【拓展阅读】

潘重规《中国第一部"词的总集"——敦煌〈云谣集〉之发现与整理》：

敦煌石室遗书中，发现了唐五代歌辞的写本，这是近世纪中国文学史上的一件大事。其中《云谣集》，更属文学界最注目的一部异书。因为在敦煌石室未开以前，赵崇祚编的《花间集》，是我们能看到的最早的一部"词的总集"。《花间集》编定于后蜀孟昶的广政三年（940），而《云谣集》抄写的时代，最迟在后梁末帝龙德二年（922），距唐代亡国不到十五年；编撰的时间，当然更在后梁以前，所以罗振玉印行《云谣集》，题为"唐●●撰"，还是不错的。根据这一事实，中国第一部"词的总集"，在文学史上便须改写为《云谣集》了。有了这一部隐秘千余年新发现的词集，研究文学的人可以更明了词的发展情况，可以领略词的更新鲜、更朴真的风格，因此当伦敦博物馆一卷不全的《云谣集》，在1923、1924年间传到东方时，罗振玉便踊跃欢喜地刻在《敦煌零拾》里。而现代号称四大词家之一的朱古微先生，那时正在上海汇刻历代词集，定名为《彊村丛书》，得到董康从伦敦抄回来的写本，立刻把它收在《彊村丛书》里，成为《彊村丛书》第一部词集……几乎中国的词人学者对它（《云谣集》）都发生过或多或少的关系。这一部秘籍，冷藏在沙州，过了千年荒寒寂寞的生涯，忽然热热烘烘起来，真令人有悲欢交集之感。

（转引自《〈云谣集〉研究汇录》，上海古籍出版社1998年版）

忆秦娥

李白

箫声咽,秦娥梦断秦楼月。秦楼月,年年柳色,灞桥伤别。乐游原上清秋节,咸阳古道音尘绝。音尘绝,西风残照,汉家陵阙。

李白在中国诗歌史上的崇高地位毋庸赘言,可是李白在唐宋词坛上的地位,我觉得倒是可以多介绍几句。我之前在讲敦煌曲子词的时候讲到过,最晚在武则天时代,词的创作与演唱、传播就已经开始普及了。李白恰巧又是一个"时尚潮人",他本来就很喜欢唱歌,他写的许多著名诗篇都是乐府歌行体,诗歌形式比较自由,句式也是长短不齐的,和新兴的词体很相似,比如《长相思》:"长相思,在长安。络纬秋啼金井阑。"又比如《行路难》:"行路难!行路难!多岐路,今安在?长风破浪会有时,直挂云帆济沧海。"再如《将进酒》:"君不见黄河之水天上来,奔流到海不复回……岑夫子,丹丘生,将进酒,杯莫停。与君歌一曲,请君为我倾耳听……"这些乐府诗早期本来都是可以配合

唐

音乐演唱的歌曲,就连三岁小孩都能背的《静夜思》——"床前明月光",其实也是一首乐府体的诗歌。

正因为原本就有这样的创作偏好,所以比起同时代的其他诗人来,李白就更容易接受流行歌坛的新潮流了。著名的《清平调词三首》创作的过程就特别能够说明李白的这种能力。天宝二年(743)的时候,李白还在唐玄宗身边做翰林待诏,这年春天,宫里的牡丹花盛开,其中有几款特别珍稀的品种,甚是好看。唐玄宗携最心爱的贵妃杨玉环一起来到兴庆宫沉香亭饮酒赏花。牡丹雍容华贵,向来有"花王"之美称;而贵妃也是花容月貌,风情万种。玄宗一向很有文艺范儿,此刻身边是天下第一美人,眼前是天下第一名花,岂能没有美妙的音乐来锦上添花?很快,乐队歌手都各就各位了,最著名的宫廷歌手李龟年拿起檀板刚要开腔演唱,玄宗却挥手止住了他。

唐玄宗为什么不让他唱呢?因为玄宗嫌那些老掉牙的曲子听腻了,携贵妃、赏名花,怎么能让陈词滥调破坏了雅兴呢!于是,玄宗传诏让李白赶紧来填制新歌词。

这下可苦了李龟年和小太监们。他们四处寻找,好不容易在长安的酒家里找到李白,李白和一群诗友饮酒谈天,结果喝醉了,还没醒过来呢。可是皇帝的旨令不敢不从,李龟年和小太监们将李白扶到沉香亭,见到皇帝,李白的酒意还未完全散掉,心情大好的玄宗也不见怪,满面带笑地让他赶紧写出新歌词。于是,李白在醉意朦胧中挥毫泼墨,写下了著名的《清平调词》,"其一"曰"云想衣裳花想容,春风拂槛露华浓。若非群玉山头见,会向瑶台月下逢。"

拿到歌词之后,李龟年和梨园弟子当下便在玄宗和贵妃面前演唱

起来,不仅皇帝频频点头称赞,贵妃更是笑容满面,对歌中的赞美之词很是受用,据说玄宗还忍不住技痒,亲自吹起了玉笛来伴奏。

这个故事说明李白倚新曲填新词的能力是超强的,简直可以说是天才词人。在很多古籍文献中,《清平调》也被看作是早期的词调之一了。宋代人编的词集《尊前集》,选录了李白的词作12首,包括《清平调词》三首、《菩萨蛮》三首、《清平乐》五首、《连理枝》一首。其中不少作品都是根据唐玄宗的旨意应制而作,《清平调词》和《清平乐》都是这样写出来的。

当然了,应制的作品难免有些赞美奉承之词,但李白是个天才啊!连应制之词都能写得那么美,如果是他自己发自肺腑的真情实感之作,一定会更加动人。像《清平调词》这样的作品,虽然的确是歌词,在形式上却类似于七绝的诗体,很显然这是诗和词过渡时期的产物,具有介乎诗词两者之间的特质。而真正奠定李白在词坛老大哥地位的作品当属《忆秦娥》和《菩萨蛮》两首词。也因为这两首词,李白不仅在诗坛独占"诗仙"宝座,他还同时占据了词坛"鼻祖"的地位。例如清代词学家陈廷焯就说过:"唐人之词如六朝之诗,唯太白《菩萨蛮》《忆秦娥》两调,实为千古词坛纲领。""千古论词,断以太白为宗。"(《云韶集》)"太白《菩萨蛮》《忆秦娥》两阕,神在个中,音流弦外,可以是为词中鼻祖。寻词之祖,断自太白可也。"(《白雨斋词话足本》)

"千古词坛纲领""词中鼻祖"这样的评语,可不是谁都能当得起的,黄昇甚至直言其为"百代词曲之祖",可见李白的词坛地位并不是某一个人的主观判断,而是诸家公认的。这首《忆秦娥》,就是奠定李白词坛鼻祖地位最主要的代表作之一,甚至可以说,《忆秦娥》比《菩

唐

萨蛮》更能代表李白的词坛老大地位,因为《菩萨蛮》这个词调是唐代教坊曲,并非李白所创;但《忆秦娥》词调很可能就是李白首创的,调名取自李白这首词中的"秦娥梦断秦楼月"这一句,又名《秦楼月》。

虽然很可惜我们现在已经不知道李白当时是怎么唱《忆秦娥》的,但从前人的记载还是可以隐约得知这首歌曲的凄美动人。例如:最早记载这首词的是南北宋之交的邵博,他在《邵氏闻见后录》卷19引录这首词之后说:我曾经在一个秋天的黄昏于咸阳的宝钗楼上请客吃饭,当时夕阳照在汉朝诸陵之上,正好在这个时候,席间有歌手唱起了李太白写的这首《忆秦娥》,"一坐凄然而罢"。此情此景此曲,让在座的所有人都深深地被那种凄美的情绪感动了。

那么,《忆秦娥》为什么能带给人如此震撼的感受呢?我们如今已不能从旋律曲调中去感受了,但依然能够从文字当中领略到一种独特的美。

词的首句就从音乐的听觉感受说起:"箫声咽"。在民族乐器中,箫的声音本来就显得低沉呜咽,尤其是在黄昏或者深夜安静的时候听起来,尤其觉得忧伤动人。我以前在读大学的时候,就有一位会吹箫的同班同学,有一次因为要与另外一个学校组织联谊晚会,于是我们俩就准备了一个合奏的曲目《春江花月夜》,她吹箫我弹琵琶。那平时我们排练的时候喜欢去哪里呢?

记得当时我们最喜欢排练的地方是晚上的学校食堂,因为食堂离教室和宿舍都有一点距离,不会影响到其他同学,当然更重要的是食堂晚上没有人,地方大又空旷,回响效果尤其好听,颇有一种余音袅袅的感觉。每次我们在食堂排练的时候都特别有感觉,还常常会吸引到

过路的学生进来听我们演奏。我这位同学有时候晚上还会在学校的丽娃河边吹箫,悠悠的箫声远远传来,真有一种凄楚动人的味道。

"箫声咽,秦娥梦断秦楼月。"这个"咽"字,李白真是想绝了!咽的意思,是声音阻塞滞涩,就像是哽咽得不能发出连贯的声音,常常用来形容悲悲切切的情绪。

为什么箫声会显得那么悲伤至极呢?是因为"秦娥梦断秦楼月"吗?

其实箫声和秦娥、秦楼这三个意象必须联系到一起来理解,因为这三个意象来自同一个典故。传说春秋时期秦穆公时有一个特别善于吹箫的才子叫萧史,能够将凤凰鸣叫的声音学得惟妙惟肖,秦穆公很喜欢听他吹箫,便把自己的女儿弄玉嫁给了他,弄玉也擅长吹箫,后来两人吹箫引来了真的凤凰,夫妻俩跟着凤凰一起飞上天成了神仙。从此之后,秦楼、玉楼就成了美女住所的美称了。

"娥"代指美女,汉代文学家扬雄的《方言》里解释说:"秦、晋之间,美貌谓之娥。"秦娥也就成了美女,尤其是陕西西安一带美女的代称。

可见,"秦娥梦断秦楼月"一句暗示了词中的女子应该就像萧史和弄玉一样,也有过一段美满的爱情,可是既然"梦断",说明这段爱情已经烟消云散,犹如美梦被残忍地惊醒了,只剩下一弯孤月,幽幽地陪伴着同样凄冷孤寂的女子。

因此,一句"秦娥梦断秦楼月"其实又解释了为什么箫声会显得那么呜咽凄楚:梦已断,情已逝,怎不令人伤心欲绝呢!

《忆秦娥》这个词调要求上下片各有一个三言叠句,因此上片重叠

唐

的是"秦楼月"三字,下片重叠的是"音尘绝"三字,营造出一种回环顿挫的音韵之美。

"年年柳色,灞桥伤别。"上片最后一句也有的版本写作"霸陵伤别"。灞桥和霸陵指的差不多是同一个地方。霸陵,又称"灞陵",在灞水西高原上,是汉文帝刘恒的陵墓所在地,在今天陕西西安的东部。灞陵附近、灞水之上有灞桥,是古人折柳送别的地方。据《三辅黄图》记载:"文帝灞陵,在长安城东七十里……(灞桥)跨水作桥。汉人送客至此桥,折柳赠别。"汉代、唐代的长安,所有送客的人,都是送到灞桥为止、折柳告别的。又因为江淹《别赋》有"黯然销魂者,唯别而已矣"的句子,所以唐人还将送别的灞桥称为"销魂桥"。汉代王粲的《七哀诗》就有"南登霸陵岸,回首望长安"的诗句,后蜀韩琮《杨柳枝》词有"霸陵原上多离别,少有长条拂地垂"的句子,柳永也写过"参差烟树霸陵桥,风物尽前朝"。

我记得十多年前第一次去西安的时候,灞桥就是我最想寻访的古迹之一。只可惜当代的西安城市现代化极为显著,当年灞桥杨柳依依的景致今天已经踪迹难觅了,我们只能从文学作品中遥遥怀想当年灞陵桥的销魂景致了。

"年年柳色,灞桥伤别",想必李白当年挥别长安的时候,还能领略到灞桥的萋萋柳色吧。

"箫声咽,秦娥梦断秦楼月。秦楼月,年年柳色,灞桥伤别。"上片从箫声写到秦楼月色,再写到灞桥柳色,并且以女主角"秦娥"的情绪串起这一系列的凄美景色:凄凉哽咽的箫声惊醒了梦中的秦娥,面对着一楼同样凄清的月色,秦娥情不自禁地回想起了当年温馨的爱情,

回忆的美好与现实的凄凉形成了那么鲜明的对比,更让人心生愁绪。

同样的这一轮月色之下,当初送别情郎的灞桥柳色,还年复一年,青青依旧否?

"年年柳色",暗示离别已经不是一天两天、一年两年了。分离越漫长,情绪才会越悲凉。"灞桥伤别"既是上片情绪的收结,又是下片情绪的领起。既然漫漫长夜的清冷无法排遣,那么去郊外踏踏秋,散散心如何?

"乐游原上清秋节,咸阳古道音尘绝。"汉宣帝的时候曾经在长安(今陕西西安)南边修建了一座庙苑,称为"乐游庙",又称"乐游苑",后来因为谐音的关系,又被称为"乐游原"。这里是长安地势最高处,四周视野开阔,登上乐游原,整个长安城都可以尽收眼底。到了唐朝,乐游原更是长安人游览的一处胜地,每年正月晦日(晦日即农历每月的最后一天,这一天看不到月亮。正月的最后一天尤其受到古人重视,被称为"晦节"或"正月晦")、三月三日上巳节、九月九日重阳节三个重要节日中,长安的士子仕女都会成群结队地来到乐游原登高踏春或者赏秋。那几天中,乐游原简直是长安城最热闹的地方了。李商隐的著名诗句"夕阳无限好,只是近黄昏"(《乐游原》)就是写的这里。

"乐游原上清秋节",清秋节指的是九月九日重阳节,正是唐朝人登高踏秋的最佳季节。"咸阳古道音尘绝。"音尘绝,就是音讯断绝的意思了。咸阳在今西安市西北,汉代改为渭城,王维的《渭城曲》"渭城朝雨浥轻尘,客舍青青柳色新。劝君更尽一杯酒,西出阳关无故人",就是将渭城作为送别之地的。

一边是乐游原上踏秋郊游的人潮如织,一边是咸阳古道的音尘渺

唐

渺,此情此景,一冷一热的对比,怎不让"秦娥"感慨万千呢?"西风残照,汉家陵阙。"结尾两句从缠绵凄恻的情绪中突然振起,将此前层层铺垫出来的、只属于秦娥一人的离情别绪,突然上升到了超越一时一地之时空的万人之共同命运:"西风残照,汉家陵阙。"

秦娥触目所见,是凛凛西风和瑟瑟残照中的汉家陵阙——是西汉王朝历代皇帝遗留下来的宫殿、陵墓。历史兴衰之感蓦然之间喷薄而出,难怪王国维在佩服得五体投地之后,由衷地赞赏说:"太白纯以气象胜。'西风残照,汉家陵阙',寥寥八字,遂关千古登临之口。后世唯范文正之《渔家傲》、夏英公之《喜迁莺》,差足继武,然气象已不逮矣。"(《人间词话》)在王国维看来,范仲淹的《渔家傲》勉强可以和李白的《忆秦娥》比一比,可是气象已经远不如李白的"西风残照,汉家陵阙"了。

由思妇一己之离别相思写到历朝历代之命运兴衰,李白笔力果然不同凡响。尤其是最后八个字,"西风残照,汉家陵阙",看似纯粹写景,实则蕴含着深邃的历史苍茫之感,却又不脱离词之婉约本色,这就难怪这首《忆秦娥》能获得如此崇高的词坛地位了。就像顾起纶评价的那样:"唐人作长短句,乃古乐府之滥觞也。李太白首倡《忆秦娥》,凄婉流丽,颇臻其妙,为千载词家之祖。"(《花庵词选跋》)

【拓展阅读】

俞陛云《唐五代两宋词选释》:

此词(《忆秦娥》)自抒积感,借闺怨以写之,因身在秦地,即以秦女箫声为喻。起笔有飘飘凌云之气。以下接写离情,灞桥折柳,为迁客征人伤怀之处,犹劳劳亭为古送行之地,太白题亭上诗"春风知别苦,不遣柳条青",同此感也。下阕仍就秦地而言,乐游原上,当清秋游赏之时,而古道咸阳,乃音尘断绝,悲愉之不同如是。古道徘徊,即所思不见,而所见者,唯汉代之遗陵废阙,留残状于西风夕照中。一代帝王,结局不过如是,则一身之伤离感旧,洵命之衰耳。结二句俯仰今古,如闻变徵之音。

唐

菩萨蛮

李白

平林漠漠烟如织,寒山一带伤心碧。暝色入高楼,有人楼上愁。　玉阶空伫立,宿鸟归飞急。何处是归程,长亭更短亭。

在上一讲中,我已经介绍过李白词创作的基本情况,李白填词虽然不算多,但词坛鼻祖的老大哥地位,他却是当仁不让的。不知道为什么,虽然没有什么确切的文献依据,但我始终认为,李白应该是酷爱唱歌、酷爱听歌,也酷爱写歌的,假如那个时候有卡拉OK的话,说不定他就是传说中的"麦霸"了。

为什么我会对李白有这样的印象呢?这大概源于两个理由。

首先是因为李白爱写乐府和歌行体的诗歌,在唐代诗人中,李白写的乐府诗是最多的。乐府诗本来就是可以合乐而歌的歌词,唐宋词也被看作是乐府诗歌的一种延续。当然了,到李白生活的年代,很多古乐府已经从音乐文学转为了案头文学,但唐人歌诗的风气依然很盛

行。而且李白写乐府诗,既有学习古人之处,又有自己的推陈出新,例如他写的《杨叛儿》,歌曰:"君歌《杨叛儿》,妾劝新丰酒。何许最关情,乌啼白门柳……"除了乐府诗之外,李白还特别爱写歌行体的诗歌,他的很多作品都有歌、吟、曲等字样,例如《襄阳歌》《鸣皋歌》《江上吟》《玉壶吟》《君道曲》,等等。歌行本来都是可以演唱的歌词,至于到了李白那个年代还能不能演唱,现在已经很难考证了。但李白很爱唱歌,所以他在选择诗歌体裁的时候也有所偏好,这两者之间应该是有所关联的吧。

另外一个原因就和李白的出身有关了,我们一般认为李白是有少数民族血统的。他出生在碎叶,在今天吉尔吉斯共和国的托克马克附近,随父亲迁回四川绵州的时候,李白已经五岁了,童年时候的经历应该或多或少对他的成长有影响。西域各民族都是能歌善舞的民族,且西域的音乐风格与中原迥异,给人的印象应该是极其深刻的。对小李白而言,幼年的声音记忆也许是终生难忘的。

而李白青少年时期长期居住的巴蜀之地,也是名副其实的歌舞之乡。例如:《太平寰宇记》中说到绵州风俗的时候,就有这样的评价:"勇锐而善舞,故古有巴渝舞。"成长在这样的环境中,能歌善舞简直是必然的了,不然李白的《将进酒》里怎么会高声唱道"与君歌一曲,请君为我倾耳听"呢!所以啊,我奉劝大家不要和李白这样的人一起进练歌房,估计只要李白抢到了麦克风,别人就只有听他唱的份儿了!

好了,我啰唆了这么多,其实都是为下面这首词作铺垫的,这就是李白的《菩萨蛮》:

平林漠漠烟如织,寒山一带伤心碧。暝色入高楼,有人楼

唐

上愁。　　玉阶空伫立,宿鸟归飞急。何处是归程,长亭更短亭。

这首《菩萨蛮》往往和《忆秦娥》并提,都被视为"千古词坛纲领""百代词曲之祖",李白正是因为这两首作品,才被推尊到词坛鼻祖的地位的。这两首作品的主题颇有些相似,《忆秦娥》主要是写思妇离情,"年年柳色,灞桥伤别";《菩萨蛮》主要是写思乡,是游子思归的主题。这样的主题无疑非常符合李白这种浪迹天涯的游子身份。

如果在唐宋两代的词人里面做一个超级"驴友"的排行榜的话,估计让李白排第二,就没人敢排第一了,所以写游子思乡的主题,当然李白也是最有发言权的。根据当代学者王兆鹏先生主持开发的《唐宋文学编年地图》的诗人行迹显示,李白到过的地方在唐宋诗人中并不见得是最多的,李白一生到过的地方是90多个,而苏轼到过的地方达140多个。但苏轼去某个地方多数属于被动旅游,比如说担任不同地方的地方官,或是遭到贬谪,很少有诗人能像苏轼一样被贬到了那么远的地方,先是湖北黄州,后来是广东惠州,最远渡海到了海南儋州。或许可以这么说:苏轼的旅游大多是被迫的,不是因为公务出差,就是因为贬谪流放。李白就不同了,他一生都没有做过官,即便是曾经被唐玄宗任命为翰林待诏,但这个身份其实不属于正常的公务员序列,最多算是文学侍从而已,因此李白的旅游完全属于个人爱好。"五岳寻仙不辞远,一生好入名山游",如果李白有微博的话,这两句诗也许可以作为他的个性签名了。

既然如此酷爱旅游,甚至将旅游当成终生事业,那么离别和思归的主题就成为李白笔下最常见的主题之一了。

这首《菩萨蛮》正是抒发离别和思归的情感。《忆秦娥》的离别地

是在长安,那《菩萨蛮》的思乡之地又是在哪里呢?

根据北宋人魏泰的说法,他曾经在鼎州,也就是今天湖南常德的沧水驿驿楼的墙壁上看到过这首词,但是当时他并不知道作者是谁。后来魏泰到了长沙,在他姐夫曾布家里看到一本《古风集》,这首《菩萨蛮》被收录其中,而且作者的署名就是李白。

顺便强调一下,曾布在北宋官至宰相,是王安石变法的重要支持者,曾布的夫人就是北宋最著名的女词人之一——魏玩魏夫人。也就是说,魏泰是魏夫人的弟弟。因此,这个记录的可信度还是相当高的。(释文莹《湘山野录》)

当然,对于李白的著作权,学术界还是有一些争议的。争议的理由无非两个:一个是说在李白生活的年代还没有《菩萨蛮》这个曲调的流行;另一个理由说这首《菩萨蛮》写得太成熟了,跟同时代的其他词人词作比起来,显得有些超前。

但这两个理由其实也不大能站得住脚,因为已经有确凿证据证明在李白生活的年代,《菩萨蛮》这个词调已经流行开来,例如:我们此前讲到过的敦煌曲子词《菩萨蛮》"枕前发尽千般愿",据任二北先生的考证,就是唐玄宗天宝以前的作品,那李白熟悉这个曲调就是情理之中的事了。何况李白原本就有少数民族的血统,而《菩萨蛮》这个词调本是古缅甸的音乐,李白很可能小时候就已经听过这个曲调了。(据杨宪益《零墨新笺》)

而且,以李白这样的天才,写出风格高远清雄的词,水平远远高于同时代的其他词人,又有什么不可能的呢?

所以,虽然学术界对李白的著作权还存疑,但至少,我是很愿意相唐

信李白就是这首《菩萨蛮》的作者。因此接下来,我们就按照这个思路来解读这首《菩萨蛮》吧。

"平林漠漠烟如织,寒山一带伤心碧。"起首两句就颇具太白的非凡气度,和一般闺情词的儿女情长不同,词一开始就渲染出一派辽阔高远的意境:放眼望去,近处是一片密布的树林,由近而远一直延伸到远方,树林间烟雾缭绕,更显出一种迷离的风致。视线所及的远方,树林的背后,是连绵起伏的层层山峦,青碧的颜色让人心醉:"寒山一带伤心碧。"

请注意,"寒山一带伤心碧"的"伤心"可不是一般意义上的伤心、伤感、忧伤。这里的伤心,其实就是非常、万分、极度的意思。杜甫也写过"清江锦石伤心丽,嫩蕊浓花满目斑"(《滕王亭子》)的诗句。用"伤心"对"满目",都是表达一种极致的语气。

其实直到现在,我们的口语当中还经常有类似的表达方式。例如要感叹一个地方的风景很美,美到不知道用什么形容词来形容的时候,我们也许会说:"真是美到哭啊!""美到让人流泪啊!"至于我们平时经常说的"开心死啦""高兴坏啦",意思都是差不多的,都是用另外一个极端的词汇来表达程度的极致,尤其是情绪的极致。

因此,"寒山一带伤心碧"不应该解释为寒山也呈现出令人伤心的碧绿色,而应该这样翻译:那远处的寒山呈现出碧绿通透的颜色,真是美哭啦!美到爆啊!

"平林漠漠烟如织,寒山一带伤心碧。"这两句词到底是写什么地方的景色,已经很难考证了。不过既然有人将这首词题写在湖南常德的一座驿楼里,说明那里的风景和《菩萨蛮》中的描述很有些相似的地

方。而题写这首词的人,也真的深深体会到了李白那种浪迹天涯的游子情绪。

李白酷爱旅游,谁要是爱上李白,就是爱上了一个不回家的人。不过李白并不是无情无义的人,当离家太久太远的时候,他也会不可遏制地想家,这也是事实。因此接下来两句"暝色入高楼,有人楼上愁",既可以理解为是游子在驿站的楼上思念家乡、思念亲人,也可以理解为游子在想象远方的家中,他的妻子是不是也像他一样,苦苦地思念着远行的丈夫呢?

"暝色"当然是指黄昏的暮色了。黄昏是游子最思念家乡的时候,也是亲人最牵挂远方游子的时候,当暮色渐渐降临,也是相思愁绪越来越浓的时候。"有人楼上愁",这个"愁"字才真的是伤心的意思了。

别看李白是个潇洒飘逸的谪仙人,他深情起来其实也很动人的。而且每每当他离家远行的时候,他都会给妻子写家书,也会怜惜着妻子的孤独。比如他写过《别内赴征三首》:"白玉高楼看不见,相思须上望夫山。"(其一)他想象着,当他驾着一叶小舟飘然远去的时候,在他的身后,是他的妻子孤独遥望的身影。一别之后,就算登上白玉高楼也看不到远方的丈夫,大概只有登上望夫山,才能像望夫山上的望夫石一样,久久凝望远行的游子吧!

李白还写过一首《秋浦感主人归燕寄内》诗,也是远游的时候寄给妻子的一封情书。其中有几句是这样写的:"胡燕别主人,双双语前檐。三飞四回顾,欲去复相瞻。岂不恋华屋,终然谢珠帘。我不及此鸟,远行岁已淹。寄书道中叹,泪下不能缄。"

在这首诗里,李白把自己比作胡燕,秋天来临的时候,胡燕要向南

唐

方飞去了,可是胡燕的内心是不忍心和主人离别的,"三飞四回顾,欲去复相瞻",真是一飞一回头,欲去还留。难道燕子就不留恋华丽温暖的家吗?可它还是不得不飞向南方的路。可怜李白连燕子都不如,燕子还能一年一度地归来,可是他离家已经一年多了,"远行岁已淹",却至今无法与妻子团聚,多少无奈、多少孤独都只能化作这一纸书信,相思的泪水一而再、再而三地浸湿了信封,让他甚至无法给信封口。

读了这样的诗句,你是不是也觉得,这样缠绵多情的李白,和我们平时印象中那个大大咧咧的李白不大一样呢?可见,一个天才的诗人,真的是一个复杂的多面体,他既有豪迈不羁的一面,也有深情款款的一面。

既然李白也会如此深情缠绵,那么,在这首《菩萨蛮》中流露出浓郁的游子思乡之情就不难理解了。"玉阶空伫立,宿鸟归飞急。"换头两句,承接上片的最后两句"暝色入高楼,有人楼上愁"而来。既然已经登楼望远,接下来便是在楼上久久地伫立了——"玉阶空伫立"。

玉阶,是楼梯的代称,阶梯用"玉"来形容,也是一种美称。这句词有的版本也会写作"玉梯空伫立",表达的意思相近,不过我更喜欢"玉阶"这个词。南朝乐府相和歌辞楚调曲里有《玉阶怨》一曲,原本主要是描写宫怨的题材。李白自己就用这个乐府古题写过一首《玉阶怨》:"玉阶生白露,夜久侵罗袜。却下水精帘,玲珑望秋月。"李白的偶像——南朝诗人谢朓也写过一首《玉阶怨》:"夕殿下珠帘,流萤飞复息。长夜缝罗衣,思君此何极。"李白显然是在模仿偶像的作品,描写深宫中女性的情感,而且都是写女子在漫漫长夜里孤独等待、思念的情绪。

宫怨也可以引申为闺怨,尤其是当游子的思乡之情与闺中的怀远之情联系起来的时候。因此,"玉阶空伫立",同样既可以是写游子,也可以是写闺中的思妇。像这样的蒙太奇手法,不仅李白常用,其实早在《诗经》的时代,就已经被诗人们运用得炉火纯青了。杜甫也用过这样的手法:"今夜鄜州月,闺中只独看。"就是写远行的游子想象闺中思妇的相思与哀愁。

"玉阶空伫立,宿鸟归飞急。"久久伫立的孤独的人,看到匆匆忙忙飞回鸟巢投宿的鸟儿,思归情绪会愈加浓厚吧!鸟儿尚且如此急着回家,何况漂泊已久的人呢!

用归家的鸟儿,反衬有家不能回的游子乡愁,触景生情,这也是李白常用的手法,我前面提到的《秋浦感主人归燕寄内》就是用燕子的南来北往比拟游子的远行。李白还有一首写给妻子的情书《南流夜郎寄内》,也是用大雁的北归来衬托游子的思乡情感:"夜郎天外怨离居,明月楼中音信疏。北雁春归看欲尽,南来不得豫章书。"这是李白在流放夜郎途中写给妻子的家书,也用到了"明月楼中""北雁春归"这类与《菩萨蛮》相近的意象。

"玉阶空伫立,宿鸟归飞急。"站在高楼上远望的游子,看不到回家的方向,只能看到没有尽头的道路。"何处是归程,长亭更短亭。"古代的道路十里一长亭,五里一短亭,"十里五里,长亭短亭"(庾信《哀江南赋》),是供行人暂时休憩的地方。

"何处是归程,长亭更短亭。"结尾两句是词人的自问自答——因为他是孑然一身孤独远行,所以也只能自问自答,一问一答间,归期难卜的愁绪瞬间喷发到了最高潮。结句有的版本写作"长亭连短亭"或唐

者"长亭接短亭",意思是相近的,但"长亭更短亭"的"更"字,是一个去声字,从声情上来说,更能凸显词人沉痛激越的情感。

从游子的角度来看,《菩萨蛮》是一首结构非常清晰的作品,"平林漠漠烟如织,寒山一带伤心碧"是远景,"暝色入高楼,有人楼上愁"由远及近;"玉阶空伫立,宿鸟归飞急"是近景,"何处是归程,长亭更短亭"视线再由近及远。整首词的角度由远而近,再由近而远,在脉络井然当中见情韵流转,而且愈转愈深,余味无穷,亦可见李白笔力之雄厚,情感之真淳。

【拓展阅读】

李调元《雨村词话》:

词用"织"字最妙,始于太白词"平林漠漠烟如织",孙光宪亦有句云"野棠如织",晏殊亦有"心似织"句,此后遂千变万化矣。

渔父

张志和

西塞山前白鹭飞,桃花流水鳜鱼肥。青箬笠,绿蓑衣,斜风细雨不须归。

这一讲,我们将和唐代词人张志和一起,暂时抛开万丈红尘的纷纷扰扰,回到清新明丽的自然当中去,感受一回返璞归真的率性与恬淡,一起来品读这首《渔父》词:

西塞山前白鹭飞,桃花流水鳜鱼肥。青箬笠,绿蓑衣,斜风细雨不须归。

《渔父》这个词牌名就是始于张志和,根据《新唐书·张志和传》的记载,张志和隐居在江湖之中,每每垂钓的时候,鱼钩上都不放鱼饵,可见他是"渔翁之意不在鱼"也。"渔父"就是老渔翁的意思,因为是早期的词,所以《渔父》的格律形式和七言绝句很相似,第一、二、五句都是七字句,第三、四句作六字折腰句,形式上是由七绝变化而

唐

来的。

"渔父"这个形象还可以追溯到道家的代表著作《庄子》那里,《庄子》有《渔父》篇,文中假托渔父和孔子聊天,阐述了庄子抱朴守真、回归自然的思想。张志和号"玄真子",其实颇有些道家意味了。

除了庄子,屈原也写过一篇《渔父》,塑造了一个远离世俗纷争、逍遥于江湖的隐士形象。当年屈原被流放,"颜色憔悴,形容枯槁"地流浪到湘江一带的时候,邂逅了一位无名的渔父。渔父劝说他不要那么执着认真,而是要睁只眼闭只眼,随波逐流。难得糊涂嘛,这样就不会受那么多委屈了。

屈原在回答渔父的时候,说出了那两句举世闻名的名言:"举世皆浊我独清,众人皆醉我独醒。"渔父见没办法说服屈原,只好自己划着船儿,悠然漂走,还一边唱起了楚地流传的《沧浪歌》:"沧浪之水清兮,可以濯吾缨。沧浪之水浊兮,可以濯吾足。"

在屈原的笔下,屈原和渔父代表了两种截然不同的人生选择:渔父代表的是一种逍遥自在的隐士形象;屈原则代表了一种满怀爱国济世情怀的志士形象。从此以后,中国古代的文人一旦描写隐士,往往就会以"渔父"形象作为典型,而且作为隐士的"渔父",往往还随身带有这些符号性的物件:一件蓑衣、一顶斗笠,既能避风雨,又能增添一种超然世外的神秘感;一根钓竿、一艘小船,既契合"钓鱼"的主题,又能营造出一种浪迹江湖的气氛。这四样东西,我姑且把它们称为渔父的"标配",简称"四个一":一蓑衣、一斗笠、一钓竿、一扁舟。

从屈原笔下的渔父,到唐代的张志和,虽然渔父的"标配"都和钓鱼有关,但事实上他们的目的都不是为了钓鱼。换言之,他们都不

是将打渔作为基本的谋生手段,而只是借此展示出一种人生态度。

古代士大夫有两种主要的人生选择:入世或出世。入世的主要标准就是做官,治国平天下;出世的主要途径就是隐居:要么像陶渊明下地种田,当一个"农民诗人";要么上山砍柴,当一个"樵夫诗人";要么就像张志和那样垂钓江湖,当一个"渔父诗人"。不过在诗词里面,"渔父"形象受欢迎的程度远远胜过"农民"和"樵夫",我想,那可能是因为农民和樵夫的生活都太艰苦、太接地气了,而渔父那种一叶扁舟、逍遥江湖的形象,更加接近文人士大夫对于自由境界的向往吧。

这首《渔父》词正是一幅"渔父诗人"形象的素描。

首先是渔父工作环境的"写意":"西塞山前白鹭飞,桃花流水鳜鱼肥。"张志和是婺州(今浙江金华)人,他笔下的西塞山应该是浙江湖州吴兴的西塞山。"西塞山前白鹭飞",起句就颇具画面感:西塞山已经披上了春天的新绿,一行白鹭悠然飞过,静态的绿色背景,动态的白色线条,勾勒出一派清新淡雅的融融春意。

不仅山绿了,白鹭活跃起来了,桃花盛开了,春水也涨起来了,"桃花流水鳜鱼肥"又将视觉的美感和味觉的美感揉捏在了一起。"桃花流水"是视觉中的画面,"鳜鱼肥"既有视觉形象,又有味觉的想象,看到肥美的鳜鱼在碧波荡漾的春水中游来游去,真让人忍不住浮想联翩,并且还垂涎三尺。

古人形容春水常常会用"桃花流水"的说法。每年农历二、三月,正是桃花盛开的时候,寒冰消融,雨水充沛,春波涌起,古人就用"桃花水"来代指春汛,又叫"桃花汛"或者"桃花浪",杜甫就写过一首诗《南征》,其中有两句:"春岸桃花水,云帆枫树林。"也是用桃花水来代指

唐

春汛。

"西塞山前白鹭飞,桃花流水鳜鱼肥。"水美鱼肥,这真是一年之中渔父最惬意的工作环境了。于是词人穿戴上蓑衣斗笠,拿着他的钓竿,泛起一叶扁舟,出工啦:"青箬笠,绿蓑衣。斜风细雨不须归。"这样清秀的山水,这样肥美的鳜鱼,就算洒点儿小雨,吹点儿微风又有什么关系呢?不必因为这点儿风雨就急着收工回去,还是好好享受这份自在和自由吧!

张志和不只是一名词人,还是一位画家,即使是写词,也能涂抹出词中有画的感觉,色彩的搭配极为协调,远景近景的层次感也极为鲜明。随着他的描述,我们好像可以欣赏到一幅优美的人物山水画:远景——远山含黛、粉红的桃花盛开,白色的飞鸟排列成行;近景——一位穿着青箬笠、绿蓑衣的渔父,悠然自得地漂游在春水之上,钓竿静静地垂在水里,肥美的鱼儿在水中穿梭游弋……这真是最自在最自由的工作状态。

宋代的欧阳修在《醉翁亭记》中曾经这样感叹:"醉翁之意不在酒,在乎山水之间也。山水之乐,得之心而寓之酒也。"我们是不是可以想象一下,如果张志和也用散文的形式表达他的感慨,那么应该是:"渔父之意不在鱼,在乎山水之间也。山水之乐,得之心而寓之鱼也。"

也许可以这么说吧:一切不以钓鱼为目的的渔父,都更能显示出诗意和审美的人生境界。

张志和就是这样一位渔父。其实张志和十六岁就明经及第,唐肃宗时曾经待诏翰林,后来遭遇过一次贬谪,被赦免以后,从此绝意仕途,逍遥江湖,一蓑衣、一箬笠、一扁舟、一钓竿,自号"烟波钓徒",过起了"四个一"的渔父生活。

不过,可能连张志和自己都没有想到,他自我陶醉地享受着渔父的逍遥境界,可是在三百年之后,他的《渔父》词居然在北宋词坛引起了巨大的回响。苏轼曾经发表高见说,张志和的《渔父》词"语极清丽",可惜的是《渔父》的曲调到北宋的时候已经失传了,没办法演唱了。于是苏轼就添了几句,将《渔父》词改写成了《浣溪沙》。

苏轼改写后的词是这样子的:

西塞山前白鹭飞,散花洲外片帆微。桃花流水鳜鱼肥。　自庇一身青箬笠,相随到处绿蓑衣。斜风细雨不须归。

苏轼改写后的词比起张志和的原唱来,似乎也不逊色。苏轼的得意门生黄庭坚看到之后,拍案叫绝,忍不住也技痒起来:老师写得这么好,做学生的也要展示一下啊。于是黄庭坚就说:"老师改得棒棒哒,唯一的瑕疵是散花的花,和桃花的花重复了,还有就是打鱼的船很少有用船帆的,所以'片帆'这个词用得也不怎么妥当。学生斗胆,也改一稿,请老师批评指正。"

于是,黄庭坚就将张志和的《渔父》又改成了这个样子的《浣溪沙》:

新妇矶边眉黛愁,女儿浦口眼波秋。惊鱼错认月沉钩。　青箬笠前无限事,绿蓑衣底一时休。斜风细雨转船头。

苏轼一向洒脱,被学生批评了,并不生气,不过向来幽默风趣的苏轼,也不忘调侃一下学生:"你这首词,倒也算得上清新婉丽。不过你才从'新妇矶'出来,又进了'女儿浦',这个渔父,未免太孟浪了吧?!"

原来,黄庭坚的修改版,是将张志和的《渔父》词,与另外一位唐代唐

著名诗人顾况的《渔父词》进行了一番合并。顾况的《渔父词》是这样写的:"新妇矶边月明,女儿浦口潮平。沙头鹭宿鱼惊。"所以,其实不是黄庭坚风流,而是他巧妙地化用顾况和张志和两个人的诗词,将山光水色和女性的花容月貌相比拟,更加符合词体的婉媚本色而已。

尽管如此,毕竟苏轼是老师,老师的批评虽然带着明显的戏谑调侃的成分,学生还是会有所警醒的。黄庭坚后来也觉得自己的这首《浣溪沙》写得不大好,又用《鹧鸪天》的词调再次进行了改写:

西塞山前白鹭飞,桃花流水鳜鱼肥。朝廷尚觅玄真子,何处而今更有诗。　　青箬笠,绿蓑衣。斜风细雨不须归。人间欲避风波险,一日风波十二时。

张志和短短的一阕《渔父》,没想到在三百年后的北宋,引起了苏轼、黄庭坚这一干词坛巨擘的争相改作,当然也是因为苏轼、黄庭坚同样品尝到了官场的风波险恶,才对当年张志和的渔父生活产生了惺惺相惜的知音之感。只是张志和只写渔父垂钓的自在之乐,完全不提江湖的风波之险。也许,只有尝尽人生风波巨浪,才更加懂得珍惜斜风细雨的平静与从容吧。

其实张志和一共写了五首《渔父》词,只不过最有名的是这首"西塞山前白鹭飞",影响力也最大。顺便也提一下其他四首吧:

钓台渔父褐为裘,两两三三舴艋舟。能纵棹,惯乘流。长江白浪不曾忧。

霅溪湾里钓鱼翁,舴艋为家西复东。江上雪,浦边风。反著荷衣不叹穷。

松江蟹舍主人欢,菰饭莼羹亦共餐。枫叶落,荻花干。醉宿渔舟

不觉寒。

青草湖中月正圆,巴陵渔父棹歌还。钓车子,掘头船。乐在风波不用仙。

五首《渔父》词都是描写渔父的日常生活状态和情绪,每一首的最后一句分别点出"不须归""不曾忧""不叹穷""不觉寒""不用仙",是从不同角度强调渔父的人格独立与精神自由,与当年《庄子》宣称的渔父境界一脉相承。

张志和的《渔父》给词坛吹来了一股清新恬淡之风,不仅深刻影响了苏轼和黄庭坚等人,其实很多词坛大家都在学习和模仿他的渔父境界,连李煜也写过《渔父》词,尽管那个时候,他还在享受着富贵风流的帝王生活:

阆苑有情千里雪,桃李无言一队春。一壶酒,一竿身。快活如侬有几人。

一棹春风一叶舟,一纶茧缕一轻钩。花满渚,酒盈瓯。万顷波中得自由。

你看,李煜也完全是用白描手法写春江行船、渔父垂钓,一派闲适自然、逍遥自在的感觉,这哪里像是一个深宫富贵的一代帝王呢?

有趣的是,元代第一大才子、书画家赵孟頫,晚年和他的妻子管夫人也用《渔父》词互相唱和,希望及时从名利场中抽身出来,回归自然、艺术的人生状态。管道升管夫人不仅画了一幅《渔父图》,还题写了四首《渔父》词,其中一首是这样写的:

南望吴兴路四千,几时回去雪溪边。名与利,付之天,笑把鱼竿上画船。

唐

看了夫人的画和诗,赵孟頫感慨万千,他也和了两首《渔父》,其中一首这样写道:

侬在东南镇泽州,烟波日日钓鱼舟。山似翠,酒如油,醉眼看山百自由。

不久之后,赵孟頫果然携管夫人一起,辞职归隐,告别了如烈火烹油、鲜花着锦的官场,去追寻艺术化的渔父境界去了。

看来,"烟波钓徒"张志和笔下的优美江南,《渔父》逍遥风雨的自由境界,真的从来都不缺少诗坛知音。

【拓展阅读】

刘熙载《艺概》:

太白《菩萨蛮》《忆秦娥》,张志和《渔歌子》(按:应为《渔父》),两家一忧一乐,归趣难名。或灵均(按:即屈原)《思美人》《哀郢》,庄叟"濠上"近之耳。

章台柳
韩翃

章台柳,章台柳。往日青青今在否?纵使长条似旧垂,亦应攀折他人手。

(韩翃《章台柳》)

[杨柳枝,芳菲节。可恨年年赠离别。一叶随风忽报秋,纵使君来岂堪折。(柳氏《章台柳》)]

在欣赏唐代诗人韩翃的这阕《章台柳》之前,我们要先分享一个与之相关的传奇故事。我之所以想讲这个故事,主要有四大原因:第一,这个故事记载在唐代人孟棨撰写的《本事诗》当中,这是一本非常有趣的书,主要记录的是唐代诗人诗歌创作背后的一些故事。用诗歌带出相关的故事,这是《本事诗》开创的一种文学体例,自从《本事诗》以后,中国文学史上就有了专门模仿这种体例撰写的诗话、词话这一类作品。阅读这一类著作,可以让我们对诗词创作的缘由、背景等有更唐

详细的了解，对解读诗词当然是大有裨益的。第二个原因，这个故事在一定程度上反映了词这种文体在早期所呈现出来的一种状态。早期的词，在形式上，更像是由唐诗改编的一种可以配乐演唱的歌词，格律形式还没有完全稳定，诗人们在填词的时候也表现出一定的随意性。第三，虽然我们解读的是诗词和诗词背后的故事，但这个故事和唐朝另外一大新兴文体呈现出了惊人的相似，那就是唐传奇。第四，其实我们要讲的并不只是一首词，而是两首词，而且还是夫妻唱和的两首词。有确凿文献记载的夫妻唱和词，应该首推韩翃和柳氏的两阕《章台柳》。

好了，闲话少说，我们要来隆重推出这个故事的男女主角，以及他们唱和的两首词了。首先是男主角韩翃的《章台柳》：

章台柳，章台柳。往日青青今在否？纵使长条似旧垂，亦应攀折他人手。

另外一首，就是女主角柳氏的和词《章台柳》：

杨柳枝，芳菲节。可恨年年赠离别。一叶随风忽报秋，纵使君来岂堪折。

关于这两首词，我们要介绍的背景资料可能有点儿多。首先是关于"章台柳"这个词牌名。

你可能已经发现了，"章台柳"一共二十七个字，形式和唐代盛行的绝句很相似，只是第一句七个字折腰断成两个三字句。而且"章台柳"押韵的字都是仄声字，例如头两句叠句"章台柳，章台柳"，韵脚的"柳"就是仄声字。所以有人说《章台柳》其实本来就是诗，只是后人采入《词谱》，也就成为词调之一了。这也反映了早期的词和诗互相影

响的密切关系。

其次,我们还要介绍一下这两首词当中一个共同的核心意象——柳。

柳可以说是古典诗词最常见的意象之一了。例如:"杨柳堆烟,帘幕无重数""河畔青芜堤上柳""垂柳阑干尽日风""手种堂前垂柳,别来几度春风""垂杨紫陌洛城东""牛衣古柳卖黄瓜""风细柳斜斜""一丝柳,一寸柔情""柳阴直,烟里丝丝弄碧",等等,简直数都数不过来。那么,为什么古代的诗人、词人那么钟爱柳这个意象呢?我正好借这个机会来梳理一下"柳"在中国文化当中的几大寓意。

第一大寓意,当然是我们最为熟悉的表示离别、挽留和相思的情绪。柳,谐音留,再加上柳条长长下垂、柔柔轻拂的样子,还真的给人一种依依不舍的感觉。古人有折柳送别的传统,在渡口、驿站、长亭、短亭这些送行的地方往往都会遍植柳树,供人折柳相赠。这首《章台柳》当中也有这样的句子:"纵使长条似旧垂,亦应攀折他人手。"便是包含了折柳的送别传统。

第二大寓意,因为折柳又延伸出身世漂泊的含义。既然折柳送给行人,那么远行的人到底会把柳枝带到哪里去呢?其命运有太多的不确定性,因此漂泊无定也成了柳树的重要象征寓意。尤其是春天的时候,柳树还有一种副产品——柳絮,柳絮随风飘飞不知落向何处,也容易让人产生漂泊流浪、不知归宿何处的联想。

第三大寓意,柳树是一种落叶乔木,春天萌芽,夏天成荫,秋天落叶,四季分明。黄河流域流传俗谚《数九歌》:"一九二九不出手;三九四九冰上走;五九六九,沿河看柳;七九河开,八九燕来;九九加一九,唐

耕牛遍地走。"五九、六九是冬至之后的第五、第六个九天,大约是在春节前后,此时柳树已初露春意,开始萌发嫩嫩的绿芽儿了。因此,柳树的萌芽与落叶尤其容易引发诗人、词人伤春悲秋的情绪,由此而承载了深沉的时间意识。

第四大寓意,柳树还是一种生命力特别强的植物,不是有一句俗话叫作"有心栽花花不发,无心插柳柳成荫"吗?柳树能够扦插成活,繁殖很快,但也许正是因为它生长迅速,所以衰老起来也很快。我们印象当中有些年头的柳树往往树形苍劲弯曲,容易给人一种老态龙钟的感觉。于是柳树又被赋予了时光流逝、生命短暂的寓意。例如:古人谦虚地说自己年纪大了,容颜衰老,往往会引用《世说新语》里的话,自谦地说:"蒲柳之姿,望秋而落。"与之对应的,能够对抗时光摧残的树种当然就是松树柏树了,"松柏之质,经霜弥茂"。再比如东晋大将军桓温在几年之后重新看到自己当年亲手栽种的柳树,已经长得很粗壮,他会伤感得流着泪说:"木犹如此,人何以堪!"南北朝诗人庾信在《枯树赋》中也感慨:"昔年种柳,依依汉南。今看摇落,凄怆江潭。树犹如此,人何以堪!"

第五大寓意,柳树的外形很柔美,因此常常被用来比喻女性的身姿,长长的柳条仿佛美女纤细的腰肢,于是就有了"柳腰身"的比喻;细长的柳叶又仿佛娇媚的眼睛,于是又有了"柳眼"的比喻。再加上柳树的其他几大寓意,所以柳树更容易用来比喻女性,既形容女性的柔美外形,又引申出女性容颜易老的伤感,还延伸出女性不能自己主宰命运、漂泊不定的幽怨。

柳树的这五大寓意在这两首《章台柳》当中都有不同程度的体现。

"章台柳,章台柳。往日青青今在否?"这几句主要体现了柳树成长的时间意识;"纵使长条似旧垂,亦应攀折他人手。"这两句体现的又是折柳赠别的传统,以及由此延伸出来的漂泊不定的含义,当然还暗含了女性的容貌和命运的变迁。

值得注意的是,"往日青青今在否"是一个疑问句,翻译过来应该是这样表达:往日青青的柳色,现在还依然如故吗?鉴于这首词是男主角韩翃写给女主角的一封信,我们可以猜测到,他们一定是分开得比较久了,彼此之间对于近况不太了解,所以男主角才会提出这样的问题。于是这个问题就具有了两种不同的暗示:一是暗示青春容颜是否依然如故;另外一个暗示就是:你对我的情意是否同样依然如故呢?

在这个不确定的问题提出来之后,男主角自己又给出了一个不确定的答案:"纵使长条似旧垂,亦应攀折他人手。"当然了,与其说这是一个不确定的答案,不如说这又是男主角继续给女主角抛过去的一个试探性的问题:就算你的青春容颜还像以前一样美丽动人,恐怕现在的你,也已经属于别人了吧?

"章台柳,章台柳。往日青青今在否?纵使长条似旧垂,亦应攀折他人手。"短短二十七个字,男主角抛出了一连串的问题,他内心充满了疑问,又充满了对答案的迫切期待。那么,现在,我们必须要说说,男主角为什么会有这么多问题了。

这就要说到《本事诗》当中记载的这个传奇故事了。

故事的主角,也就是这首词的作者韩翃,是中唐著名诗人、大历十才子之一。韩翃的名气当然比不上李白、杜甫,也比不上李商隐、杜牧,但他有一首代表作可是连小学生都会朗朗背诵的,那就是他的《寒唐

食》诗:"春城无处不飞花,寒食东风御柳斜。日暮汉宫传蜡烛,轻烟散入五侯家。"这首诗说的是唐代在寒食节、清明节的时候,由宫廷举行改火仪式,并且用巨大的蜡烛将新火分赐给最重要的朝廷近臣。这首诗清新自然,洋溢着太平盛世、春光无限的美好情怀,连唐德宗皇帝都酷爱这首诗。有一次唐德宗需要选拔"秘书",中书省两次推荐人选唐德宗都不满意,最后御笔批示说将这个职位给韩翃。当时还有另一个同名同姓的韩翃正担任江淮刺史,名气大得很,宰相还以为皇帝是要提拔那个韩翃呢,结果皇帝只好再次批示说:我要的韩翃,是写"春城无处不飞花"的那个韩翃。

就这样,原本失意落魄的韩翃,一举被提拔为驾部郎中知制诰,平步青云,一直做到了中书舍人。

这个鼎鼎大名的韩翃,在爱情上却遭遇了一段传奇经历。韩翃出身寒门,可就是这个家徒四壁的韩翃,到长安求取功名的时候,恰巧邻居是一个姓柳的美女。这位柳氏是一位大富豪李公子的侍妾,每次李大公子来的时候,都会邀请隔壁邻居韩翃一起喝酒。来往的次数多了,柳氏通过仔细观察,发现韩翃虽然穷,但气度不凡,才华横溢,交往的又大多是一时名士,绝非久居人下之辈,于是柳氏就劝李公子要善待韩翃。这位李大公子也是一个奇人,不仅慧眼识人,而且还很有豁达的气度。有一次,他专门为韩翃准备了一桌丰盛的酒菜,请他过来同饮,喝到高兴的时候,李公子突然对韩翃说:"秀才你是当今名士,而柳氏是当今名色,以名色配名士,难道不是绝配吗?"

韩翃一下子没反应过来,本能地坚决辞谢,可是李公子说:"大丈夫相遇,如果投缘的话,连生死都可以互相托付,何况是一个女人呢?

你就不要再推辞啦。"

就这样,李公子不仅把柳氏送给韩翃,而且还为柳氏准备了丰厚的嫁妆,从此韩翃和柳氏恩爱地生活在了一起。后来,韩翃考中进士,一举成名,被淄青节度使侯希逸招入幕府中。因为当时世道混乱,韩翃不敢把女眷带在身边,想等自己安顿下来后,再接回柳氏。

可没想到,他们分别之后就爆发了安史之乱,洛阳、长安相继沦陷,夫妻俩一度音讯中断。又过了许久,韩翃好不容易才打听到柳氏的下落。他不知道如今的柳氏是依靠什么生活,只好托人带了一袋子黄金给柳氏,并且还附上了这首《章台柳》。

了解了这一段背景,我们就能理解为什么在这首词当中,韩翃会有那么多问题,并迫切地想知道答案了:"章台柳,章台柳。往日青青今在否?纵使长条似旧垂,亦应攀折他人手。"看来,这首词不仅用到了柳的基本寓意,而且还特意契合了柳氏的姓。章台本来是指秦代的章台殿,后来章台之下有了一条长街,名为章台街,是当时人们游乐的地方,十分繁华。所以"章台柳,章台柳",是谐音双关,既指章台的柳树,也代指美丽的柳姑娘。

那么,柳氏接到韩翃的这首词之后,又是怎么回复的呢?

柳氏不仅是一位美女,还是位才女,她的答案,也是一首《章台柳》:"杨柳枝,芳菲节。可恨年年赠离别。一叶随风忽报秋,纵使君来岂堪折。"

了解了这个故事的前因,我们就比较容易理解柳氏应答的这首词了:"杨柳枝,芳菲节",这是对他们曾经美好爱情的回忆和眷恋,杨柳青青的芳菲时节,不正是他们曾经的爱情的春天吗?可是杨柳的命运

唐

注定了要被人攀折,要面临离别,"可恨年年赠离别",这不就是他们夫妻分离的命运的写照吗?

"杨柳枝,芳菲节。可恨年年赠离别。"前三句是柳氏对他们爱情经历的感慨。接下来两句就是对韩翃提问的回答了。韩翃问"往日青青今在否",柳氏的回答是"一叶随风忽报秋",柳叶在秋风中的零落,不就是象征着女性容颜的衰老吗?韩翃问:"纵使长条似旧垂,亦应攀折他人手。"就算你依然青春美丽,但你还会在原地等我吗?

柳氏的回答是:"纵使君来岂堪折。"我仍然还在这里痴痴地等着你,只是我现在这副衰老憔悴的样子,你要是见了,还会像从前一样爱我吗?

看来,柳氏的确是一个非常聪慧的女子。她的和词,既回答了韩翃的疑问,表达了她对韩翃的忠诚,又巧妙地抛回去一个反问:我还像从前一样爱你,你对我的心还依然如故否?

韩翃和柳氏的爱情故事讲到这里,还远远不是结尾。后来韩翃回京,遍寻柳氏不得,原来柳氏已经被番将沙吒利劫走了。韩翃一介文士,无权无势,又有什么力量对抗不可一世的番将呢?然而他对柳氏的思念如绵绵春水,不可断绝,他的这番愁绪被一位名叫许俊的豪侠之士知道了,许俊立刻主动请缨,带上韩翃的亲笔书信,一匹快马直杀进沙吒利府上,对柳氏出示了韩翃的亲笔信,并且带着柳氏一路纵马飞驰,回到韩翃身边。

一对苦命夫妻直到这时才终于破镜重圆。这一段传奇故事感动了韩翃的上司——淄青节度使侯希逸,于是侯希逸慨然上书皇帝,说沙吒利强占民女,并且陈述了韩翃和柳氏的苦难经历。唐代宗也为之

唏嘘不已,于是御笔批示:赏赐沙吒利两千匹绢算是安慰,柳氏则归还韩翃。

一对有情人,经历了万般磨折,终于如愿以偿相守在一起。

故事讲完了,我们在为韩翃和柳氏的遭遇感慨的同时,也许还会产生这样的感觉:这样的爱情故事实在是太像一段传奇小说了!

的确,《本事诗》记载的这段故事,无论是情节的曲折动人,还是人物的性格经历,都和唐代盛行的传奇小说很相似。唐代的传奇小说经常会取材于著名的诗人、词人,故事的来源与发展往往是真实性和虚构性兼具。例如《霍小玉传》写的是著名的边塞诗人李益和霍小玉的一段爱情传奇,元稹的《莺莺传》被很多学者认为就是他自己的爱情自传,等等。

唐代是诗歌的黄金时代,也是传奇的黄金时代,诗词和小说的结缘为我们理解诗词、了解诗人提供了一个新的窗口。

【拓展阅读】

辛文房《唐才子传》:

韩翃,字君平,南阳人。天宝十三载杨纮榜进士。侯希逸素重其才,至是表佐淄青幕府。罢,闲居十年。及李勉在宣武,复辟之。德宗时,制诰阙人,中书两进除目,御笔不点,再请之,批曰:"与韩翃。"时有同姓名者为江淮刺史,宰相请孰与。上复批曰:"春城无处不飞花韩翃也。"俄以驾部郎中知制诰。终中书舍人。翃工诗,兴致繁富,如芙蓉出水,一篇一咏,朝士珍之。

唐

忆江南词三首
白居易

江南好,风景旧曾谙。日出江花红胜火,春来江水绿如蓝。能不忆江南?

江南忆,最忆是杭州。山寺月中寻桂子,郡亭枕上看潮头。何日更重游?

江南忆,其次忆吴宫。吴酒一杯春竹叶,吴娃双舞醉芙蓉。早晚复相逢!

白居易是唐朝比较早开始填词的文人之一,这三首词便是他的代表作。三首词是用同一个词调"望江南"来填写的,《望江南》本是唐朝教坊曲,又名《梦江南》《江南好》等。"望江南"词牌的创制和汉代以来大量吟咏江南的诗歌有关。到唐朝中期的时候,有一位著名宰相李德裕,曾经用这个词牌来创作,内容是为了悼念他的亡妾谢秋娘,而且还因此将这个词牌改名为《谢秋娘》。只是李德裕的《谢秋娘》词没

有流传下来,白居易这三首词就成了现存最早使用这个词调的作品。因为这三首词都是对江南的回忆,白居易便给这组词另外取了一个名字——《忆江南》。

每个人都有自己最想去的地方,每个人也都有自己最留恋的地方。白居易一生当中,曾经最想去的地方就是江南;当他离开之后,他最留恋的地方之一也是江南。我们现在说江南,一般是泛指长江以南的地方,尤其是江苏、安徽南部和浙江省一带。一说起江南,也许你会和我一样,马上就想到一句俗语:"上有天堂,下有苏杭。"苏州杭州作为江南极具代表性的城市,也是白居易最向往的地方和最喜欢的地方,因此三首《忆江南》便是白居易记忆中最美的地方在词中的再现,且每一首的重点都绝不雷同。

第一首"江南好,风景旧曾谙"是泛写江南的风景,而且主要是写江南的春天。

第二首"江南忆,最忆是杭州"则重点回忆杭州,而且是一个特定日子的杭州——中秋节的杭州。

第三首"江南忆,其次忆吴宫"主要是写苏州,而且聚焦在了苏州的人文风景上。

三首《忆江南》回忆的侧重点各有不同,描写手法也姿态各异。那么,白居易是在什么情况下来到了江南,又为什么会在离开之后对江南念念不忘呢?

白居易出生在河南新郑,后来又随父亲迁居徐州符离,这两个地方应该都可以算作是他的故乡。但白居易年轻的时候曾说过一句话若是将来有朝一日能够在苏州或杭州任何一个地方做官,此生心愿唐

足矣。

现在不是有一句话挺流行的吗？梦想还是要有的，万一实现了呢？

白居易就是这样，他的梦想还真的实现了。

唐穆宗长庆二年（822）十月一日，五十一岁的白居易抵达杭州，开启了出守杭州三年的刺史生涯。

当然，做官可不是旅游。白居易留给杭州、留给后世的最大政绩应该就是治理西湖、疏浚水利的工程。廉政爱民的父母官白居易深受杭州百姓的爱戴，以至于上任三年之后被调离杭州时，杭州百姓几乎是自发地倾城而出，扶老携幼，夹道相送，依依不舍。

杭州三年，还有一件事让白居易特别留恋，那就是他最好的知己元稹也于长庆三年（823）除浙东观察使、越州刺史，来到了越州（今绍兴）。杭州越州相邻，交通十分方便。为了便于交流，他们还发明了一种"快递"的方法：将唱和的诗卷放在筒中，"快递"给对方，创造了"诗筒传情"的文坛佳话，两人的诗词唱和达到了新一轮高潮。写下这三首《忆江南》的时候，元稹已经去世七年。元稹的去世对晚年的白居易来说是一个巨大的打击，所以杭州对于白居易的意义，还意味着对好朋友无尽的深深的怀念。

唐敬宗宝历元年（825）三月四日，白居易除苏州刺史的诏书下达，五月五日，他到达苏州，从此开启了一年的苏州生活。

他原本只是梦想在苏州或杭州任何一个地方当一届地方官就此生无憾了，没想到居然连任两个地方的"一把手"。白居易真是太幸运了！

因此，这三首《忆江南》词，第一首就说："江南好，风景旧曾谙。"这是泛忆江南，主要就是指苏州、杭州及其周边地区。

江南的风景，是白居易曾经那么熟悉的地方，一山一水、一草一木都曾经是他最亲密的伙伴。

江南的好，不是来自道听途说，而是诗人曾经的亲身经历和深刻体会。在他的回忆中，印象最深刻的江南风景就是那"日出江花红胜火，春来江水绿如蓝"。这两句词最为突出的是视觉感受——红与绿的色彩对比非常抢眼。俗话说："红配绿，看不足。"如果穿衣服的话，红色和绿色搭配起来是很有风险的，很容易显得土气，但自然界的风光中红配绿却是绝配，非常养眼。阳光明媚的时候，江边盛开的鲜花红得像火一样，春天的江水清澈碧绿，"绿如蓝"的"蓝"指的是可以用作染料的蓝草。红胜火、绿如蓝，当然是极其强烈的色彩对比了。

长期生活在江南的人，对水光山色、绿树红花的风景可能反而有些忽略，因为这在我们身边是司空见惯的。可是对于北方人来说，江南的风景就特别有情调了。关于这一点我是有亲身体会的，我是长沙人，长沙算是广义的长江以南。记得有一年阳历三月长沙召开一个全国性的学术会议，一位东北同行在长沙街头散步的时候，拿着他的单反不停地拍照，我问他："这路边也没什么特别的景点，你都拍了些啥？"他对我说："你不知道，在我们那儿，这个季节到处都还是光秃秃的，要到四、五月份才能看到新绿，可是你看，你们这儿早就是绿树红花，完全是春天的样子了。我难得看到这样的阳春三月，所以要多拍几张美照。"

白居易算是北方人，在写《忆江南》的时候，他已经定居在洛阳，也唐

算是北方,所以在他描写江南春天的时候,首先就把回忆定格在了"日出江花红胜火,春来江水绿如蓝",定格在了红与绿的鲜明对比之上。

尤其值得一提的是,这三首《忆江南》写于唐文宗开成三年(838),当时六十七岁的白居易,正任太子少傅分司东都,当时都城是长安,也就是今天的西安,东都就是洛阳,这是他正式定居洛阳的第十个年头——从唐文宗大和三年(829)白居易以太子宾客分司东都以来,一直到唐武宗会昌六年(846)其病逝,他在洛阳安顿了自己最后十七年的岁月。

晚年的白居易身体状况很不好。翻阅白居易定居洛阳后的诗篇可以发现,"生病"确实成了他诗集中最频繁出现的主题之一,例如:《病眼花》《病中诗十五首》《病入新正》《足疾》《老病幽独偶吟所怀》,等等,不胜枚举。显然洛阳时期的诗人再不能像青壮年时代那般精力充沛,雄心勃勃。对白居易而言,洛阳的最后十七年,总体而言是日渐病弱而更感岁月逼人、衰老寂寞的时光,尤其是严重的白内障长期困扰着他。

对当代人来说,治愈白内障只需一个很小的眼科手术,风险很小,不算什么严重的疾病。可是对于唐朝人来说,白内障还是一个很难攻克的医学难题。可是,尽管晚年的白居易被白内障所折磨,再美的风景在他眼中可能都只是一片模糊,因为他根本看不清楚,但是在他对江南的记忆中,色彩仍然是那么的鲜明:如同火焰般盛开的红花,如同蓝草般碧绿晶莹的江水。红与绿两种色彩极致的对比,不再是早已模糊的眼前实景,而是记忆中永远婉娈妖娆的艳丽江南!

同样是回忆江南,《忆江南》第一首词就将焦点聚集在了红与绿色

彩的鲜明对比上,给我们描绘出一个视觉效果极具冲击力的美艳的江南。

"能不忆江南?"这样的江南,怎么会不令人念念不忘呢?

那么,是不是江南风景的特点就只是能给人带来视觉上的冲击与享受呢?我们当然希望能够在白居易的笔下,看到一个更加丰富、更加立体的江南,我们当然就会期待接下来的第二首《忆江南》能够和第一首有所区别。

《忆江南》第二首专门回忆杭州美景:"江南忆,最忆是杭州。"一开篇白居易就先声夺人,掷地有声地宣称:我最爱的江南城市、我最忘不了的江南城市,就是杭州,没有之一!

我相信,对于杭州这个城市,无论你是去过还是没去过,都一定是有所了解的。如果做一个问卷调查,比如说我问一个问题:要是你去杭州旅游的话,第一个想去的地方是哪里?或者你已经去过杭州了,那么你印象最深刻的地方又是哪里?不知道你会怎么回答呢?

答案可能是五花八门的,是苏堤春晓,是断桥残雪,是柳浪闻莺,是南屏晚钟,是雷峰塔,还是灵隐寺?杭州的著名景点实在是太多了,光是西湖十景可能就会让我们目不暇接,几天都看不够。可是一首短短的《忆江南》小令容量是有限的,可不像写一篇游记那样可以容纳很多内容,所以我们可能就会产生一点好奇:白居易印象最深刻的杭州美景会是什么呢?

"山寺月中寻桂子,郡亭枕上看潮头。"这两句词表面上没有明确的季节标识,可是如果我们再仔细一点的话,会发现白居易果然高明,第一首《忆江南》写江南的春天,第二首就是写杭州的秋天了,具体来

唐

说,写的是杭州八月十五中秋节的景致。

古代的杭州流传着一个神话传说,每年八月十五的时候,天竺寺都有桂花从月亮上飘落下来,唐代的天竺寺就是今天杭州的法镜寺,位于西湖区灵隐寺天竺路旁边。"山寺月中寻桂子"表面上只是写一个神话传说,但我们读它的时候,完全可以把它转换成现实的优美风景,而且这个风景里已经包含了视觉与嗅觉的双重享受:中秋节欣赏着一轮明月,幽幽的桂花香随风飘送,纷纷飘落的桂花竟然让人疑心:那个神话传说难道是真的吗?

如果说"山寺月中寻桂子"带给我们的是中秋之夜宁静、优雅的感受,那么接下来这句"郡亭枕上看潮头"又引领着我们从宁静转向汹涌澎湃的另外一种风景的极致。"潮头"当然是指钱塘江的浪潮,每年八月十五前后是欣赏钱塘潮的最佳季节,直到现在还是如此。每年中秋节,从全国各地赶到杭州要去欣赏钱塘潮的人,蜂拥而至,络绎不绝。

白居易可不会去凑这个热闹,因为他不需要啊!他可是近水楼台先得月,"郡亭枕上看潮头",郡亭就是杭州刺史衙门里的亭子。杭州刺史治所在杭州南边的凤凰山,凤凰山北边靠近西湖,南边紧邻钱塘江,地理位置得天独厚。每年中秋前后,白居易可以足不出户,悠哉悠哉地躺在郡亭之上,就能欣赏到钱塘潮一浪高过一浪的波澜壮阔。

现在的很多人要坐着高铁、飞机,不远千里万里赶着去看钱塘潮,还有人感叹说,这个时候去凑热闹的人,不知道到底是去看人潮的,还是看钱塘潮的……

白居易倒好,他的办公室就是最好的观景点,工作、旅游、休闲三不误,这样的工作环境是不是很让人羡慕呢?

中秋节的杭州,月中桂子幽幽飘香,钱塘浪潮惊涛拍岸,视觉、嗅觉、听觉多种感受的强烈震撼,定格成了白居易回忆中最美的杭州。"何日更重游",这样美丽的杭州,今生今世,不知道还有没有可能再回去?

第二首《忆江南》,"山寺月中寻桂子,郡亭枕上看潮头",寥寥两句就呈现出了一个美到无与伦比的杭州,那么你是不是会有一点小小的担心呢?江南的美丽都让杭州占尽风流了,接下来第三首《忆江南》写苏州还能有什么吸引人的地方呢?我们不免有点替古人担忧:考验白居易水平的时候到了!

"江南忆,其次忆吴宫。"在词人对于江南的回忆中,苏州的地位仅次于杭州。不过这一回他别出心裁,用"吴宫"这个词代指了"苏州"。白居易的创作技巧果然非同凡响,为了不与前两首重复,第三首《忆江南》不再直接描写苏州的自然风景,而是从遥远的历史故事开始说起。春秋时期,吴王夫差为宠幸绝色美女西施,在苏州修建了馆娃宫,这一段历史为苏州增添了令人浮想联翩的浪漫风情。借着有关西施的历史典故,诗人对苏州的美好回忆也缓缓展开:"吴酒一杯春竹叶,吴娃双舞醉芙蓉。"这两句完全是在描绘苏州的人文风景了。词人一边品着像春色一样翠绿的竹叶青美酒,一边欣赏着苏州美女像芙蓉花一般绽放的醉人舞姿,这是视觉、味觉与联想的多重享受!

三首《忆江南》,从第一首红花绿水、色彩明艳的江南春天,到第二首杭州八月十五中秋节的独特风景,再到第三首苏州的美酒、美人、美丽传说,白居易带领着我们穿越时空,从视觉、味觉、听觉、嗅

唐

觉多个方面全方位地感受着江南的魅力,让人情不自禁沉醉其中,不愿醒来。

白居易也一样,他沉浸在对江南的回忆中,不想醒来,"早晚复相逢"!他多么希望,那样的温情岁月不只是停留在记忆中,而是会在未来的某一个时刻再度相逢!

但是,有的回忆能够在现实中再现,而对白居易来说,"忆江南"却永远只能是回忆了。

宝历二年(826)二月,白居易在苏州骑马出巡的时候,不小心从马上摔下来受了伤,五十五岁的诗人感到了衰老与疾病的双重折磨,于是,他先是向朝廷请了一百天长假,假期休满之后罢官离开了苏州。这一别,白居易就再也没有踏上过江南的土地。

开成三年(838)秋天,六十七岁的白居易在洛阳接待了一位来自苏州的老下属、老朋友。多年故旧突然登门造访,让鬓发如雪的白居易感慨万端,许多尘封已久的记忆被重新翻晒在了阳光下,尤其是多年前在江南的那一段最美好的时光,突然历历如在昨天一般重现在老年诗人眼前。这一年,距白居易离开苏州已经是第十三个年头了。他原以为关于江南的一切在他衰老的记忆中早已模糊,但苏州故友的来访才让他意识到:美丽的江南,是那么深刻地烙印在自己内心深处,从未淡漠过。

"江南好,风景旧曾谙。日出江花红胜火,春来江水绿如蓝。能不忆江南?"那是诗人记忆中最温柔的江南,也是他再也回不去的江南。但其实,江南不只是有绿水红花、月中桂子、钱塘浪潮、美酒美人,还隐藏着白居易的浪漫爱情。下一讲,我们再一起分享白居易有关江南的

爱情故事。

【拓展阅读】

《南部新书》：

杭州灵隐山多桂树。僧曰："月中桂也。至今中秋夜，往往子坠。"

《缙绅脞说》：

张君房为钱塘令，宿月轮山寺。僧报曰："桂子下塔。"遽登榻望之，纷纷如烟雾。回旋成穗，散坠如牵牛子，黄白相间。

刘禹锡《忆江南·和乐天春词，依〈忆江南〉曲拍为句》

春去也，多谢洛城人。弱柳从风疑举袂，丛兰裛露似沾巾。独坐亦含颦。

刘禹锡《忆江南》

春过也，共惜艳阳年。犹有桃花流水上，无辞竹叶醉樽前。唯待见青天。

唐

长相思
白居易

汴水流,泗水流,流到瓜洲古渡头。吴山点点愁。　　思悠悠,恨悠悠,恨到归时方始休。月明人倚楼。

我们都知道白居易爱情诗写得特别好,比如说他的《长恨歌》,写唐玄宗和杨贵妃的爱情,确实是凄美动人。那么,白居易如果写自己的爱情,会不会也一样感人呢?这首《长相思》就是白居易在六十九岁的时候,写给他的爱妾樊素的经典名作。

"长相思"词牌名取自《古诗十九首》中的《孟冬寒气至》"上言长相思,下言久离别"的诗句,李白也写过《长相思》,但是李白的《长相思》属于乐府诗,并不是词调。白居易的这首《长相思》可以看作是这个词调的正体,而且这首词的主题确实就是两个关键词:离别、相思。上片重点在送别,下片转入离别之后的相思。而且这一次离别与相思,对白居易的人生来说具有非比寻常的意义。

因为,这不是普通的离别,这是永别!

大诗人白居易,又会怎么表现这种锥心之痛的离别呢?

"汴水流,泗水流,流到瓜洲古渡头。吴山点点愁。"词一开篇就一连点出了四个和离别有关的地点,而且是每一句一个地名密集地推出:汴水、泗水、瓜洲、吴山。

汴水发源于河南,是泗水的一条支流。瓜洲在长江北岸的扬州,是当时客流量巨大的渡口,如果是现在的话,从扬州这边的瓜州渡上船,只需要几十分钟就能到达长江对岸的镇江。吴山在浙江杭州城内,相传春秋时期是吴国的南界。

汴水、泗水、瓜洲、吴山,两条河流、一个渡口、一座山丘,连接起了从今天的河南一直到浙江的一大片地域。我们不免觉得有些好奇,这么短短的一阕小词,应该要惜墨如金才对,可白居易一下子罗列了四个地名,会不会太浪费笔墨了呢?这种写法,和我们熟悉的大多数送别诗似乎都不一样啊!

比如说李白的《黄鹤楼送孟浩然之广陵》:"故人西辞黄鹤楼,烟花三月下扬州。"送别地是武汉的黄鹤楼,目的地是扬州。再比如王昌龄《芙蓉楼送辛渐》:"寒雨连江夜入吴,平明送客楚山孤。洛阳亲友如相问,一片冰心在玉壶。"起点是江苏镇江的芙蓉楼,终点是洛阳。又比如王维《送元二使安西》:"渭城朝雨浥轻尘,客舍青青柳色新。劝君更尽一杯酒,西出阳关无故人。"起点是长安的渭城,目的地是西出阳关前往新疆的安西都护府……这类送别诗都是一个起点、一个终点,非常明确,那么,白居易一连铺排四个地点又有什么特别的意义呢?

唐

而且,貌似汴水、泗水、瓜洲、吴山这四个地方也不算什么如雷贯耳的风景名胜啊!比起黄鹤楼、洛阳、阳关这些地方来,名气可是小多了。白居易一下子把这四个地方全列出来,难道只是为了凑字数?或者是因为格律的要求?

都不是。像白居易这样的一流大诗人,他写下的每一个字都有最大的含金量,绝对不会有废话,这四个看上去貌似没有一点儿关系的地名,其实每一个都蕴含着无限深意。

我想最重要的意义就是借一连串的地名突出强调他对心爱之人的依依不舍。这个心爱之人就是他晚年最喜爱的侍妾樊素。

晚年的白居易定居在洛阳,写这首《长相思》的时候是开成五年(840),年近古稀的白居易早已是百病缠身,他自己承认,他有较为严重的足疾、眼疾、风疾。被衰老和疾病折磨的白居易,在这一年春天,迫不得已做出了一个极其艰难、极其重要的决定:他要放樊素回老家。

樊素是杭州人,她陪伴在白居易身边已经十年了。樊素长得很漂亮,能歌善舞,还是一名专业级别的歌手,她最擅长唱的曲子是《杨柳枝》,白居易还常常亲昵地称樊素为"柳枝"。

白居易活了七十四岁,在那个时候已经算是非常高寿了,可是他没有亲生儿子可以承欢膝下,一生的至交好友如元稹等人也相继离世,再加上自己百病缠身,其实晚景是有些凄凉的。幸运的是,樊素还能用她的善解人意和她甜美的歌喉,缓解白居易晚年的孤独,常常是白居易为樊素谱写新歌,樊素再唱给白居易听,两人配合得十分默契。因此,无论是在生活上还是情感上,晚年的白居易对樊素都是非常依赖的。

可是白居易在六十八岁这年患了风痹,也就是中风了,一度卧床不起。他开始正儿八经地琢磨、安排自己的身后事了:他先是卖掉了心爱的坐骑骆马——这匹马儿跟随他五年,是他主要的代步工具,可是一旦中风,再好的千里马对他来说也没有什么用处了。

除了卖马,他还做出了一个更加痛苦的决定:送樊素回老家。他已经是疾病缠身的老人,可樊素还是二十多岁的妙龄女子,他不愿意耽误樊素的青春。思量再三,他最终还是决定忍痛割爱,放樊素回杭州。

也许,最深沉的爱不是占有,而是放手。白居易对樊素就是如此:我已经不能给你幸福了,那么至少,我还可以给你去寻找幸福的自由!

第二年阳春三月,樊素终于依依不舍地告别了相伴十年的白居易,踏上了去杭州的归途。

"汴水流,泗水流,流到瓜洲古渡头。吴山点点愁。"白居易送别樊素的地方,当然就是洛阳。汴水、泗水、瓜洲、吴山,四个地名串连起来的,其实就是樊素南归的一条必经路线:她这一路应该是以水路为主,先从汴河一路往东,大约在今天江苏徐州一带,汴河汇入泗水,再沿泗水并入大运河,一直流到扬州的瓜洲古渡,从瓜洲渡过长江,继续沿大运河南下,最后就到达了目的地——杭州。

我们读词的时候,会觉得"汴水流,泗水流,流到瓜洲古渡头。吴山点点愁"是一串特别美好、特别忧伤的意象,读起来语感也特别优美流畅,可也许我们却没有想到,其实它就是一条离人必须要经过的真实路线啊!

年迈多病、行动不便的白居易已经不可能陪着樊素一路跋山涉唐

水,亲自把她送到杭州去,但从樊素挥手告别的那一刻开始,白居易的恋恋不舍、牵挂担忧,就伴随着樊素的这一路行程,始终没有离开过她。所以,一路往东南方向流去的不仅仅是汴水和泗水,还有白居易绵绵不尽的思念。

想想如今我们与亲人、恋人分别,如果路程遥远,你是不是也常常会追问:到哪里了?今晚住哪里?到了吗?还顺利吗?……白居易也一样。可那个时候,他们没有微信、电话可以随时播报路况,白居易只能是在掰着手指头,一天一天想象着、计算着樊素的行程啊!他的心里就装着一张路线极其分明的地图:今天樊素该进入泗水了吧?今天天气怎么样呢?樊素的船还顺风顺水吧?今晚樊素是不是在扬州投宿呢?算算时间,樊素应该就在这两天到达杭州了吧?

"吴山点点愁",白居易虽然身在洛阳,可是他好像能够看到樊素坐的船,一路向东南方向漂去,一直漂到杭州的吴山,这是樊素的老家,也是这一次归途的终点站,所以吴山也就成了白居易相思永久停留的地方。

这种依依不舍的离愁别恨,在《古诗十九首》当中我们也能读到:"行行重行行,与君生别离。相去万余里,各在天一涯。道路阻且长,会面安可知。"走啊走啊,虽然是满心不舍,可我和你还是被命运硬生生地分开了,从此相隔千里万里,海角天涯,再见是多么渺茫!

洛阳与杭州,白居易与樊素,从此也是"相去万余里,各在天一涯"。和樊素"生别离"的这一年,白居易的生命已经快走到尽头。他当然知道,和樊素今生今世都不可能再见了,这才是白居易内心无法承受的剧痛。

不能再见,却不能不想念。

上片说的是送别,但和一般的送别诗不同,白居易是相送而不忍相别,这是一条漫长的离别路,更是一条漫长的相思路。所以下片自然而然就转到了相思上:"思悠悠,恨悠悠,恨到归时方始休。"悠悠,经常出现在各类诗词中,其实就是连绵不尽的意思。过片的"思悠悠,恨悠悠"再一次呼应了上片的"汴水流,泗水流"。樊素的足迹走到哪里,白居易的相思就会跟到哪里,就像水流一样滔滔不绝。

这种"思",是不忍分别、不愿分别的相思,这种"恨",是一眼望不到尽头、后会无期的恨。

白居易甚至将他和樊素、骆马的这次告别,比作是项羽与虞姬、与乌骓马的永别。当年项羽被困乌江亭,决定自刎以谢江东父老的时候,写下了一首悲壮的《垓下歌》,与自己心爱的女人虞姬、心爱的坐骑乌骓马诀别:"力拔山兮气盖世,时不利兮骓不逝。骓不逝兮可奈何,虞兮虞兮奈若何。"著名的京剧《霸王别姬》演绎的就是项羽告别虞姬的历史故事。

在白居易看来,他和樊素的告别,就好比是唐代版的霸王别姬,他和项羽都没有输掉爱情,但他们都输给了命运。所以白居易无可奈何地反问自己:你又不是项羽,又不是马上就要慷慨赴死,何必急着一天之内又是卖马又是别姬呢?

如果说项羽告别虞姬的《垓下歌》表现出的是一种气势磅礴的悲壮之美,那么白居易告别樊素的《长相思》表现的就是一种缠绵悱恻的凄凉之美。不同的风格,但是都有相似的荡气回肠。

在告别的那一刻,我们好像可以清晰地听见白居易内心的热切呼

唐

唤:樊素啊樊素,你能最后再为我唱一次《杨柳枝》吗?你能最后再陪我喝一杯吗?从此一别,我就再也听不到你的歌声了啊!

"思悠悠,恨悠悠,恨到归时方始休。月明人倚楼。"正因为明明知道根本不可能有"归时","恨到归时方始休"这句词才尤其显得悲怆,正因为没有"归时",恨就不可能有停止的时候。

樊素离开之后,独自承受相思剧痛的白居易还写过这样的诗句:"病共乐天相伴住,春随樊子一时归。"(《春尽日宴罢感事独吟》)他说樊素的离开,也带走了他自己人生的春天,他的余生就只能是和疾病相伴度过了。连他的好朋友刘禹锡都忍不住来安慰他:"春尽絮飞留不得,随风好去落谁家。"诗中将樊素的离开比作是春天的柳絮飘飞,既然终究留不住,那还不如让她随风而去吧!

"思悠悠,恨悠悠,恨到归时方始休。月明人倚楼。"以后的每一个漫漫长夜,词人就只能独自倚楼而望,思念着远方的姑娘。十年相伴,白居易对樊素的感情是很深厚的,他在后来写给朋友的诗中还再一次专门提到送别樊素的事情:"去岁楼中别柳枝。"(《对酒有怀寄李十九郎中》)柳枝就是樊素,这说明这里的"楼"是白居易和樊素曾经相伴相守的地方,这里留下过他和樊素很多温馨浪漫的回忆。当然,这里也是他送别樊素的地方,如今人去楼空,留下的,只有无休无止的相思与痛苦。

汴水流,泗水流,流到瓜洲古渡头。吴山点点愁。 思悠悠,恨悠悠,恨到归时方始休。月明人倚楼。

爱有多深,分手就有多难;爱有多深,相思就有多痛。一条漫漫离别路,一曲悠悠《长相思》,让我们看到了白居易内心最不舍的爱和最锥心的痛。

【拓展阅读】

白居易《长相思》

深画眉,浅画眉。蝉鬓鬅鬙云满衣,阳台行雨回。　巫山高,巫山低。暮雨潇潇郎不归,空房独守时。

唐

花非花
白居易

花非花,雾非雾。夜半来,天明去。来如春梦几多时,去似朝云无觅处。

《花非花》是白居易的自度曲,因此词调名就用了这首词的第一句。"花非花"成为词牌也就是从白居易这首词开始的。和早期的许多词调一样,这首词也带着明显的七言诗的形式。"花非花,雾非雾。夜半来,天明去",前面四句都是三言句式,是由七言绝句的前两句折腰而成的,后两句"来如春梦几多时,去似朝云无觅处"仍然是七言的句式,明显带有七言绝句演变而来的痕迹,只不过它的韵脚押的是去声韵。

上一讲,我们一起读过了白居易的《长相思》:"汴水流,泗水流,流到瓜洲古渡头。吴山点点愁。……"那是白居易在晚年送别爱妾樊素时写下的爱情词。而这首《花非花》,据说和白居易年轻时候的一段

刻骨铭心的初恋有关。

我说这首《花非花》是白居易为他的初恋创作的,这并不是定论,因为这首词最大的特点就是朦胧,很像朦胧诗的感觉,很难指实它背后的故事,所以泛泛地理解为一段朦胧的恋情也未尝不可。但据很多学者的考证推测,这首《花非花》属于白居易早期的作品,而且很可能是写于贞元十六年(800)以前,也就是在白居易进士及第以前。

白居易在贞元十六年以第四名的优异成绩高中进士,这应该是白居易前半生中最风光得意的一年了,二十八岁的他是同榜进士当中最年轻的,正所谓"慈恩塔下题名处,十七人中最少年"。(《唐摭言》)

可是,这首很可能写于青年时期的《花非花》却并没有年轻人那种意气风发的感觉,而是流露出淡淡的、经过刻意压制的离愁别恨之情,好像有什么秘密生怕被人看穿了似的。

"花非花,雾非雾。夜半来,天明去。"你看,一开始,白居易就给我们放了个烟幕弹,营造出一种雾里看花的感觉。雾里看花是一种很特别的视觉感受,它本来的意思其实挺不浪漫的,这个成语出自杜甫的《小寒食舟中作》:"春水船如天上坐,老年花似雾中看。"本来是形容老年人老眼昏花,后来就比喻看东西看不清楚了。而白居易在这里写的并不是一件客观的物件,而是指一种抽象的情绪,仿佛也像雾里看花一样,他很难用语言描述清楚,那到底是一种什么样的情绪,所以他只好笼统地说:"花非花,雾非雾。"像花又不是花,像雾又不是雾,这诗句强调的是朦胧感。那到底是什么呢?我们好像能够看到白居易无奈地摊开手,耸耸肩,说了一句:"我也说不清啊!"

"花非花,雾非雾。夜半来,天明去。"从"花非花,雾非雾"写到

唐

"夜半来,天明去",其实是白居易从情绪的朦胧,写到了情绪的稍纵即逝。这种情绪本来已经很模糊、很难把握了,而它还很短暂,根本不给你看清楚的时间,马上就烟消云散了。短短的四句词,已经将情绪的朦胧和情绪的短暂写得入木三分了。而接下来的两句更加突出了这种朦胧和短暂的感觉:"来如春梦几多时,去似朝云无觅处。"

"来如春梦几多时"写欢聚的短暂,"去似朝云无觅处"则是写离别的漫长。在这两句词当中,"春梦"和"朝云"暗含了一个特别有名的浪漫典故。战国时期楚国的大才子、屈原的弟子宋玉写过两篇很有名的赋:《高唐赋》和《神女赋》。《高唐赋》是写楚怀王在游览高唐的时候,梦到了巫山神女,并且与之发生了一段浪漫的爱情故事;《神女赋》则是写楚襄王与神女的梦中相会。

在《高唐赋序》中,宋玉这样写道:当年楚怀王游高唐的时候,大白天因为疲倦而睡着了,他梦见一位美丽的女子对他说:"妾是巫山之女,为高唐之客,闻君游高唐,愿荐枕席。"这位巫山神女与怀王告别的时候,又说:"妾在巫山之阳,高丘之阻,旦为朝云,暮为行雨,朝朝暮暮,阳台之下。"第二天,楚怀王一看巫山的风景,果然像梦中巫山神女所说的那样,旦为朝云,暮为行雨,于是就专门立了祠庙,号曰"朝云"。

从此,古典诗词中出现春梦、朝云、朝云暮雨、阳台雨、阳台梦、云雨巫山等意象,其实都是在写男女的情爱绸缪。李白的《清平调》写唐玄宗与杨贵妃的爱情就用过这个典故:"一枝红艳露凝香,云雨巫山枉断肠。"刘禹锡也用过这个典故:"巫峡巫山杨柳多,朝云暮雨远相和。因想阳台无限事,为君回唱竹枝歌。"(《杨柳枝》)

因为宋玉的赋写楚王与神女梦中相会,梦中相别,就已经昭示着

这种情爱的短暂和不确定性,所以白居易也是用这个典故来继续抒发爱情的短暂和无法把握之感:"夜半来,天明去。来如春梦几多时,去似朝云无觅处。"半夜才姗姗而来,天明即匆匆而去,逗留的时间是那么短暂,一旦离别就好像早上的云,一会儿就消散得无影无踪,再难寻觅了。

这真的是一种极其美好、极其浪漫却又极其无奈的爱情。

既然我说过,这首词极有可能是青年白居易为他的初恋而作,那我们不妨就来回顾一下他和初恋爱人的故事吧。

贞元七年(791),也就是白居易十九岁的时候,因为父亲职位调动的原因,白居易来到徐州符离,并且在这里度过了三年的青春。大约就在这个时候,他与十五岁的邻家女孩湘灵发生了一段炽热的恋情。

白居易有一首《邻女》诗,有可能就是追忆当年初识湘灵时的美妙感受:"娉婷十五胜天仙,白日姮娥旱地莲。何处闲教鹦鹉语?碧纱窗下绣床前。"十五岁的娉婷少女,貌似天仙,就好像阳光下的嫦娥,又好比陆地上盛开的莲花。

湘灵不仅人长得清秀美丽,歌也唱得好,当她闲时哼唱起当地的民谣小调,是那么悦耳动听,白居易常常沉醉在湘灵美妙的歌声中,那是他最留恋的、最无忧无虑的初恋时光。

从贞元七年(791)到贞元十四年(798),除却短暂的离开,白居易前前后后在符离住了大约六年,从十九岁到二十六岁的青春华年,符离时期的白居易除了闭门苦读,最幸福的时光很可能都是在湘灵姑娘的温柔陪伴中度过的。

直到白居易二十六岁的时候,他离开了符离,去参加科举考试。

唐

贞元十六年(800),也就是在白居易进士及第的这一年,他还写下了情真意切的《寄湘灵》:

泪眼凌寒冻不流,每经高处即回头。遥知别后西楼上,应凭栏干独自愁。

这首诗的前两句是说白居易自己:自从他告别湘灵之后,奔波在追求功名的道路上,对湘灵的思念却如影随形,每当独处的时候,思念的泪水不由得潸然而下,在严寒的空气中瞬间冻结为冰;奔波在旅途中的他,每次经过地势稍微高一点的地方就忍不住回头眺望,好像他能够看到远在符离痴痴等着他的湘灵。后两句则是白居易想象中的湘灵:此刻我的爱人又在做什么呢?她肯定也和我一样,自从离别之后,日日夜夜独自倚在西楼的栏杆上,任凭思念的愁绪将她紧紧地包围……

也许正是因为这样执着的恋情与浓烈的相思,白居易并没有因为一举及第而得意忘形。在一系列必要的庆祝活动和向亲人报喜之后,他心心念念最想回去的地方,还是他须臾不曾忘怀的符离,因为那里,有日夜在等待他归来的湘灵姑娘。

如果白居易是在十九岁居于符离时就结识了湘灵,那么当他二十八岁高中进士时,将近十个年头过去了,十五岁的湘灵已经是二十好几的大龄女青年了。

在那样的年代,二十四五岁的姑娘还待字闺中,已经是彻头彻尾的"大龄剩女",乡亲们背后的指指点点、交头接耳、议论纷纷,甚至是说三道四恐怕都是难免的。我们不难想象,一个未婚姑娘,无论是她本人,还是她的家庭,在一个相对封闭的地方,到底要承受多大的

压力!

好在白居易并不是一个见异思迁的人,虽然湘灵只是一个普通的平民女孩,他自己却是官宦世家,又是金贵的新科进士,但他非但没有想过始乱终弃,反而将他们的婚姻正式提上了议事日程。

贞元十七年(801),白居易告别符离,回到洛阳,正式向他的母亲提出了娶湘灵为妻的请求。

然而,白居易的母亲陈氏夫人门阀观念根深蒂固,无论白居易如何再三恳求,陈夫人始终严词拒绝。而且,对白居易而言,他面临的障碍比常人更难跨越:有可靠证据证明,陈夫人患有比较严重的精神病,也就是所谓的"心疾",常常不能控制自己的情绪,陈夫人在情绪强烈波动时甚至有过"忧愤发狂,以苇刀自刲"的举动。可以想象,如果陈夫人以死来威胁,素来孝顺的白居易是不可能硬碰硬,强行违拗母亲意愿的。在那个时候,不孝是非常恶劣的罪名,白居易是万万担当不起这样的罪名的。

贞元十九年(803),已经释褐为官、在朝廷担任秘书省校书郎的白居易,特意请假再次回到符离,再一次与他的湘灵姑娘相聚。而这一次,白居易和湘灵的重逢与以往的任何一次都不同:因为从此以后,他的人生轨迹再难与符离有所交集,而当母亲严令他与湘灵断绝往来,甚至可能以死相逼之后,他与湘灵的爱情终将走向尽头……

这次回符离,原本白居易是打着"搬家"的旗号的,可是与湘灵的缠缠绵绵,却让他在符离一直住到了第二年春天。

如果别离只是早晚的事,那么相聚的时间越久,别离的苦痛就越强烈。贞元二十年(804)春,白居易举家搬离符离埇桥,前往长安定唐

居。分离的时刻真是让人肝肠寸断,白居易还为此写下了《潜别离》诗:"不得哭,潜别离。不得语,暗相思。两心之外无人知。"这不是寻常夫妻之间光明正大的别离,白居易和湘灵多年的恋情从来就没有得到过家庭和世俗的承认,他们的相爱只能是悄悄地,他们的别离也只能是"潜别离",只能是瞒人耳目的悄悄别离。除了他们彼此,没有任何其他人能够理解他俩此时此刻悲伤、绝望的心情。

这种无奈而绝望的别离情绪,和"花非花,雾非雾。夜半来,天明去"的描写是何等一致!只不过,《潜别离》情绪更加强烈,而《花非花》更加含蓄一点而已。

这一年,白居易已经三十二岁。若不是因为与湘灵这段长达十多年的爱情长跑,作为一个官宦人家的子弟,年少成名,气度不凡,又怎么可能到三十二岁的"高龄"仍然尚未婚娶,孑然一身?!

贞元二十年(804),三十二岁的白居易终于告别了挚爱的初恋情人湘灵,从此踏上了一条爱情的不归路。就在这一年冬至,白居易出差经过河北邯郸,还写下语短情深的《冬至夜怀湘灵》:

艳质无由见,寒衾不可亲。何堪最长夜,俱作独眠人。

与湘灵分别不到一年,可是白居易已深深知道,也许他和湘灵此生已无缘再见。他独自在旅馆中感受着冬至的凛凛寒意,薄薄的棉被又冷又硬,岂能挡得住铺天盖地席卷而来的寒冷与孤独?

"何堪最长夜,俱作独眠人。"这真是最悲怆的感慨。冬至是一年之中黑夜最长的一天,可是在这寒冷的漫漫长夜,他和湘灵相隔千里,再也不能相拥在一起,彼此温暖着对方。从此以后,他们都是那个可怜的"独眠人",就像《花非花》中写的那样:"来如春梦几多时,去似朝

云无觅处。"十多年的苦恋仿佛不过是一场短暂的春梦,天亮了,梦醒了,就再也追不回来了。

贞元二十年,白居易与湘灵一别,从此似乎再也没能相见。直到元和三年(808),三十六岁的白居易才在朋友的撮合和家人的逼促下与杨氏成婚。他虽然与杨夫人相敬如宾,但在内心深处,他没有一刻忘记过深藏在心底的湘灵。

也许正是因为经历过如此刻骨铭心的爱情,白居易才能够成为一个"深于诗,多于情"的诗人;才能够写出像《长恨歌》那样缠绵悱恻的长篇爱情诗,深深同情着唐玄宗和杨贵妃的爱情悲剧;才能够在咏叹汉武帝和李夫人的爱情时,情不自禁地唱出"人非木石皆有情,不如不遇倾城色"(《李夫人》)的心声吧!

花非花,雾非雾。夜半来,天明去。来如春梦几多时,去似朝云无觅处。

也许,白居易这首词实在是写得太美太美,导致后代的很多大词人都忍不住要引用他的句子,为自己的作品增添光彩。例如:欧阳修就在自己的《御街行》词当中这样写道:"夭非华艳轻非雾,来夜半,天明去。来如春梦不多时,去似朝云何处。"(一作张先词)欧阳修真是改写前人名句的高手,这样化用还不够,欧阳修还在他的另外一首《玉楼春》中再次化用了白居易的名句:"燕鸿过后春归去,细算浮生千万绪。来如春梦几多时,去似朝云无觅处。"从中亦可见《花非花》影响之深远了。

【拓展阅读】

"湘灵"本是一个有着美好寓意的名字,原意是湘水之神,早在屈

唐

原的《远游》中就出现过这样的句子:"使湘灵鼓瑟兮,令海若舞冯夷。""湘灵鼓瑟"由此成为一个美好的意象,白居易用这个美丽的名字来代指他心目中难忘的初恋爱人,而特意隐去恋人的真名也是有可能的。

竹枝
刘禹锡

杨柳青青江水平,闻郎江上唱歌声。东边日出西边雨,道是无晴还有晴。

刘禹锡不仅是与白居易、柳宗元齐名的唐代著名诗人,同时也是唐代歌坛著名的"催泪歌神",这首《竹枝》堪称他的歌坛成名作。

这首《竹枝》词有三个问题需要我们在品读的时候特别注意。

第一个问题:《竹枝》怎么会是一首词呢?我们熟悉的词大多数都是长短句的形式,可这首《竹枝》看上去不是典型的七言绝句吗?

第二个问题:这首词的作者是唐代著名诗人刘禹锡,那么刘禹锡怎么能称为唐代歌坛的"催泪歌神"呢?

第三个问题:刘禹锡一共写了十一首《竹枝》词,为什么他要写十一首《竹枝》词呢?在这十一首词中,最有名的就是我们今天要讲的这首"杨柳青青江水平",那么,这首词的独特魅力在什么地方呢?

唐

这三个问题,其实都特别有趣,我很愿意和大家一起来逐一探讨。

首先,《竹枝》为什么是词而不是七言绝句呢?的确,从格律形式上来看,《竹枝》每句七字,一共四句,押的是平声韵,基本符合拗体七言绝句的格律。而且,有的诗词选本确实是将这首《竹枝》归到七言绝句的分类里面的。但我们也讲过,词是一种音乐文学,尤其是在唐朝,文人按照已经有的曲调来填写歌词,是一种基本的创作模式。而《竹枝》正是唐代教坊曲的曲调名,所以无论是谁来为《竹枝》填写歌词,根据曲调的要求,都会是七言的形式。

张爱玲说过一句话:"出名要趁早。"刘禹锡和白居易,就赶上了唐代填词的红利期。因为词在唐朝还属于一种新兴的诗歌形式,刘禹锡、白居易,是第一批在填词这个领域取得很高成就的文人,无论是从数量还是质量上看都堪称当时的词坛翘楚。不过他们填词选择的曲调大多数都是和唐朝流行的七言绝句形式差不多的,比如他俩都擅长写《竹枝》《杨柳枝》《浪淘沙》,这三种词调都是七言绝句的形式。所以判断是诗还是词,一般来说我们可以依据两个标准:第一个标准是看它们是不是根据曲调来填写的歌词;第二个标准,我们可以看标题。诗一般是每首诗都有一个标题,这个标题是唯一的,和这首诗的内容是直接相关的。而词却是同一个词牌可以填很多首内容完全不同的文字,甚至文字的内容和词牌名称可以完全没有关系。这一特点和前代的音乐文学乐府诗歌一脉相承,只不过唐代的词与乐府诗所配合的音乐曲调不同而已。

刘禹锡的《竹枝》词就完全符合这两个标准,第一,《竹枝》本来是流行在巴渝一带的民歌小调,刘禹锡在当夔州刺史的时候特别喜欢听

这个曲子。夔州属于现在的重庆。刘禹锡祖籍洛阳,自己却出生在江南,他对家乡方言吴语当然是很熟悉的。刘禹锡的仕途特别不顺,他经历过长达二十三年的贬谪,可以说是创造了古代文人贬谪时间的最高纪录。他的好朋友白居易写过一首诗送给他:"诗称国手徒为尔,命压人头不奈何。……亦知合被才名折,二十三年折太多!"白居易以"国手"来盛赞刘禹锡的诗歌才华和诗坛地位,同时还对他长达二十三年的贬谪生涯表达了强烈的不平与同情。

但刘禹锡是一个很乐观的人,二十三年的贬谪都没有消磨掉他对生活的热情。不管被贬到哪里,他都能很快融入当地人的生活,去感受生活无处不在的美,同时也关心着民生疾苦。来到夔州之后,他发现当地人特别爱唱《竹枝》曲,伴奏的乐器一般是短笛和鼓,唱的时候载歌载舞,手持竹枝,举起手臂,挥舞着衣袖,充满激情。刘禹锡是外地人,对当地民间方言肯定不可能一下子完全听懂,所以刚开始的时候,他听不懂歌词内容是什么,但他觉得《竹枝》的曲调真是好听,"含思宛转",幽怨中仿佛蕴含着绵绵无尽的情意。他越听越喜欢,忍不住也给《竹枝》来填词了。

在刘禹锡之前,杜甫经过夔州白帝城的时候,在他的《白帝诗》中说他也听到过当地的《竹枝》小调:"长歌唱竹枝。"在刘禹锡之后,宋代的黄庭坚再到夔州的时候,还能听到当地人演唱刘禹锡填词的《竹枝》歌。

第二个判断《竹枝》是词的标准,当然是同一个词牌可以填写内容完全不同的歌词。刘禹锡因为爱听《竹枝》曲,就一连填了九首歌词,可见他是有多喜欢这个曲子了。其中的第一首说:"白帝城头春草生,唐

白盐山下蜀江清。南人上来歌一曲,北人莫(陌)上动乡情。"白帝城、白盐山都在重庆奉节,熟悉《三国》的朋友都知道,刘备临终前白帝城托孤的故事就发生在这里。蜀江指的是长江流经蜀地的那一段。由此可见,刘禹锡《竹枝》的第一首写的是一种思乡之情,因为他自己就是一个异乡人,"南人上来歌一曲,北人莫上动乡情",他一听到这种凄美的曲子,就不由得乡愁涌动了。

而"杨柳青青江水平,闻郎江上唱歌声。东边日出西边雨,道是无晴还有晴"这首《竹枝》的主题却是年轻人的美好爱情,不同的《竹枝》歌词内容完全是不一样的。

刘禹锡后来又填了两首《竹枝》的歌词,一共凑齐十一首。十一,这个数字有什么特别意义吗?

当然有。

刘禹锡说过,当年屈原流放在沅湘一带的时候,学习当地的民歌,重新创作了楚地民歌《九歌》的歌词。《九歌》是本来就有的歌曲名,但实际上屈原写的歌词一共有十一篇。刘禹锡为了表达自己对屈原的敬佩之情,也模仿《九歌》的篇数,重新填写了十一首《竹枝》的歌词。

第二个问题,刘禹锡怎么会被称为唐代歌坛的"催泪歌神"呢?这个问题的答案还是和《竹枝》词有关。

刘禹锡好几个外号都是他的铁杆好朋友白居易送的。例如:刘禹锡在诗坛上人称"诗豪","诗豪"这个外号就是白居易送的,"催泪歌神"也不例外。当然,那个时候白居易还不会用"催泪歌神"这么时髦的词儿,白居易的原话是:"梦得能唱《竹枝》,听者愁绝。"梦得是刘禹

锡的字,白居易的意思是:刘禹锡特别擅长唱《竹枝》词,听他唱歌的人,眼泪都会"哗哗"地止不住,简直是如痴如醉、悲痛欲绝啊!而且白居易想念刘禹锡的时候还这样说过:"几时红烛下,闻唱《竹枝》歌?"(《忆梦得诗》)梦得啊梦得,什么时候才能再听你唱一曲《竹枝》歌?这样看来,封刘禹锡为"催泪歌神"不算夸张吧?

白居易也很可爱,因为太喜欢刘禹锡唱的《竹枝》了,所以他向刘禹锡学习,也给《竹枝》曲填写过好几首歌词,其中一首写道:"瞿塘峡口水烟低,白帝城头月向西。唱到竹枝声咽处,寒猿闲鸟一时啼。"内容也是在呼应刘禹锡的《竹枝》,说明《竹枝》主要流行在三峡一带,而且曲调幽怨凄美。

第三个问题,在刘禹锡的十一首《竹枝》词中,为什么"杨柳青青江水平"这一首最有名呢?它的魅力到底在哪里呢?

"杨柳青青江水平,闻郎江上唱歌声。东边日出西边雨,道是无晴还有晴。"因为是向民歌学习的作品,所以这首词的语言很通俗,意思挺好理解的。词中形容的杨柳青青、江水上涨的春天,正是民间开始新的一年劳作的季节,同时也是青年男女情窦初开的季节。而"东边日出西边雨"用来形容南方天气的善变真是妙不可言,老天啊老天,你到底是要下雨还是要天晴呢?更加妙不可言的还是以"晴天"的"晴"谐音爱情的"情",既清新含蓄又通俗易懂,将南方春天的自然景色和风土人情巧妙融合在一起,用东边日出西边雨的自然景观,兴起少女对爱情的渴望和羞涩之情,表达得那么自然、亲切,又活灵活现。

中国的古典诗歌最讲究含蓄美,善于运用汉字的谐音也是营造含蓄美的重要手法。除了晴天的"晴"谐音爱情的"情"之外,比较常见

唐

的谐音双关字还有莲子的"莲"。晚唐词人皇甫松就写过这样的词句:"无端隔水抛莲子,遥被人知半日羞。"采莲少女看到了一个大帅哥,少女心不由得怦怦直跳,又不敢表白,就向大帅哥抛过去几颗莲子,莲子的"莲"谐音怜爱的"怜",古人说"怜"可不是同情怜悯的意思,而是可爱的意思,所以"莲子"即"怜子",翻译成现代的大白话就是:爱你啊、爱你啊!少女莲子一抛,别人都知道了她内心的情愫,难怪她要害羞半天呢。

再比如说芙蓉花的芙蓉,谐音"夫容",也就是丈夫的容颜,《古诗十九首》里就有这样的诗句:"涉江采芙蓉,兰泽多芳草。采之欲遗谁?所思在远道。"用的就是芙蓉的谐音,表达留守妻子对远行丈夫的思念。

又比如李商隐的《无题》诗:"春蚕到死丝方尽,蜡炬成灰泪始干","丝"谐音思念的"思",表达爱情当中至死不渝的相思。

还有中国第一首翻译过来的情诗,春秋时期《越人歌》当中的句子:"山有木兮木有枝,心悦君兮君不知。"用树枝的"枝",谐音知道的"知",表达越人女子希望能和楚国公子相知相爱的渴望:连山上的草木都知道我对你的情意,公子你到底是知道还是不知道呢?

这种谐音双关营造出来的含蓄美,也就是古人所说的"借字寓意",当然是汉字特有的魅力。

"东边日出西边雨,道是无晴还有晴。"这首《竹枝》词一出,很快就成了举国流行的通俗歌曲,不断被一些著名歌手翻唱,一直到南宋还在被人广为传唱。例如:南宋人胡仔就曾经说到,他在经过苕溪的时候,晚上听到有人在唱歌,唱得很动听,他仔细一听,真真切切听到

"东边日出西边雨,道是无晴还有晴"这两句歌词。这说明南宋年间,刘禹锡的《竹枝词》已经自巴渝流传到了江浙一带,并且还融入当地的民歌中去了。

杨柳青青江水平,闻郎江上唱歌声。东边日出西边雨,道是无晴还有晴。

当我们再次吟哦起这首《竹枝》,是不是好像眼前缓缓展开了一幅动人的画面:杨柳青青,春波荡漾,不远处的江边传来少年动人的歌声。一位豆蔻年华的少女正在河边洗衣服,她侧耳听着少年动人的歌声,那是她最熟悉的声音,也是她最想听到的声音啊!随着歌声越来越近,她好像已经能够看到少年那俊朗的身姿,少女的脸颊上渐渐泛起一片绯红,好像在害羞地问那位少年:"嗨,你到底对我是有情,还是没有情呢?"

【拓展阅读】

刘禹锡《竹枝词序》:

四方之歌,异音而同乐。岁正月,余来建平,里中儿联歌《竹枝》,吹短笛,击鼓以赴节。歌者扬袂睢舞,以曲多为贤。聆其音,中黄钟之羽,其卒章激讦如吴声,虽伧儜不可分,而含思婉转,有淇、澳之艳。昔屈原居沅湘间,其民迎神,词多鄙陋,乃为作《九歌》。至于今,荆、楚鼓舞之。故余亦作《竹枝》词九篇,俾善歌者飏之,附于末,后之聆巴渝,知变风之自焉。

潇湘神
刘禹锡

湘水流,湘水流,九疑云物至今愁。君问二妃何处所,零陵香草露中秋。

斑竹枝,斑竹枝,泪痕点点寄相思。楚客欲听瑶瑟怨,潇湘深夜月明时。

这一讲,我是怀着一种特别的心情和大家一起来分享刘禹锡的作品,因为这是两首和我的家乡有关的词。我是湖南人,湖南这个地方在古典诗词中还常常以另一个很美丽的名字出现——潇湘。我很自豪的是,"潇湘"无论是作为一个地名,还是作为一个优美的意象,在古典诗词中都享有很高的地位。陆游甚至还说过:"挥毫当得江山助,不到潇湘岂有诗!"潇湘简直就是诗人灵感的源泉,作为一位湘女,我是不是可以稍微得意那么一下下呢?

好了,还是言归正传吧。刘禹锡的两首《潇湘神》要放在一起来品

读,才更方便我们的理解:

湘水流,湘水流,九疑云物至今愁。君问二妃何处所,零陵香草露中秋。

斑竹枝,斑竹枝,泪痕点点寄相思。楚客欲听瑶瑟怨,潇湘深夜月明时。

词这种诗歌体式发源于唐朝,唐代在填词领域成就很高的文人并不多。清代词学家陈廷焯说过:"有唐一代,太白、子同,千古纲领。乐天、梦得,声调渐开。"(《词坛丛话》)太白是李白,子同是张志和,他们俩被看作是唐代第一批涉足词坛的诗人,可惜的是这两位诗人创作数量并不太多。乐天是白居易,梦得就是刘禹锡了,这两位不仅私交关系特别好,而且都很留意民间歌曲,在倚声填词方面还互相切磋唱和,真正开启了中晚唐以后词坛火爆的序幕,可见刘禹锡在词史上的地位不可小觑。

我在讲刘禹锡《竹枝》词的时候讲过,刘禹锡是中唐时候的"催泪歌神",其实,刘禹锡不仅唱歌感人,他还多才多艺,是一名原创歌手。《竹枝》是刘禹锡利用巴渝一带的民歌小调来改写的歌词,而《潇湘神》作为词调可是刘禹锡的首创。

再来看"潇湘神"这个词牌名。潇湘是湖南潇水和湘水两条水系的合称,潇水发源于湖南的九嶷山,湘水发源于广西,这两条水脉在湖南永州汇合成为"潇湘"。

潇,是水清而深的样子,名字就挺美吧?潇、湘二水汇合处的小岛也有个秀美的名字,叫作苹岛。著名的潇湘八景之一"潇湘夜雨"说的就是苹岛的风光……"潇湘"是古典诗词中一个高频词,有杜牧的"怜唐

君片云思,一棹去潇湘",有秦观的"郴江幸自绕郴山,为谁流下潇湘去"……甚至应该从来没到过湖南的纳兰性德,都写下了"闲阶小立倍荒凉,还剩旧时月色在潇湘"的美丽词句。而刘禹锡笔下的"潇湘神",其实指的是两位神仙——上古时候舜帝的两位妃子娥皇和女英。

传说舜帝在巡视南方的时候去世,安葬在今天湖南的九嶷山。他的妻子娥皇、女英长久得不到丈夫的音讯,于是沿着舜帝南巡的路线一路追寻。当她们来到洞庭湖的时候,才听说舜帝已经去世,娥皇、女英悲痛欲绝,投水自尽,死后她们被奉为潇湘之神。在今天湖南岳阳洞庭湖中的君山岛上,还有一种特别的竹子,竹节上布满斑点,楚人都说那是舜帝的两位妃子痛哭时滴下来的泪斑。这些泪迹斑斑的竹子被楚人称为斑竹,也叫湘妃竹。

这个凄美动人的爱情故事在楚地流传了一代又一代,楚地的先民都愿意将舜帝和两位妃子当成是湘水的守护神,专门设祠祭奠他们,直到今天,君山岛上还保留着斑竹林、娥皇女英二妃墓、湘妃祠这些著名景点。李白就写过这样的诗句吟咏潇湘和君山:"帝子潇湘去不还,空余秋草洞庭间。淡扫明湖开玉镜,丹青画出是君山。"刘禹锡自己写的《望洞庭》诗曰:"遥望洞庭山水翠,白银盘里一青螺。"那个如同青青螺髻的风景名山指的就是君山了。

我啰啰唆唆讲了这么多关于君山和娥皇、女英的故事,和刘禹锡的词有关系吗?当然有直接关系了。刘禹锡既然给自己的首创词牌取名为《潇湘神》,又名《潇湘曲》,本来是唐代的时候潇水、湘水这一带祭祀潇湘之神娥皇、女英的曲子,而且刘禹锡的两首《潇湘神》都是在吟咏舜帝这两位妃子的故事,词的内容和调名是完全一致的。

湘水流,湘水流,九疑云物至今愁。君问二妃何处所,零陵香草露中秋。

《潇湘神》的头两句按常规应该是三字叠句,"湘水流,湘水流"这三字叠句,反复吟诵,使我们仿佛能够看到湘水流淌不息的样子,好像是历史的河流从远古一直流淌到了当下。词人的眼前看到的是奔流不息的江水,思绪却顺着江水一直回溯到了遥远的舜帝时代,所以紧接着一句"九疑云物至今愁"。"至今"二字提示了我们一个问题:是从什么时候开始一直到今天的呢? 当然是从舜帝的时候开始的。

九嶷山原本只是一个自然景观,是自然存在的山脉,可是自从这里成为舜帝的最终归宿,九嶷山上的云物好像也染上了无尽的愁绪,一直绵延到了今天。九嶷山在今天湖南省永州的宁远县境内,又名苍梧山,坐落在这里的舜帝陵被称为"华夏第一陵"。根据司马迁《史记》的记载:舜帝"南巡狩,崩于苍梧之野,葬于江南九疑,是为零陵。"零陵是汉代郡名,它的得名就是因为《史记》中这段关于舜帝的记载,所以零陵原本指的就是舜陵,现在零陵区还是永州市的一个辖区。

《潇湘神》中的这几句就是根据历史传说而写的:"九疑云物至今愁。君问二妃何处所,零陵香草露中秋。"二妃当然是指舜帝的两位妃子娥皇、女英了,"零陵香草露中秋"这一句化用了屈原的诗句。传说屈原《九歌》中的《湘君》《湘夫人》两首诗也是以舜帝和他的两位妃子为原型改写的,甚至是因为《湘君》这首诗,君山这座洞庭湖上的小岛才由原来的"湘山"改名为"君山"。《湘夫人》中有这样的诗句:"芷葺兮荷屋,缭之兮杜衡。合百草兮实庭,建芳馨兮庑门。九嶷缤兮并迎,灵之来兮如云。"湘君为了迎接湘夫人的到来,将房子装饰得美轮美唐

奂:他用白芷覆盖在荷叶做成的屋顶上,又在房子周围缠绕了芳香扑鼻的杜衡,庭院里汇集了各种香草,连门庭都芬芳四溢。九嶷山的神仙们云集在此,一起等待着湘夫人的降临。

可是因为种种原因,尽管湘君为湘夫人的到来做了种种精心的准备,但他们最终还是错过了,那些芬芳鲜美的香草也在寒冷的秋露中凋零了。"君问二妃何处所,零陵香草露中秋。"湘夫人啊湘夫人,你现在究竟到了哪里呢?为什么我望穿秋水却仍然看不到你的倩影?零陵的香草都已经在等待中枯萎了啊!

换句通俗的话说,"零陵香草露中秋"的意思就是"我等到花儿都谢了"吧?

"湘水流,湘水流,九疑云物至今愁。君问二妃何处所,零陵香草露中秋。"读懂了这首《潇湘神》,另一首《潇湘神》就不难理解了:

斑竹枝,斑竹枝,泪痕点点寄相思。楚客欲听瑶瑟怨,潇湘深夜月明时。

"斑竹枝,斑竹枝,泪痕点点寄相思"化用的是舜帝二妃泪下沾竹、竹文为斑的传说。而竹子这种植物因为这个传说也染上了高贵而忧郁的色彩,后来《红楼梦》中林黛玉在选择大观园里的住处时,就因为爱上那几竿竹子的清幽而选择了潇湘馆。姐妹们在起海棠诗社时,探春还送了"潇湘妃子"的雅号给黛玉,探春的解释挺有意思的:"当日娥皇、女英洒泪在竹上成斑,故今斑竹又名湘妃竹。如今他住的是潇湘馆,他又爱哭,将来他想林姐夫,那些竹子也是要变成斑竹的。以后都叫他作'潇湘妃子'就完了。""大家听说,都拍手叫妙。林黛玉低了头方不言语",算是默认了这个雅号。

"楚客欲听瑶瑟怨,潇湘深夜月明时。"这两句也化用了《楚辞》中的典故,《远游》诗里说:"使湘灵鼓瑟兮,令海若舞冯夷。"湘灵就是潇湘之神,一般都认为指的是舜帝二妃。湘灵鼓瑟,可以让海神、河神都为她伴舞。瑟因此也成为一种优美的意象,唐代诗人钱起在参加省试的时候,还写过一首《省试湘灵鼓瑟》诗,其中有这样几句:"善鼓云和瑟,常闻帝子灵。冯夷空自舞,楚客不堪听。……曲终人不见,江上数峰青。"潇湘之神擅长鼓瑟,连黄河之神冯夷听了都忍不住和着乐声翩翩起舞。

"楚客欲听瑶瑟怨,潇湘深夜月明时。"满腹幽怨的楚客想要听到湘灵鼓瑟,也许一定要到潇湘水畔,一定要等到夜深月明之时,才能深深体会到湘灵鼓瑟蕴含的心曲吧?

"楚客"这个词我们需要特别留意一下,我认为,楚客完全可以理解为是刘禹锡的自称。为什么刘禹锡可以被称为是"楚客"呢?

因为这两首《潇湘神》都是刘禹锡来到湖南之后写的。刘禹锡为什么会来到湖南?事情还得从唐代一个著名的政治事件"永贞革新"说起。

这次事件,得追溯到公元805年,也就是唐德宗贞元二十一年。就在这一年正月,唐德宗去世,太子李诵即位,也就是唐顺宗,这一年改贞元二十一年为永贞元年。唐顺宗李诵从当太子的时候起就对父亲唐德宗的很多做法很不满,下决心即位后一定要整顿朝纲,振兴国家。因此他一上台,就重用了王叔文、王伾、刘禹锡、柳宗元等一批政治骨干,大刀阔斧地展开了政治改革,改革的主要内容就是限制宦官的权力和削弱藩镇,巩固中央集权。

唐

  这些改革措施对太监和军阀们来说,无异于一场大地震,他们岂能束手就擒?于是,太监与军阀勾结在一起,以顺宗病情危重、不能主理朝政为理由,联合发动宫廷政变,逼迫顺宗退位,拥立太子李纯即位,这就是历史上的唐宪宗了。王叔文、刘禹锡集团一方面是书生意气,对自己面临的复杂形势估计不足;另一方面则是缺乏斗争经验,又没有掌握强有力的军队,在这场政变中以惨败告终。

  "永贞革新"昙花一现,以"顺宗内禅"而告失败。由于王叔文、刘禹锡曾经强烈反对李纯即位,唐宪宗李纯即位之后,将王叔文贬为渝州(今重庆)司户,次年被赐死;王伾被贬为开州(今重庆开州区)司马,不久在贬所生病而死。刘禹锡、柳宗元等八人分别被贬为八个地方的远州司马:其中刘禹锡被贬为连州(今广东连州)刺史,途中再贬朗州(今湖南常德)司马……这就是轰动一时的"二王八司马"事件。

  算起来,从唐顺宗805年正月上台,到同一年八月,顺宗被迫让位给李纯,王叔文、刘禹锡集团推行改革的时间只有半年多。刘禹锡就是怀着这样的一腔愤慨来到潇湘之地的,而且在常德一待就是十年。

  了解了《潇湘神》的创作背景,我们就不难理解为什么刘禹锡的这两首词会化用屈原《湘君》和《湘夫人》的诗句、会化用舜帝的传说了。当年屈原的美政理想遭遇挫折,愤慨之余,他也曾经来到湖南九嶷山的舜帝陵前,向舜帝倾诉着自己的一腔忧国忧民之心:"济沅湘以南征兮,就重华而陈辞。"重华就是舜帝的名号。连屈原都将舜帝视为异代知己,将舜帝看成是上古明君的典范,刘禹锡在美政理想遭遇挫折的时候,理所当然也会将自己的命运与屈原的命运相联系,表达和屈原类似的愤慨和求索之情了。

湘水流,湘水流,九疑云物至今愁。君问二妃何处所,零陵香草露中秋。

斑竹枝,斑竹枝,泪痕点点寄相思。楚客欲听瑶瑟怨,潇湘深夜月明时。

读了刘禹锡的《潇湘神》,你是不是也会对美丽浪漫的潇湘心向往之呢?在这里,我以湘女的身份,先表示一下衷心的欢迎,欢迎你来感受潇湘山水的美丽和浪漫。

【拓展阅读】

《水经注·湘水》:

湘水西流,迳二妃庙南,世谓之黄陵庙也。言大舜之陟方也,二妃从征,溺于湘江,神游洞庭之渊,出入潇湘之浦。潇者,水清深也。

唐

菩萨蛮
温庭筠

小山重叠金明灭,鬓云欲度香腮雪。懒起画蛾眉,弄妆梳洗迟。　照花前后镜,花面交相映。新帖绣罗襦,双双金鹧鸪。

从这一讲开始,我们终于等来了文人词的第一位大家,注意哦,我说的是第一位!他就是晚唐词人温庭筠。

虽然我们之前已经讲到过唐朝的几位著名词人,例如:李白、张志和、白居易、刘禹锡,他们生活的年代都早于温庭筠,但这几位词人的主要文学成就毕竟不在词而在于诗,词作的数量也不多。可是温庭筠却是唐朝第一位大量填词的文人,而且中国历史上第一部文人词集《花间集》将他列于首位。他的创作风格不但反映了花间词人的主流风格,还奠定了整个文人词创作历史的主流——以香艳软媚为词体本色。温庭筠因此被誉为是"花间鼻祖",这就相当于文人词的"祖师爷"了。我用四句话来简单概括温庭筠这位词人的特点:

说词 杨雨

一、相貌丑;二、性格傲;三、才情高;四、填词艳。

据说温庭筠一共写了二十首《菩萨蛮》,流传到现在比较可靠的还有十四首,这一首"小山重叠金明灭"被置于《花间集》的第一首,可以说是《花间集》的开卷之作,一向被视为最能代表温庭筠词作特色、影响也最大的一首。那我们不妨就通过对这首词的解读,先来说明温庭筠的第四个特点:填词艳。

词的起句"小山重叠金明灭"看上去明白易懂,没有生僻字,也没有深奥晦涩的典故,但就是这浅显易懂的七个字,偏偏在学术界出现了各种各样的解释,例如"小山"这个词就至少有四种不同的解释:

一说指枕头,即"山枕"。

一说是形容女性头上隆起的发髻。"小山重叠金明灭"则是指美人发间重重叠叠的金背小梳在日光照射下闪烁不定。

一说指女子的眉毛。唐五代时眉式繁多,有"十眉","小山"即眉式之一。重叠则是皱眉状,"金明"指的是眉间妆饰的"额黄"。唐代妇女爱在额间涂以黄色,作为点缀,因黄颜色厚积额间,状如小山,故亦称"额山"。此句则言女子醒来的时候双眉微蹙,额黄已经褪色变淡。

一说指屏风,或言其曲折绵延如小山的形状,或言屏风上绘有小山的图案。李冰若《栩庄漫记》释云:"小山,当即屏山,犹言屏山之金碧晃灵也。"

在这里,我比较认同最后一种说法,即将"小山"解释为屏风。若"小山"指的是枕头,用"重叠"来修饰枕头似乎太言过其实了。而从词的脉络来看,若"小山"指的是眉,则与后面的"画蛾眉"一句有重复唐

之嫌;若"小山"指的是发髻,则与后句的"鬓云欲度香腮雪"的"鬓云"又有重复。

词,尤其是小令特别忌讳语意的重复,因此将"小山"解释为屏风这种室内装饰物似乎更符合情理。况且,古代的屏风形式多样,功能也多样,不仅可以放置在地面上作隔断或者装饰,小屏风也可以放在床榻上,作为私密空间的隔离。

因此,"小山重叠金明灭"的意思就是指早上太阳已经高高升起,阳光透过窗户闪闪烁烁地映在屏风上,和屏风的金碧辉煌交相辉映。这是我们在这首小词中看到的第一个画面,这幅画面已经渲染出一幅鲜艳明丽的室内场景。

接着,镜头绕过屏风,移到了屏风后的床上。床上的人还在睡觉,太阳都晒进屋了,她居然赖在床上还没起来。于是,镜头就停留在了这位睡懒觉的女主人公身上,并且给了她一个大大的特写:"鬓云欲度香腮雪。"她的鬓发像乌云一样散落下来,堆积在枕头上,衬托出她的脸颊像雪一样白皙柔嫩。这一句词的色彩同样很鲜明:乌黑的头发、白雪一般的脸庞,色彩的对比暗示了这位女子惊人的美貌和逼人的青春。

这句词里还有一个关键词"香",金碧辉煌的室内环境,黑色头发、白色肌肤都是诉诸视觉的,给人以逼真的画面感;但"香"字却是诉诸嗅觉的一种感受,这就是只有文字才能够带给我们的联想了。画面中的这位女子不但有惊人的美貌,而且透出一股淡淡的香味,这就带着点儿性感的味道了。

慵懒的女子在赖了半天床之后,终于还是起来了。古代女子起床

之后最重要的功课当然是梳洗化妆了。

"懒起画蛾眉,弄妆梳洗迟。"蛾眉是形容细长弯曲的眉毛宛如蚕蛾的触须一般,如《诗经·卫风·硕人》云:"螓首蛾眉。"这就是形容女子的美貌:宽阔的额头和细长弯弯的眉形,可以想象,女子对自己的美貌相当自信,对自己的妆容也是相当在意的。可是因为有一个"懒"字,一个"迟"字,就能让我们想象得到,女子这一系列梳洗化妆的过程是很慵懒很缓慢地进行的,所以这两句词虽然描写的是美女梳妆的动作,但还是呈现出一种静态美。

当然了,尽管美女化妆往往是一个很漫长的过程,但"菩萨蛮"这个词调总共只允许写八句四十四个字,温庭筠不可能将美女化妆的全部细节一一描述,因此,他只用了"画蛾眉"这一个动作代表了化妆的全过程,然后就直接跳到了化妆以后的最后一道程序了。哪一道程序呢?

"照花前后镜,花面交相映。新帖绣罗襦,双双金鹧鸪。"对,这是化好妆以后的检查。

"照花前后镜,花面交相映。"美女对着镜子看看自己的头发盘得怎么样,戴的头饰是不是很得体。后脑勺上或者两鬓上戴的花看不到怎么办? 不要紧,我们都有这个物理常识,前面摆一面镜子,再拿一面镜子侧面照着后脑勺,就能通过光的折射看到自己的侧面和后脑勺了。女孩子应该都有过这样的经验,男孩子没有经验的也可以试试看。这位美女也是用前后两面镜子来检查自己头上戴的花儿和钗饰,这一检查,女子对自己的容貌装扮是不是满意了呢?

很满意。从哪里看出来很满意? ——"花面交相映"。李清照也唐

写过一首《减字木兰花》词,词是这样写的:

卖花担上,买得一枝春欲放。泪染轻匀,犹带彤霞晓露痕。怕郎猜道,奴面不如花面好。云鬟斜簪,徒要教郎比并看。

美女买了一枝新鲜的花儿,把鲜花斜斜地插在云鬟上,故意在丈夫面前晃来晃去,一定要丈夫说说看:到底是妻子漂亮,还是花儿漂亮。这首《菩萨蛮》中的"花面交相映"显然也是说女子的容颜和青春,就像花儿一样新鲜和美丽,"人面桃花相映红"啊!

检查完头上的妆饰,就该检查身上的衣饰了:"新帖绣罗襦,双双金鹧鸪。"帖,同贴,盘绣的意思。襦,膝盖以上的短袄。金鹧鸪是指金线绣成的鹧鸪鸟儿。这两句应该是说女子穿上了新做好的衣裳,"金鹧鸪"就是指"罗襦"上绣的图案了。

唐五代词人往往用成双成对的鹧鸪意象,来表达和鸳鸯同类的意思,所以这里的"双双金鹧鸪"还隐隐地包含了这位美女对于情爱的向往。她嘴里不说,但从她的动作、服饰,以及"花面交相映"一句暗含的对自己美貌的自信,都可以隐约猜到她此时的心理状态。现代词学家俞平伯就一针见血地说:"'双双金鹧鸪',此乃暗点艳情。"(《读词偶得》)

我们看这件衣服上用金线刺绣的图案,可以想象这不是林黛玉、薛宝钗喜欢的那种素淡的衣服,而是鲜艳华丽的服装。这首《菩萨蛮》,从第一句"小山重叠金明灭",到最后一句"双双金鹧鸪",一阕短短的小令,居然出现两个"金"字,并且还首尾呼应,从金碧辉煌的室内装饰,一直写到了金光闪闪的衣饰打扮。

这首词所表现出来的画面,如果用视觉感受来表达的话,那么我

想用这么一句话来概括：从女主人公所住的地方来看，那是富丽华艳，金碧辉煌；女子本人的容貌和服饰，则是浓妆艳抹，国色天香。用十六个字来概括整首词的画面感就是：

富丽华艳，金碧辉煌；浓妆艳抹，国色天香。

苏轼曾经评价唐代诗人王维的诗是"诗中有画"，不过王维的绘画与诗歌"不是向往热烈、华丽的生活，而是追求幽深清远的山林生活的态度"。（邓乔彬《中国绘画思想史》）王维的画最大的特点是"气韵高清""舍色用墨"，他的山水田园诗就好比是一幅幅清幽淡远的水墨山水画，以山水为中心，以写意为基本手法，带给人宁静清空、冲淡闲远的感觉。而在唐宋词坛上，温庭筠的词也堪称"词中有画"，只不过，他的词给人的感觉就仿佛是一幅幅浓墨重彩的工笔仕女图，色彩鲜艳，细节精巧，人物神态栩栩如生。这首《菩萨蛮》就是这一类"工笔仕女图"的典范。

清代词学家周济在对比温庭筠、韦庄和李煜这三位晚唐五代词人时曾说过这样一段话：像西施这样的绝代佳人，化浓妆很美，化淡妆也好看，淡妆浓抹总相宜，就算是粗布衣服蓬头散发，也掩盖不了她那种天生丽质的漂亮。韦庄的词是淡扫蛾眉的美女；李煜的词，是粗布衣服蓬头散发的美女；而温庭筠的词呢，就是浓妆艳抹的大美女。既然温庭筠笔下的美女有这样的共性，那我姑且把她们称为"筠女郎"吧。

像这样的评价可不是个别现象，这几乎是词学界对温庭筠公认的评价。再比如清末民初的李冰若就认为飞卿词"但觉镂金错彩，炫人眼目"（《花间集评注》）；清末民初另一词学家陈洵则说："飞卿严妆（严妆就是浓妆的意思）……惟其国色，所以为美。"（《海绡说词》）本

唐

来就天生丽质，"国色"嘛，再加上精致的浓妆，简直是绝色了！

当代学者邓乔彬先生更是指出温庭筠这种以"仕女图"的韵味来填词渊源有自：从盛唐以来，肖像画越来越多，出现了新画种"绮罗人物"，有很多画家专门以浓妆艳抹、穿金戴玉的贵族妇女为主题绘制仕女图。"温庭筠为晚唐人，能见到的仕女画必多……从仕女画得到启发，则使其施之于女性专门题材的曲子词创作，创造出新的特色。"（《唐宋词艺术发展史》）所以温庭筠笔下的"筠女郎"就呈现出这种"花面交相映""双双金鹧鸪"的浓艳之美了。

讲完了温庭筠填词艳的特点，现在该来说说他的相貌丑了。

词中的"筠女郎"越是浓妆艳抹、国色天香，可越发反衬出温庭筠这位词人的丑了。温庭筠到底有多丑呢？我没有温庭筠那样的才华，可以像画工笔仕女图一样将他的容貌细细描绘出来，我只好引用前人对他的称呼来证明了。

温庭筠有个外号叫"温钟馗"，钟馗是传说中能捉鬼的神，长得也和鬼一样丑。可就是这个长得像鬼一样的温庭筠，偏偏是才华横溢的填词大家。

所以，接下来，我再谈谈温庭筠的才情有多高吧。温庭筠青年时代即以才思敏捷、才情绮丽著称，辞章律赋擅名一时，与晚唐著名诗人李商隐并称"温李"，骈文则与李商隐、段成式齐名，因为这三位诗人都是排行十六，时号"三十六体"，诗风华艳，体现了晚唐诗的基本特色。

温庭筠也是一个特别奇葩的人，他多次考进士都被淘汰了，可偏偏他还就愿意在考场上帮隔壁的考生当"枪手"，"多为邻铺假手，日救数人"，一天可以帮好几个人。为啥别人憋一天憋不出诗赋文章来，

温庭筠却可以一天帮好几个人写呢？因为他才情高啊！他还有一个外号叫"温八叉"，每次考试，押官韵作赋，叉八次手一篇律赋就洋洋洒洒写成了，所以别人就叫他"温八叉"。唐代考试中的律赋要求很严格，"每篇限以八韵而成，要在音律谐协、对偶精准为工"（明代吴讷《文章辨体序说》），可这种难度对温庭筠来说根本就是小菜一碟。

那么大家可能要问了，既然温庭筠才情这么高，他帮忙当"枪手"的考生都考上了，他自己为啥就考不上呢？那就要怪他的"性格傲"了。

温庭筠放荡不羁，性格倨傲，还特别喜欢讽刺权贵，所以执政者就比较讨厌他。你看他考试的时候给别人当枪手，简直就是扰乱考场秩序嘛，主考官也不喜欢他，没当场取消他的考试资格已经算是对他客气的了。

再说一个和他有关的小故事吧。温庭筠不是写了二十首《菩萨蛮》吗？为啥一口气写这么多呢？据说是因为当时的皇帝唐宣宗特别爱唱《菩萨蛮》，因为温庭筠词名卓著，所以宰相令狐绹就找到温庭筠，偷偷告诉他，让他写了一组《菩萨蛮》词，进献给唐宣宗。令狐绹还再三嘱咐温庭筠，让他千万别把这事儿泄露出去。可是，才高八斗又不拘小节的温庭筠还是把这事炫耀出去了，令狐绹很不高兴，从此就不喜欢温庭筠了。令狐绹在当时的权势很大，拍马屁的人很多，因为令狐这个姓比较少见，甚至有一些本来姓胡的人，为了攀上令狐绹这个当朝显贵，不惜将自己的姓改成令狐。偏偏温庭筠不买他的账，还公然写诗嘲笑这些奉承拍马的人："自从元老登庸后，天下诸胡悉带令。"这样一来，你说那些位高权重的人还会喜欢他吗？也难怪，温庭筠一唐

生沉沦,官场失意,就只能在词坛收获他的巨大成功了。

这一讲,我们欣赏了温庭筠笔下浓妆艳抹、国色天香的"筠女郎",感受了富艳精致的"晚唐工笔仕女图",但温庭筠并不是只擅长写这种"工笔画",其实他也能写意,下一讲,我们就一起来品读他的另外一首写意的作品《梦江南》。

【拓展阅读】

夏承焘《唐宋词欣赏·词的转韵》:

这首词写一个女子孤独的哀愁。全词用美丽的字句,写她的晓妆:开首写额黄褪色,头发散乱,是未妆之前。三、四句是懒妆意绪。五、六句是妆成以后对影自怜的心情。最后七、八两句表面还是写装扮,她在试衣时忽然看见衣裳的"双双金鹧鸪",于是怅触自己的孤独的生活。全词寓意,于是最后豁出。"双双"二字是全首的词眼,七、八两句是全文的高峰。但表面还是平叙晓妆过程,好像不转,实是一个大转折。这手法比明转更高。

梦江南

温庭筠

梳洗罢,独倚望江楼。过尽千帆皆不是,斜晖脉脉水悠悠。肠断白蘋洲。

尽管温庭筠并不见得是我最喜欢的词人,但他的这首《梦江南》,我个人却是非常喜欢。喜欢到什么程度呢?我在中南大学给本科生开设的课程是先秦文学史,这也是中文系大一的新生一进大学接触的第一批专业必修课之一。而我每次给大一新生上第一堂课,作为文学史导言讲的第一首古代文学作品,并不是《诗经》或是《楚辞》,而是这首《梦江南》。

我为什么会选择这首词来作为中文系大一新生第一堂课的开场白呢?我是想通过对这首词的解析,让中文系的学生明白,对于一首看上去很简单、所有人都能读懂的文学作品,中文专业的解读应该和业余爱好者的解读有着怎样的不同。这一讲,我就尝试着将我在大学唐

中文系课堂上上课的方式搬过来,让我们一起来以中文系的方式,解读温庭筠的这首《梦江南》。

在课堂上,通常,我首先会问学生,这首词的主题会是什么?顺便说一句,大学课堂比较开放,虽然我面向的学生主要是中文专业的新生,但其他学院来蹭课的理科生、工科生、医科生或其他文科专业的学生也不少。作为一名拥有足够基础知识储备的大学生,无论他学的是哪个专业,回答我这个问题自然都不在话下。因此学生们几乎都会异口同声地说:这首词的主题是相思,而且相思的主体是一位思妇,她所思念的对象当然就是她的恋人或者是丈夫了。

第一个问题抛出来之后,大家通常会觉得这样的问题太简单了,和中学的语文教学没什么两样啊。然后,紧接着,我的第二个问题来了,既然明确了作品的情感主题,接下来就逐字逐句解释一下吧。如果要将这首词翻译成现代白话文,那么请问大家,这首词的第一句该怎么翻译?

这首词的第一句只有三个字:"梳洗罢。"这个问题的确太简单了,简单到我这个问题一抛出来,底下的同学们都会有些诧异:你确信这是大学中文系的课堂?

呵呵,我当然确信。

在几秒钟的沉寂之后,我就会听到同学们七嘴八舌的翻译了。例如:"梳洗完了""梳妆打扮结束了",等等。有时候,我也会指定同学来翻译,翻译的答案大致不会超出这个范围。

当然,这样的翻译绝对没有错。如果单独看这句词,"梳洗罢"的确就是梳妆打扮结束了的意思。可是作为中文系的老师,我并不满足

于这样干巴巴的翻译。因为,如果把"梳洗罢"放到整首词中去,作为一首词的第一句,它往往对后面情节和情绪的推进,起着至关重要的领起作用,因此,我希望对它的翻译能够更文学一点、更有情感一点。

比如:如果要给这句翻译加上时间,加上一些表达方式的修饰语,你又会怎么加呢?这位女子是在什么时候梳洗打扮的?是早上梳妆打扮,还是傍晚的时候化一个美美的晚妆?她又是怎样梳洗打扮的呢?是随便梳洗一下,还是在镜子前精心而细致地化一个隆重而精致的妆呢?

女性朋友可能都有过这样的经验吧:草草地梳洗一下和化个精致的妆,那感觉是完全不同的,心情也是完全不同的,目的当然也是完全不同的。反正我是有过类似经历的,有时候早上赶着去上班,草草地洗把脸刷个牙、抹点面霜或者 BB 霜就冲出门去,在地铁上或者开着车在等某个红灯的间隙再匆匆补个唇膏……

那么,词中的女子"梳洗罢",也是这样的吗?

当然不是,词中的这位女子绝对不是脚步匆忙的上班族,她不会只是草草地洗把脸而已。因此这句词至少我们可以翻译成这样:一大早,这位女子就已经精心地化了一个明媚而精致的妆。这就是王昌龄《闺怨》所说的"春日凝妆上翠楼"吧?

那么,她为什么一大早就要化好妆,而且还这么重视自己的妆容呢?

紧接着的第二句就是答案了:"独倚望江楼。"

她化好妆之后,独自登上了望江楼,眺望着离她最近的那个渡口,希望在那里,能够看到她的丈夫从某一艘停泊的船上走下来……显

唐

然,他们已经分别很久了,所以,她希望爱人再见到她的那一刻,她就是他眼里最美的样子。

理解了女子这种等待丈夫归来的热切心情,我们才能够明白"梳洗罢"这三个字,看上去很普通,实则蕴含着多么深厚的情意;我们才能够明白,女子在每一次细细画眉、每一次细细地点染胭脂的程序中,都蕴含了对丈夫最深的爱和最热切的等待。

"梳洗罢,独倚望江楼。"女为悦己者容,既然女子是如此渴望着能够在望江楼等到她久别的丈夫,那么她最终等到了没有呢?

答案又在接下来的两句词当中:"过尽千帆皆不是,斜晖脉脉水悠悠。"读到这两句词,我们就能明白,为什么我要在翻译"梳洗罢"这三个字的时候,一定要加上一个表示时间的词:一大早!

因为只有一大早梳妆完毕,早早地赶到望江楼,她才不会错过在那个熟悉的渡口停靠的第一艘船。她不能错过每一艘过往的船只,也不能错过每一个从船上下来的旅客。万一,在那其中,有她日思夜想、天天等待的人呢?

只是这一天,她的等待落空了。

"过尽千帆皆不是,斜晖脉脉水悠悠。"她从早上一直等到夜幕降临,"过尽千帆皆不是",从早到晚,那个渡口不知道来来往往了多少艘船,从渡口上上下下的旅客也数不清有多少人,但她等待的那个身影始终没有出现。当夕阳的最后一抹斜晖洒在江面,仿佛是女子脉脉含情的眼波停留在悠悠的江水上。我们完全可以想象,那个盛装打扮的女子,眼神里会盛满多少落寞、多少失望、多少哀怨……

"过尽千帆皆不是,斜晖脉脉水悠悠。"写成诗词,只有短短的十四

个字,却包含了整整一天的时间流动和情绪起伏,从精心装扮的清晨一直到了斜晖脉脉的傍晚。这位女子从早上化妆开始,就充满着热切的期待;当她在望江楼上看到第一艘船的帆影出现在视线中的时候,她内心的激动瞬间就达到了第一波高潮;可是当那艘帆船渐渐行近,直到在渡口停下来,所有的旅客都下了船,然后再驶离渡口,并且远远地消逝在女子的视线之外的时候,她的心情又从高潮跌到了低谷。

而这样一次又一次波浪起伏般的情绪跌宕,在这一天中要反反复复经历无数次啊:"过尽千帆皆不是,斜晖脉脉水悠悠。"

后来,北宋词人柳永也借用了这两句的词意,写出了凄美的《八声甘州》:"想佳人,妆楼颙望,误几回、天际识归舟。争知我,倚栏杆处,正恁凝愁。"

当最后一艘帆船远远地离开她的视线,消逝在江天一色的尽头的时候,她的心情也跌到了失望的最深渊——那就是绝望,是肠断啊:"肠断白蘋洲。"

白蘋洲可能是专有地名,比如说白居易就有《白蘋洲五亭记》,说的是湖州,也就是今天浙江吴兴的一个地方。温庭筠是去过湖州的,他的《江南曲》也有"妾家白蘋浦"的句子,因此这首词有可能就是在湖州写的。当然,白蘋洲也可能仅仅是泛指浮萍丛生的汀州,代指昔日与爱人分手之处,就像唐代诗人赵微明《思归》写的那样:"惟见分手处,白蘋满芳洲。"

梳洗罢,独倚望江楼。过尽千帆皆不是,斜晖脉脉水悠悠。肠断白蘋洲。

短短二十多个字,说尽了一个女子倚楼盼望归人的一整天。但是唐

词解读到这里,我们就满足了吗?就完全读懂了吗?

其实未必。表面上,这二十七个字说尽了一个思妇相思的一天,但我们如果再细想想,这首词真的只是说了一天的情绪变化吗?

你肯定反应过来了。对,这不只是一天,而很可能是天天如此,或者至少是经常如此啊!这样的一天,对于一个闺中思妇来说,就是她生活的日常,是她经历着从热切等待,到等待落空的失望乃至绝望的一天又一天,甚至是一年又一年啊!

是的,"过尽千帆皆不是,斜晖脉脉水悠悠"表面上只说了一天的事情,但其实就是古诗当中所说的"朝朝江口望,错认几人船"(刘采春《啰唝曲六首》)的意思,是日复一日的希望与绝望!难怪前人评价说,这首词看上去写得毫不费力,但细品之下,却有"款款深深,低徊不尽"之致(陈廷焯《白雨斋词评》)。

如果你一定要问:这样等待的日子到底要持续多久呢?这个问题真是不敢想、不敢问,因为想想都是伤心,是绝望。古人可不像我们现在这样,分别之后可以用手机、视频联系,时时刻刻 GPS 定位,想要见面也容易,飞机、高铁都很方便。古人的离别,短则一年半载,就像《诗经·采薇》里说的那样:"昔我往矣,杨柳依依。今我来思,雨雪霏霏。"是冬去春来的一年四季。长的呢,就像乐府诗里说的那样:"十五从军征,八十始得归。"那就是一辈子的等待和思念啊!

词读到这里,对于一般的诗词爱好者来说,其实已经解读得很充分了。可是对于更加专业的解读者来说,可能还是不满足,我们还可以再进一步地深入思考和提问。比如说,这首《梦江南》写的到底是哪一位女子呢?

这个问题一提出来,你可能又恍然大悟了:是的,这首词不一定是写某一位特定的女子,而很可能是整个女性群体在那样的年代里共同的生活状态吧?古代的男子行走四方,女性独守空房,真的是一种常态。这样想来,"过尽千帆皆不是,斜晖脉脉水悠悠"就不只是某一个人的某一天偶然的情绪状态,而是同一类人整体的、必然的悲剧命运了;我们读到的,就不只是字面上那种淡淡的伤感,而是浓厚的悲剧情怀了。

在这个基础上,我们还可以提出更深入的问题:难道这样的词,就只能理解为思妇对远行游子的等待和思念吗?如果我们能够联想到屈原《九歌·湘君》中的句子:"望夫君兮未来,吹参差兮谁思?"《湘夫人》中的"袅袅兮秋风,洞庭波兮木叶下",不是同样有一种千回百转的幽情远韵吗?

这样一想,"过尽千帆皆不是,斜晖脉脉水悠悠"也许就不仅仅停留在思妇的情感,还可以解读为任何人对于理想的一种执着等待,和王国维引用过的"独上高楼,望尽天涯路"(晏殊《蝶恋花》)的理想追求,其实是同一思路吧?

梳洗罢,独倚望江楼。过尽千帆皆不是,斜晖脉脉水悠悠。肠断白蘋洲。

温庭筠的这首词,写得实在太美、太忧伤了,以至于当代的女诗人席慕蓉还以此为基础,再创作了一首现代诗《悲喜剧》:

长久的等待又算得了什么呢/假如过尽千帆之后/你终于出现/(总会有那么一刻的吧)

当千帆过尽你翩然来临/斜晖中你的笑容那样真实/又那样地不

唐

可置信

　　白苹洲啊白苹洲/我只剩下一颗悲喜不分的心/才发现原来所有的昨日/都是一种不可少的安排

　　都只为了好在此刻/让你温柔怜惜地拥我入怀/（我也许会流泪也许不会）

　　当千帆过尽你翩然来临/我将藏起所有的酸辛

　　只是/在白苹洲上啊白苹洲上/那如云雾般依旧飘浮着的

　　是我一丝淡淡的哀伤

　　在席慕蓉的笔下,原本浓厚的悲剧情怀被冲淡了,因为久别后终于重逢的喜悦让此前所有的痛苦都得到了补偿,只留下一缕淡淡的哀伤。而温庭筠《梦江南》的原意,却是在千帆过尽之后,依然是"肠断白苹洲"的绝望,是无法弥补的一往无前的痛。

　　这两首诗词,终究是不同的。

　　而你,是更喜欢温庭筠笔下"过尽千帆皆不是,斜晖脉脉水悠悠"的忧伤,还是更喜欢席慕蓉笔下"当千帆过尽你翩然来临/斜晖中你的笑容那样真实"的悲喜交加呢?

【拓展阅读】

温庭筠《梦江南》

　　千万恨,恨极在天涯。山月不知心里事,水风空落眼前花。摇曳碧云斜。

杨雨说词

采莲子

皇甫松

船动湖光滟滟秋_{举棹},贪看年少信船流_{年少}。无端隔水抛莲子_{举棹},遥被人知半日羞_{年少}。

绝大多数经典的文学作品都是以抒发悲情为主,悲剧性情感确实更能激发我们的审美同情,不过,总是读悲悲切切的作品可能也容易让人感到一点儿压抑,所以偶尔读读轻松愉快的作品,作为一种调剂也是挺值得珍惜的。毕竟,生活需要一张一弛,阅读的心情同样也需要有张有弛。这首《采莲子》就是一首令人倍感轻松愉快的作品。

船动湖光滟滟秋_{举棹},贪看年少信船流_{年少}。无端隔水抛莲子_{举棹},遥被人知半日羞_{年少}。

这首词读起来篇幅很短,情绪也很轻松欢快。你是不是也注意到了:这首词不像词,倒是很像一首七绝。确实,"采莲子"这个词调是唐代教坊曲,形式上和七绝完全一样,七言四句,押平声韵,和我们之前

唐

讲到过的《竹枝》性质很类似。这样的歌词再一次证明,词在形成的早期和唐诗是一种近亲关系,所以,《采莲子》和《竹枝》词都不是诗,而是歌,尤其是《采莲子》还留下了和声部分的歌词。在每一句歌词之后都附了两个字的和声(下面括号里的"举棹""年少"即为和声部分的歌词):

船动湖光滟滟秋(举棹),

贪看年少信船流(年少)。

无端隔水抛莲子(举棹),

遥被人知半日羞(年少)。

这首词的词牌名是"采莲子",词的内容居然和词牌名完全吻合,写的就是江南采莲少女的形象和采莲子的活动,因此这首词其实就是采莲子的时候,少女们一唱一和的歌词。

我们不妨闭上眼睛想象一下,莲子成熟的季节,少女们划着船,轻松地穿梭在田田的莲叶和莲蓬之间,她们脸上的笑靥是那么清新明媚,欢快的歌声在湖面上此起彼伏。很有可能最漂亮的那位少女就是领唱,她一开嗓先唱了第一句"船动湖光滟滟秋",散落在湖面各处的女孩子们一齐和一句"举棹";她再独唱第二句"贪看年少信船流",女孩子们再合唱"年少";以此类推,就这样一唱一和,前后呼应,使得曲调更增添了更唱迭和、回环复沓的妙趣。一边享受丰收的喜悦,一边唱着歌儿来抒发快乐的心情,缓解劳动的疲劳,这真是一幅既有美景,又有美声的美丽图景。

直到今天,江南的很多种茶采茶的基地还能看到这样的景象,采茶女们一边采摘茶叶,一边唱着山歌,而且往往也是有主唱,有和声,

既悦耳动听,又赏心悦目。

类似的民歌还有大家比较熟悉的汉代乐府民歌《江南》:"江南可采莲,莲叶何田田。鱼戏莲叶间。鱼戏莲叶东,鱼戏莲叶西,鱼戏莲叶南,鱼戏莲叶北。"有的朋友第一次读到这首诗的时候,可能还有点儿疑惑,写这首诗的诗人也太偷懒了吧?什么叫"鱼戏莲叶东,鱼戏莲叶西,鱼戏莲叶南,鱼戏莲叶北"?同样一句诗重复四遍,只把方位名词分别改为东、西、南、北,要是诗都像这样写,咱们都能当诗人了,一天写个几十首都不在话下吧?

其实,咱们换个角度去理解,可能就不会批评诗人偷懒了。因为《江南》也是一首民歌,而且也是一边采莲一边唱的有领唱、有和声的歌曲。领唱先起头,唱前三句:"江南可采莲,莲叶何田田。鱼戏莲叶间。"散落在湖面上东西南北各个方向的采莲少女们纷纷应和,东边的少女们可能接着唱下一句"鱼戏莲叶东",西边的采莲女紧接着和再下一句"鱼戏莲叶西",等等。歌声从四面八方一浪接一浪地传来,此起彼伏,劳动、娱乐两不误,那是一幅多美、多动人的江南画卷啊!

这首《采莲子》继承的正是《江南》的民歌风味,描写的内容就是采莲女劳动、娱乐两不误的日常,演唱的形式也是一人唱众人和。第一句"船动湖光滟滟秋",是描写自然风景,"船"当然是采莲少女划的小船了,初秋是莲子成熟的季节,因为小船儿争先恐后地划到荷花丛里,原本平静的湖面泛起了阵阵涟漪,静态的自然风景因为人的闯入顿时显得动感逼人了。

这一句刚刚唱完,和声"举棹"就及时地呼应了这个动态的场面。举棹,顾名思义是举起划船的桨。举棹也有一语双关的含义,因为船

唐

动必须得先有划桨的动作,所以举棹首先是劳动的必要内容;可既然这是一首歌,因此"举棹"又可以理解为配合歌声的舞蹈动作。

我们再闭上眼睛想象一下,首先是甜美的领唱歌声"船动湖光滟滟秋"飘扬而来,余音还没有完全消失,和声"举棹"就从四面八方同时响起,声音高亢嘹亮,充满了劳动的激情和快乐;与此同时,所有的采莲女都举起了船桨,伴随着歌声有节奏地划动小船儿,大家同时一挥手臂,船桨在水中同时激荡起浪花,白色的浪花一浪接着一浪,在阳光下闪闪发亮。那场景,真不亚于经过精心排练的一幕大型实景歌舞表演啊!

当"举棹"的和声渐渐淡下来,领唱的歌声继续响起。这一回,情节发生了戏剧性的突变:"贪看年少信船流。"劳动的场面瞬间转化成了爱情的场面。导致情节发生突变的直接原因,是岸上一位英俊少年的经过,一下子就吸引了采莲少女们的视线——刚才大家的注意力都还集中在饱满、成熟的莲蓬上,可是莲蓬的吸引力哪里比得上小帅哥呢!

随着少女们的目光像被磁铁吸住了一样,定在少年的身上,领唱的少女敏锐地捕捉到了这个喜剧场面,促狭似的唱起了第二句"贪看年少信船流",一个"贪"字,活脱脱显示出民间少女毫不做作、毫不矫情的纯洁可爱。在她们身上,既看不到大家闺秀的矜持高傲,也看不到风尘女子的搔首弄姿,一派纯真自然的表现,完全不懂得掩饰,因为贪看帅哥甚至都忘了自己原来的目的,注意力全转到帅哥身上去了。一个"信"字,又活脱脱勾勒出采莲少女的痴情,本来她们都在很努力地划着船桨,争先恐后要划到莲蓬最多的地方,看谁采的莲子更多。

可是一旦帅哥出现,她们要比的就不是谁的劳动成果多,而是谁更能赢得小帅哥的青睐了。于是,莲子忘了采了,船也忘了划了,任凭小船漫无方向地自由漂流。所以当领唱"贪看年少信船流"的歌声刚落,她们不由自主地应和了一声"年少",对陌生"小鲜肉"的爱慕之意简直是呼之欲出了。

唱歌的时候和声的处理往往有两种类型,一种有声无词,这是一种泛泛的抒情;另外一种就是声义兼备、即时即景的咏怀,这首《采莲子》的和声就属于后者。"举棹"是劳动的情景再现,"年少"则是呼应爱慕的情意。和声的变化简直就暗示了主题的变化:一场劳动竞赛瞬间变成了爱情竞争。

既然因为"小鲜肉"的闯入,使得采莲的劳动画面发生突变,那么接下来的情节推进就更让人大跌眼镜了:"无端隔水抛莲子,遥被人知半日羞。"正在大家唱着歌儿、目不转睛贪看帅哥的时候,突然,不知道是哪位少女对着帅哥抛过去几颗莲子。少年猝不及防,莲子有没有接住不知道,反正小帅哥的眼光顺着莲子抛来的方向,在湖面上来回寻找。那位抛莲子的少女这才惊觉自己的动作实在是太过冒失了,女孩子家的,哪能这么主动呢?再加上身边的闺蜜们也开始打趣调侃她,少女的脸一下子就羞红了。

顺便再强调一下,"莲"其实也是谐音双关,因为莲谐音爱怜的"怜",在古代汉语里面,怜表达的就是爱的意思,所以莲子莲子,那就是爱你的意思了,因此莲子往往可以作为表达爱情的信物。正因为莲子具有这样的象征意义,所以当少女情不自禁将莲子抛出去之后,这才醒悟过来,自己这个下意识的动作,竟然泄露了内心的秘密,这实在

唐

是太令人羞涩啦！

　　船动湖光滟滟秋_{举棹},贪看年少信船流_{年少}。无端隔水抛莲子_{举棹},遥被人知半日羞_{年少}。

　　《采莲子》就是这样一首民歌风味浓厚的小词,语言通俗,情调欢快,读来令人轻松愉悦,甚至还会不知不觉地会心一笑。读了这样的词,是不是能让我们暂时从城市车流的污浊尾气、紧张的工作节奏中解脱出来,感受一下大自然的清新明快,感受一下民间少女的质朴率真呢？

　　当然了,我还得老老实实承认,虽然这首《采莲子》很像一首民歌,但它毕竟和乐府民歌《江南》不一样,它并不是真的民间老百姓边劳动边集体创作的民歌,而是文人创作模仿民歌的产物。因此,我还想好好介绍一下这首《采莲子》的作者——唐代著名词人皇甫松。

　　说皇甫松是唐代"著名"词人,其实史料对他的记载非常简略,我们甚至无法知道他确切的生卒年,只知道他主要活动在唐宣宗、唐懿宗前后,也就是和温庭筠大致同时,多次考进士却终生不第,也终生没有做官。

　　尽管在仕途上很失败,但皇甫松确实是一个成功的词人。中国历史上第一部文人词集《花间集》,一共收录了晚唐五代十八位重要词人,皇甫松名列其中,有12首词入选《花间集》,他一向被视为是刘禹锡白居易之后、温庭筠韦庄之前的最重要的词人之一。除了民歌风情浓厚之外,我的恩师邓乔彬先生总结了皇甫松词的另外两大显著特点:第一,他的词代表了词在形成初期,调名即为吟咏本题之意。比如这首《采莲子》,词的主题和调名一致,确实也是吟咏采莲的活动;再比

如皇甫松写的《梦江南》,词中就确实有"闲梦江南梅熟日,夜船吹笛雨潇潇。人语驿边桥"的句子,写的就是梦到了江南的风景;还有他的《天仙子》,词中有"刘郎此日别天仙"的句子,写的是刘晨与天台山仙女的艳遇;《摘得新》词中有"摘得新,枝枝叶叶春"的句子,诸如此类。调名和词的主题一致就是词在早期的一个重要特点,发展到宋代,词调名和词的主题内容往往就没有直接关系了。

皇甫松词的第二大特点就是从形式上体现出了歌唱的特点,而且还保留了作为和声的文字。《采莲子》中的"举棹""年少"就是有实际意义的和声的保留。再比如他写的《竹枝》词也是这样:

槟榔花发竹枝鹧鸪啼女儿,雄飞烟瘴竹枝雌亦飞女儿。

这首词中的"竹枝""女儿"也是和声合唱的歌词。

皇甫松作为重要的花间词人,他的个人特点还是相当明显的:清新明快的民歌风味;调名与主题的高度一致;歌唱形式、和声歌词的保留。这三大特点,让皇甫松在花间词人当中,占有了重要的一席之地。

不过我还想补充强调一点,虽然皇甫松这位词人的生平资料保存不详,但他有一个非常奇葩的爹,对他应该有很大的影响,不得不稍微介绍一下。他的奇葩爹就是唐代著名古文家皇甫湜。我为什么说他的爹很奇葩呢?原因是这样的:皇甫湜是唐宋八大家之一韩愈的高足,继承了韩愈文章奇崛高怪的一面,生平最信奉的作文准则是——让别人都看不懂的文章才是真正的好文章。他晚年有一段时间住在洛阳,和白居易过从密切,可是他又宣称,白居易写的诗文那都是下里巴人,他自己写的文章才是真正的阳春白雪。

唐朝著名宰相裴度住在洛阳的时候,曾经想聘请白居易写一篇碑

唐

文,皇甫湜知道了这个消息,跑到裴度府上去大发脾气:"我皇甫湜就住在你旁边,你却舍近求远去请白居易写文章!他那个下里巴人怎么写得出我这样高雅的文章呢!"裴度也是宰相肚里能撑船啊,赶紧说:"我就是觉得您老是大手笔,怕您老看不上我这样的小事儿,您既然不介意,那能请您来写当然是求之不得啊!"于是皇甫湜几斗酒一喝,大笔一挥,当即写了一篇几千字的碑文。裴度捧着文章左看右看没看懂,只好连声赞叹说:"好文章!好文章!高!实在是高啊!"还付了一大笔酬金给皇甫湜。

裴度是宰相肚里能撑船,但官场上不是每个人都像裴度这样心胸宽广,皇甫湜就是因为性格狂傲不羁,在仕途上颇受了几番重大挫折,到了晚年甚至穷得家里都开不了火。正因为皇甫湜在官场上混得不如意,家境又如此贫寒,他的儿子皇甫松当然也就没办法跟别人去拼爹了,所以一辈子连进士都没有考上,也没有进入官场的资本。更让人看不懂的是,儿子的词风跟爹的文风还来了一个180度大逆转;爹的文章是高深得大多数人都看不懂,儿子的词却是平淡得像大白话,还主动向浅显通俗的民歌学习。比起爹看不起的白居易来,皇甫松的词在通俗自然的路上走得更远了。看来,皇甫松也是一个挺叛逆的儿子,反正就是要跟爹走不一样的路,走不寻常的路。

直到唐昭宗光化三年(900),时任左补阙的韦庄上奏皇帝,说遗落在民间的词人才子,确实有才高八斗之辈,可是因为种种原因没能考上进士,含恨去世,恳请皇帝能够追赐这些人进士及第。在韦庄列出的名单里,就有李贺、温庭筠、贾岛等著名诗人,其中也包括了皇甫松。皇甫松活着的时候没有体会到进士及第的荣耀,死后却拥有了赐进士

出身的哀荣。

【拓展阅读】

皇甫松《采莲子》

菡萏香连十顷陂_{举棹}，小姑贪戏采莲迟_{年少}。晚来弄水船头湿_{举棹}，更脱红裙裹鸭儿_{年少}。

唐

思帝乡
韦庄

春日游,杏花吹满头。陌上谁家年少,足风流。妾拟将身嫁与、一生休。纵被无情弃,不能羞。

春天到了,桃红柳绿,风景优美,你是不是也和我一样,很想忙中偷闲,来一场说走就走的旅行呢?如果工作太忙,去不了太远的地方,就在郊外或者乡村踏踏青也不错吧!韦庄的《思帝乡》(唐代教坊曲)就是一首描写乡村踏青的优美词作。

韦庄是晚唐著名才子,生活在最动荡的时代,他的一生经历了唐文宗、唐武宗、唐宣宗、唐懿宗、唐僖宗、唐昭宗,以及末代皇帝昭宣帝七位唐朝皇帝,所以韦庄在唐朝的时候事业前途一片灰暗。在他六十多岁时,他来到成都,成为节度使王建的掌书记。公元907年,唐朝灭亡,这一年,七十余岁的韦庄,力劝王建登基称帝,创立了大蜀,史称前蜀,韦庄作为前蜀的开国功臣,在古稀之年做到了前蜀的宰相,这真的

是典型的大器晚成了。

在唐朝的时候,韦庄曾经长期在民间流浪,对民间生活有比较切身的体会,这首《思帝乡》就带着浓郁的乡村气息。

春日游,杏花吹满头。陌上谁家年少,足风流。妾拟将身嫁与、一生休。纵被无情弃,不能羞。

这首词乍一看上去,大家可能会和我有一样的感觉:哇,这个女子胆子够大呀!她的胆子大到什么程度?大到连我们当代女性,恐怕都没这份胆量,这么赤裸裸地表白对一个陌生帅哥的爱慕之情吧?

我们之所以会有这样的感觉,主要有两大原因。第一个原因,这首词的语言真的很通俗很直白,所以几乎不用怎么解释,我们马上就明白了它的意思:春天的时候,一个少女去郊外踏青,路上碰到一个美少年、大帅哥,这样的美少年要是穿越到今天,那就是大家所说的"小鲜肉"了。所以一看到他,少女的芳心禁不住怦怦直跳!于是她就大胆表白心声了:我想嫁的,就是这样风度翩翩的美少年啊!他要是愿意娶我,那我这一辈子都知足了。哪怕他以后喜新厌旧,要抛弃我,我也绝不后悔。

这真是"不求天长地久,只求曾经拥有"的爱情宣言啊!这么不顾一切,难怪我们一读之下,就被震住了!就算是到了现在思想这么开明的时代,女性在择偶的时候,首先要考虑的就是男方的人品是不是靠得住,可这位少女倒好,彻头彻尾的"颜值控",只要人长得帅,其他条件都不重要了。

换了是你,你会有这个胆量吗?

第二个原因,这首词之所以会让我们觉得特别大胆,是因为它和唐

我们平时读到的大多数词的风格都不一样。我一直在反复强调说,古人写诗填词特别注重含蓄美,可是韦庄的这首《思帝乡》真够颠覆的,一点含蓄美都没有!那为什么会这样呢?词中的那个少女,到底是什么人?她为什么会那么特立独行呢?

这就需要我们一起来细细回味这首词了。要理解这首词所有的"不同寻常",我们可以把握三个"一":一个意象、一类身份、一种词的创作手法。

我们先来看看"一个意象"。这首词一开始就用了一个特别有意思的意象——杏花。

"春日游,杏花吹满头。"在中国的古典诗词中,很多自然景物都被赋予了特定的象征含义。比如说,我们一看到"柳树"这个意象,马上就知道这首诗词主要应该是表达依依不舍的挽留之意;一看到"月亮",马上就能联想到思乡怀人的主题;一看到"鸳鸯",马上就知道,嗯,这一定是表达对夫妻恩爱的向往……诸如此类,古代的诗人又特别讲究借景抒情,所以了解特定意象的特定象征含义,对我们读懂诗词的基本情感是大有帮助的。

那么,我们在诗词当中一读到"杏花",就应该想到这首诗词作品十之八九是要抒发什么样的感情呢?要回答这个问题,当然先要了解一下杏花在文人眼中有哪些基本特点。

杏花开在春天。同样是和春天关系密切的植物,杏花和柳絮、梨花这些植物不同,它那淡红色的花朵显得特别热闹,和春天的一片绿意盎然对比,又显得格外的醒目。而且,杏花喜欢阳光,向阳开放是它的天然秉性。所以杏花一旦出现在古典诗词当中,往往就和热闹、阳

光这样的性格特点联系在一起,本身就不是那么含蓄的一种植物。我们熟悉的很多诗词名句,都是借用了杏花"热闹"的这种特性。例如:南宋诗人叶绍翁《游园不值》里的"满园春色关不住,一枝红杏出墙来",你看,一面高墙把所有的春色都紧紧地关在里面了,唯独一枝红杏关不住,从高墙上面探出头来——本来这只是杏花的天性,它要追着阳光开放嘛,可是在文人眼中,杏花就成了耐不住寂寞的象征了。

其实,"一枝红杏出墙来"也不是叶绍翁的首创,唐代诗人吴融就写下过"一枝红杏出墙头"的诗句,叶绍翁只不过是改了一个字而已。不光是叶绍翁喜欢这句诗,连大名鼎鼎的陆游,也一字不改地照搬过吴融的诗句:"杨柳不遮春色断,一枝红杏出墙头。"(《马上作》)还有我们熟悉的北宋词人宋祁的"红杏枝头春意闹",也是突出了杏花显得热闹的秉性。晚唐诗人温庭筠还写过一首诗,题目就叫《杏花》,其中有两句诗是这样写的:"杳杳艳歌春日午,出墙何处隔朱门。"

中国古代的文人真是了不起啊,不仅观察自然特别仔细,而且还特别有想象力,总是能从植物的自然属性中,联想到人的性格特点,杏花就是其中的典范之一。杏花喜欢阳光的性格,使它总是想方设法、拼尽力气向着太阳、向着外面的世界伸展开去,因此文人们引用杏花就尤其突出了它"出墙"的不羁性格。如果这种不羁的性格和女性联系起来,那又可以引申出女性春心萌动、对于爱情渴望和大胆追求的含义。

韦庄的《思帝乡》一开篇就是"春日游,杏花吹满头"。在中国的古典诗词里,杏花本来就不是一种含蓄的植物,那就难怪杏花一出场,几乎就奠定了整首词不那么含蓄的基本情调。而且这首词里的杏花,

唐

还不是一枝两枝杏花,而是满头的杏花啊!

"杏花吹满头",一个"吹"字,看上去好像少女满头的杏花是春风不经意间吹上去的,其实要我说啊,那就是少女自己精心打扮出来的效果。我觉得这句词改一个字,作"杏花插满头",也是完全可以的。古人很喜欢用鲜花作为头饰,不同季节会用不同的鲜花做头饰,比如说重阳节会在头上簪菊花,杏花开放的季节当然也可以插杏花,唐代诗人杜牧就写过《杏园》诗:"莫怪杏园憔悴去,满城多少插花人。"就写到了人们头戴杏花的景象。

既然我们已经了解了杏花这个意象的基本含义,那我们即便不看后面的词句,也大致能够猜得出,这首词的主人公,应该就是一个情窦初开而且大胆热烈的少女吧?

恭喜你,猜对了!

这个少女,确实不仅情窦初开,而且性格还很泼辣热烈。她本来就怀揣着一颗向往爱情的少女心,表面上是去踏青赏春,实际上,也想借机给自己创造一点认识异性的机会吧?

所以,接下来,我们就该探讨一下这首词的第二个"一":一类身份。这个少女的身份到底是什么呢?古代女性讲究的是三从四德,尤其是贵族女性,从小就被教导要端庄,要矜持,要笑不露齿、语不高声,走路还不能发出声音,等等。可是这位少女为什么可以自由地去郊游,还可以这么大胆地向陌生帅哥"抛媚眼"呢?

只有一种可能的解释,这位少女的身份并不是贵族女性,而是民间少女,所以整首词也流露出民歌那种大胆泼辣的风味。她身上没有太多的道德束缚,少女的天性能够更加自由地散发出来,显得那么自

然,那么泼辣,心里想什么,嘴上就说什么,毫无顾忌,一派天真:"陌上谁家年少,足风流。妾拟将身嫁与、一生休。"陌上就是田间小道,一个"足"字说明这个少年的颜值、气质确实是鹤立鸡群,一般人简直没法儿跟他比。

我们完全可以凭自己的想象力,还原一下当时的场景:一个打扮得漂漂亮亮的少女,正一蹦一跳走在乡间小路上。突然,她一抬头,发现迎面撞上一个帅到爆的少年,少女一惊,接下来就是一连串的心理变化:先是好奇:呀,这是哪家的帅哥啊?

紧接着转念一想,管他是谁呢,反正我要嫁的就是这样的帅哥,要是他肯娶我,那我这一辈子就心满意足啦!

这个想法实在是太大胆了,不仅我们吓了一跳,连少女自己都吓了一跳!她马上就意识到了,女孩子怎么能这么主动呢?而且你都不知道对方是谁,人品怎么样,万一是个花花公子怎么办呢?

想到这里,少女心里可能也产生了一点犹豫,但很快,对爱情的渴望就战胜了这点犹豫,管他以后怎么样呢,先让我一次爱个够吧:"纵被无情弃,不能羞!"

到底还是个不谙世事的小女生啊,完全不去想女性如果婚姻失败,会遭遇到什么样的后果,会面临什么样的悲剧。她只想到当下,她对爱情充满了异想天开的憧憬,甚至到了不顾一切的地步。

一辈子,能这么轰轰烈烈爱一次,那就不负此生啦!

"陌上谁家年少,足风流。妾拟将身嫁与、一生休。纵被无情弃,不能羞。"少女的这一系列心理变化和内心独白,活脱脱营造了一个大胆天真的民间少女的形象。我觉得可以用两个成语来概括少女在那

唐

一瞬间的心态变化,那就是从"一见钟情",到"死心塌地"!

其实,只要稍微有一点儿人生经验,大概就不会像这位少女这样天真烂漫了。白居易就写过一个悲悲切切的弃妇,她在经历了被抛弃的命运之后,痛定思痛地发出了这样的感叹:"寄言痴小人家语,慎勿将身轻许人。"就是告诫那些单纯的少女:你们这些痴情女孩,千万要慎重啊,不要随随便便就以身相许啊!真要是遇到了一个喜新厌旧的负心汉,你这一辈子就完了啊!

《诗经》当中著名的弃妇诗《氓》也用弃妇的口吻,谆谆告诫过女孩子们:"于嗟女兮,无与士耽!士之耽兮,犹可说也。女之耽兮,不可说也。"少女们啊,千万别被男人的花言巧语迷惑了。男人沉迷于爱情,还可以说放手就放手;女人要是陷进去了,再要回头那可就难啦!

你看,有过人生经验的女性和完全没有经验的少女,在对待爱情的态度上就是完全不一样的。尤其在古代,女性没有人身自由,在家从父,出嫁从夫,她一辈子的命运都拴在男人身上,慎重选择爱情和婚姻是多么重要!

这首词,读到这里,基本上就读完了。可是,还有一个很重要的问题我们没有解决,什么问题呢?

你肯定已经发现了,这首词从头至尾都是以一个少女的口吻,在表达她对爱情的向往。但问题是,这首词是谁写的?它不是一个少女写的啊!它的作者是韦庄,是一个男人,是一个士大夫文人啊!

对,这才是问题的关键,也是我们要说的这首词的第三个"一",中国古典诗词一种非常重要也非常独特的创作手法,我们把它叫作"代言体",也就是男性以女性的口吻说话,这也有点儿类似于我们今天说

的演员"客串",意思是演员临时扮演一下本行以外的角色。男性用女性的口气来发声,或者说男性为女性代言,也叫作"男子而作闺音",这种创作手法当然并不是韦庄的发明,而是战国时期爱国大诗人屈原的创造。

屈原在他的诗歌当中就经常用女性的口吻来发表意见,比如他在《离骚》中写过这样的诗句:"众女嫉余之蛾眉兮,谣诼谓余以善淫。"屈原把自己比作是美貌的绝代佳人,把君王比作是丈夫,把奸臣小人比作是丈夫的其他妻妾。他说,那些女人嫉妒我的美貌,就在我的丈夫那里诬陷我,说我是个淫荡的女人。屈原是用夫妻关系来比喻君臣关系,表达自己被小人陷害、被君王抛弃的愤慨。因为屈原在中国历史上的崇高地位,后代的诗人、词人就将这种代言体的创作手法继续发扬光大了。

而在唐宋词当中,这种男子而作闺音的代言体现象就更普遍了,因为唐宋词绝大多数都是男性词人所作,而绝大多数的唐宋词又都是写爱情的,其中更有大量用女性口吻来描写爱情的词作。一方面,古代的男人往往羞于承认自己对于爱情的追求,就干脆用女性的口吻来抒情,所以在这样的代言体作品当中,我们会发现,他们抒起情来,比女性自己还要大胆得多、不顾一切得多!另外一方面,如果学习屈原,用这种代言体来创作诗词,就可以提高作品的思想境界,把男女的爱情关系,置换成为政治上的君臣关系。用这种角度去解读代言体作品的话,那么女性在爱情当中的忠贞不渝、不顾一切就变成了士大夫文人忠君爱国的情感,宁可被抛弃也绝不改变这种至死不渝的忠诚。

唐

既然中国古典诗词有这样的创作、阐释传统,那我们不妨从这个角度,再来读读这首词吧:

春日游,杏花吹满头。陌上谁家年少,足风流。妾拟将身嫁与、一生休。纵被无情弃,不能羞。

你是不是又品读出了另外一种风味呢?

当然,韦庄写这首代言体的《思帝乡》,是不是一定像屈原那样包含了忠君爱国的意思,还是他向民歌学习,只是写了一首单纯的爱情词,那我们当然可以见仁见智了。

【拓展阅读】

贺裳《皱水轩词筌》:

小词以含蓄为佳,亦有作决绝语而妙者。如韦庄"谁家年少,足风流。妾拟将身嫁与、一生休。纵被无情弃,不能羞"之类是也。牛峤"须作一生拼,尽君今日欢",抑亦其次。柳耆卿"衣带渐宽终不悔,为伊消得人憔悴",亦即韦意,而气加婉矣。

女冠子
韦庄

　　四月十七,正是去年今日,别君时。忍泪佯低面,含羞半敛眉。　　不知魂已断,空有梦相随。除却天边月,没人知。

　　韦庄《思帝乡》的语言风格很是泼辣直白,那么,是不是韦庄的作品多是同一类风格呢?我们好像比较习惯于用一种风格类型去概括某一位诗人、词人,例如:一说起杜甫就是沉郁顿挫,一说起李白便是豪放飘逸,一说起纳兰性德就是凄婉缠绵,一说起李煜便是亡国之音哀以思……但其实,真正一流的诗人、词人往往是能够驾驭不同风格的作品的,艺术手法很丰富,情感类型也绝不会是单一的,韦庄也是这样。这首《女冠子》的风格和我们读过的《思帝乡》就很有些区别:

　　四月十七,正是去年今日,别君时。忍泪佯低面,含羞半敛眉。　　不知魂已断,空有梦相随。除却天边月,没人知。

　　"女冠"本来的意思是女道士。唐代的女道士都戴一种黄色的帽唐

子,我们知道古代只有男子才戴冠,一般的女性本来是不戴帽子的,所以凡有冠者必是女道士。唐代道教非常流行,女性崇奉道教的也大有人在,像杨贵妃入宫之前为了掩人耳目,就当过一段时间的女道士,道号"太真";李白的妻子宗夫人也是非常虔诚的道教徒。唐代有才有貌有身份的著名女道士也很多,例如唐玄宗的妹妹玉真公主,还有唐代著名女诗人薛涛、鱼玄机、李冶,都是女道士,这三位才女还并称为"唐代女冠三杰"。

《女冠子》作为唐代教坊曲,早期的词作确实多是吟咏女道士,不过韦庄的这首《女冠子》和女道士已经没有什么关系了,它吟咏的主题应该是和韦庄自己的爱情故事有关。

"四月十七,正是去年今日,别君时。"这首词一开篇与众不同。词主要是用来抒情的一种诗歌体裁,所以以自然风景或者情感来开头的作品比较常见,以营造一种情景交融的感觉。例如李煜《浪淘沙令》的"帘外雨潺潺,春意阑珊",韦庄自己的《思帝乡》"春日游,杏花吹满头",李清照《如梦令》的"昨夜雨疏风骤",等等,都是这样。但我们再读读这首《女冠子》,立刻就会觉得它的开头是别具一格的:"四月十七,正是去年今日,别君时。"

有没有觉得这样的开头不像抒情的词,而像是一篇类似于日记的散文的开头呢?我们写日记类的散文,也比较习惯于用日期或者直接用"今天……"这样的方式开头。韦庄的《女冠子》也是这样。

"四月十七",显然就是韦庄写这首词当天的日期,而且四月十七这一天对他来说,和平时的任何一天都不一样,这一天是有特殊纪念意义的。因为这一次的"四月十七"让他回想起了去年的今天——

"四月十七,正是去年今日",而去年的四月十七这一天,发生了一件令他一生都难以忘记的事情:"别君时。"

所以,如果真的换成日记形式的散文,这几句词我们或许可以这样来翻译一下:今天又到了四月十七了,这个日子又让我想起了去年的今天,也是四月十七,就在这一天,你离开了我。从去年的四月十七,到今年的四月十七,我们分别,已经整整一年了。

这样的翻译听上去是不是显得太平淡了呀?但"语淡情深"恰恰是韦庄词的一个重要特点。词本来是以含蓄为美的,可韦庄倒好,偏偏不走寻常路,一开始就交代时间、事件,真可以说是直白到透明的地步了,难怪《古今词统》评价这几句词是"冲口而出,不假妆砌",意思就是这样的词句好像完全没有过脑子,一点儿修饰都没有。

我觉得这个评价挺有道理的,但不过脑子的"冲口而出"绝对不意味着不"走心"。恰恰相反,越是太走心的人,在表达情感的时候可能越是不过脑子,因为他的情感表达完全出自本能,来不及添加任何修饰,越是毫不掩饰的感情,往往越是真实,越是容易打动人心。

"四月十七,正是去年今日,别君时。"既然四月十七这个特殊日子是与恋人被迫分离一周年的纪念日,那么我们难免要想探个究竟了,他们为什么会分手呢?他们分手的那天或者分手之后的这一年,又发生过什么呢?

我们先来看他们分手的那天是个什么情况,因为关于这个问题,韦庄自己在词中就给出了答案:"忍泪佯低面,含羞半敛眉。"

韦庄只写了女子在分手时候的模样,她假装低着头,其实只是为了掩饰忍不住夺眶而出的泪水,可是词人仍然能够从她低着头的侧影唐

当中,看到她半皱的眉头。

忍泪、低面、含羞、敛眉,这四个看上去简简单单的词语,十分传神地描绘了女子的动作和情绪状态,我们的眼前好像出现了一段特写的短视频:因为离别带来的伤痛,那位女子为了不想让爱人看见自己流泪而假装低头掩饰;因为泪水终于没忍住而感到羞愧,又因为羞愧而下意识地皱起了眉头。一个"佯低面"的"佯"字,让我们看到女子内心的矛盾。佯,是假装的意思;那是一种痛苦无法抑制和不得不强忍痛苦的矛盾。一个"半敛眉"的"半"字,又让我们看到了女子神态上的矛盾。也许我们也有过这样的体会:一个在哭泣和强忍哭泣状态中的人,他的眉头既不是特别愤怒或者焦虑时候的紧锁,也不是开心快乐时的完全舒展,而正是一种介于舒展和紧锁之间的半皱眉,这应该是情绪在接近失控却又仍然在努力控制中的一种状态。

"忍泪佯低面,含羞半敛眉。"这就是词人和女子离别时候强忍痛苦的情景。"四月十七,正是去年今日,别君时。忍泪佯低面,含羞半敛眉。"虽然时隔整整一年,但词人回忆起去年今日的时候,场景依然是那么鲜明,他深爱的女子,神态上的每一点细微的变化,都牢牢地刻印在了他的脑海中。

都说时间能淡化一切,但显然,时间一点儿都没有淡化词人对爱情的记忆与怀念。

那么,接下来,我们不免好奇第二个问题了:既然他们爱得如此之深,如此不忍分手,那又是什么原因导致了他们的离别呢?

关于这个问题,好奇的人不只是我们,从古到今一直都有很多人在探究这个问题的谜底。流传最广的答案是杨湜《古今词话》中记载

的一个故事:韦庄有一位姿容绝丽的宠姬,且能和韦庄诗词唱和,文笔清丽。王建听说后,借口要请这位宠姬去当后宫妃嫔的"家庭教师",教她们赋诗填词。可是宠姬入宫之后再也没能出来,都说是王建因为迷恋这位女子的绝世才貌将她占为己有了。韦庄敢怒不敢言,只能将满腔愤懑和思念诉诸词笔。他的词情意凄怨,蜀中一时盛传,直到有一天深宫中的宠姬也听到了韦庄的词,感念于韦庄的痴情,遂绝食而亡。

宠姬去世后,韦庄凄然欲绝,他写下了很多悼念亡姬的作品,这首《女冠子》就被公认为是他追念宠姬的经典代表作。

上一讲我在讲韦庄《思帝乡》的时候,简单介绍过王建和韦庄的关系,这里不妨再回顾一下。韦庄生活在晚唐到前蜀期间。907年,朱全忠逼唐朝的末代皇帝昭宣帝"禅位"给自己,自己改名为朱晃,登基改国号为"大梁",定都汴梁(今河南开封),这就是历史上的后梁太祖。唐朝至此灭亡。就在第二年(908),唐朝末代皇帝昭宣帝被鸩杀,谥号为哀。

这个时候,已经七十多岁高龄的韦庄本来在成都西川节度使王建的麾下担任掌书记,相当于王建最信得过的机要秘书了。907年,也就是朱全忠篡唐登基,改国号为大梁的这一年九月,韦庄上书,力劝王建自立称帝。王建自然是不愿意奉朱全忠的"大梁"为正朔的,于是欣然采纳韦庄的建议,登基为皇帝,国号大蜀,史称前蜀,908年改元武成。

作为王建开国称帝的心腹参谋,韦庄的政治生涯也达到了最高潮:韦庄以开国功臣的身份,先是被授予左散骑常侍、判中书门下事,一应"郊庙之礼、册书敕令"、邢政礼乐、开国制度都是出自韦庄之手,

唐

不出两年又被授予吏部侍郎平章事,即前蜀的宰相之职。古稀之年的韦庄,经历过长安子弟的少年轻狂,经历过中年的奔波乱离,经历过晚年政坛的霹雳巨变,终于位至前蜀宰相,被尊称为"韦相"。

因此,王建和韦庄先是上司和下属的关系,后来更是君臣的关系。古人还蛮喜欢把君臣编排为情敌关系的,对王建和韦庄是这样,后来对北宋的宋徽宗和周邦彦是这样,对清朝的康熙皇帝和纳兰性德也是这样……这种八卦的流行主要是因为它们的这些主角实在是太有名气、太受人关注了,在明星光环的照耀下,很多故事的真实性是很难考证的。我们大概也有这样的体会,即便是今天,网上流传的很多当代明星的绯闻,我们都难辨真假,又何况是古代的明星人物呢?

所以,宠姬是不是被王建夺走了,导致"侯门一入深如海,从此萧郎是路人",我个人是深表怀疑的。我倒是比较赞同另外一种答案,根据当代词学家夏承焘先生的考证推测,爱姬很可能早在韦庄入蜀之前就已经离开了他,韦庄曾写过《悼亡姬三首》悼念亡姬,其中有两句说:"才闻及第心先喜,试说求婚泪便流。"(其三)这说明韦庄及第之后不久爱姬就已去世。

韦庄在唐朝进士及第是在唐昭宗乾宁元年(894),那一年,韦庄已经年近花甲了,爱姬的离去应该在这之后不久;而韦庄入蜀到节度使王建麾下是在昭宗天复元年(901),也就是韦庄大约六十六岁的时候,其间有好几年的时间差,应该不会发生他入蜀之后宠姬才被王建所夺的事情。而且,根据历史记载,王建是一个很能礼贤下士的人,韦庄又是他信得过的开国功臣,公然抢夺宠姬的事件更像是被编排出来的绯闻。或许只是因为韦庄的词太过缠绵幽怨,情深如许,或许还因为他

仕蜀期间深受王建信任而位高权重,因此才会被"狗仔队"附会出这个离奇的故事。

"四月十七,正是去年今日,别君时。忍泪佯低面,含羞半敛眉。"上半阕写离别时的场景,下半阕自然而然转入到离别后的相思:"不知魂已断,空有梦相随。除却天边月,没人知。"爱姬的离去仿佛带走了他的灵魂,只剩下一具空洞的躯壳。只有在梦中,他还能与爱姬有短暂的相会,而梦醒之后的失落更让人绝望。每个夜晚的孤枕难眠,泪湿衾枕,陪伴他的只有同样夜夜不眠的天边月,只有同样孤独的月亮懂得他无尽的相思。

"除却天边月,没人知。"这真是一往情深的句子。夜深的时候,人间只有一个孤独的人,天上只有一弯孤独的月,正因为同样的孤独,人才会将孤独的情感投射到月亮上,好像只有天边的月亮才是人唯一的知己。

但是,细读两遍"除却天边月,没人知",你可能会发现,这两句词表面上好像是说幸好还有天边的月亮能够读懂人间的孤独,细想才觉得,它的言外之意其实是说除了词人自己之外,没有任何人可以理解他内心最深处的孤独,他一个知己都没有!再进一步细想,或许你还会恍然大悟,这两句词真正想说明的是,从去年的四月十七,一直到今年的四月十七,自从爱人离去之后,词人一直都是孤身一人,他的爱情世界没有替补!换句话说,他已经将全部的感情留给了那位永远离去的爱人。

顺便再提醒一下,当我们读到最后两句"除却天边月,没人知"之后,再回过头来看第一句"四月十七",会不会发现"天边月"和"四月唐

十七"这个日子的某种关联性呢?是的,每个月的十五是月圆的日子,而且俗话说十五的月亮十六圆,而四月十七,正是月亮刚刚圆过一回却又再度开始走向残缺的时间节点,用"天边月"呼应首句的"四月十七",是不是也包含着词人对爱情残缺的伤痛和遗憾呢?

四月十七,正是去年今日,别君时。忍泪佯低面,含羞半敛眉。 不知魂已断,空有梦相随。除却天边月,没人知。

一首《女冠子》,让我们看到了一个一往情深的韦庄,但其实,韦庄一共写了两首《女冠子》,主题相似,表达方式却颇有不同。下一讲,我们再继续解读这首《女冠子》(四月十七)的姐妹篇——《女冠子》(昨夜夜半)。

女冠子

韦庄

昨夜夜半,枕上分明梦见,语多时。依旧桃花面,频低柳叶眉。　　半羞还半喜,欲去又依依。觉来知是梦,不胜悲。

在上一讲我们讲韦庄《女冠子》(四月十七)的时候,提到他写了两首《女冠子》,都与爱姬的故事有关,也就是说,两首词吟咏的是同一件事情。从时间的连贯性来看,我们大致可以勾勒出这段爱情故事的基本轨迹:去年的四月十七日,是词人和爱姬分离的日子,"忍泪佯低面,含羞半敛眉"是别离时候的场景,是爱姬那种恋恋不舍的情态;下片这四句转到诉说词人自己在分别之后的这一年当中,相思孤独的一种常态:"不知魂已断,空有梦相随。除却天边月,没人知。"

而第二首一开篇就说"昨夜夜半,枕上分明梦见",说明这首《女冠子》是截取了漫长分离之后的一个时间点——也就是"昨夜夜半"。如果说第一首的"不知魂已断,空有梦相随"是相思的常态,那昨天半

唐

夜的这场梦,就是这一年来无数个相思梦当中,最清晰、最有代表性的那一个梦了。

那么,词人在梦里到底见到了什么?为什么他对这个梦记忆那么深刻呢?接下来的三句词就是对梦境的具体描述了:"语多时。依旧桃花面,频低柳叶眉。"

"语多时"当然是指爱人之间的絮絮低语,永远都有说不完的悄悄话。"依旧桃花面,频低柳叶眉"又是对爱妾神态容貌的大特写。

"桃花"自古以来就是形容女性美貌的一个独特意象。早在《诗经》时代,人们就开始用鲜艳灿烂的桃花来形容美女了,例如《桃夭》诗:"桃之夭夭,灼灼其华。之子于归,宜其室家。"就是用春天盛开的桃花,来形容新娘子的青春美貌。桃花争妍斗艳的热闹又容易让人联想起婚礼的热烈隆重。因此,桃花既是春天的"形象大使",也映衬着新娘的美貌,同时还象征着美满的婚姻:"之子于归,宜其室家。"之子,这位姑娘;"于归"便是女子出嫁的意思,直到现在,"之子于归"还常常被贴在新婚夫妻洞房的门口,作为结婚对联的横批使用。

顺便说一下,"桃之夭夭"还成为一个沿用至今的成语,本意是形容桃花茂盛鲜艳的样子,又用来形容少女的美貌和幸福的婚姻,不过因为汉语同音字的关系,在流传过程中又衍生出另一个同音不同义的成语"逃之夭夭",诙谐地表达逃得无影无踪的意思,这可是与"桃之夭夭"的原意大相径庭了。汉语这种以讹传讹、将错就错的例子还不少见,也算得上是挺有意思的一个语言现象。

清代学者姚际恒在《诗经通论》中说过:"桃花色最艳,故以取喻女子,开千古词赋咏美人之祖。"《诗经》中还有一首诗也写道:"何彼

襛矣,华如桃李。"(《召南·何彼襛矣》)意思也是赞美一位新娘子的美貌:"你看,你看,她是多么美丽芬芳啊,就如桃李花儿盛开。"

"千古词赋咏美人之祖"这个评价可是足够高的了。中国本就是桃树的故乡,用桃花来形容妙龄女子的青春美貌更是《桃夭》这首诗奠定的基本创作手法,中国的诗歌从此形成了以花喻美人的传统,连女性化妆用的胭脂都被称为"桃花粉",用胭脂涂抹两颊化个清雅的淡妆被称为"桃花妆"(浓妆则被称为"酒晕妆")。因为桃花与美女、婚姻的这种紧密关系,似乎也成了催生另一个词语的原动力——"桃花运"。按照《辞海》的解释,"桃花运"的意思是"男子在爱情方面的机遇、运气",如果能在生命中遇到一个如桃花般美丽多情的女子,当然是无数男子梦寐以求的好运气了。

而以桃花比喻美女最著名的诗除了《桃夭》之外,恐怕还得数唐代诗人崔护的《题都城南庄》:

去年今日此门中,人面桃花相映红。人面不知何处去,桃花依旧笑春风。

这首诗就是用"人面桃花"的相互烘托,来抒发对佳人的赞美之情。从"桃之夭夭,灼灼其华"到"人面桃花相映红",桃花与美丽的容颜就这样结下了不解之缘。崔护一生留下的诗篇很少,可仅凭这一首诗他便能留名诗史。正因为他这首诗太有名了,以至于从此以后,汉语言又增添了三个非常浪漫的词汇,并且成为后代诗歌频频出现的典故:一个是"桃花面",专门形容女子的娇美容颜;一个是"桃花笑",形容女子的笑靥如花;还有一个成语便是"人面桃花"。甚至后来男女相识却又因种种原因不得不分离,男子追念旧事,抒发对昔日恋人的思唐

念之情,也被称为"人面桃花之感"。

韦庄在《女冠子》词当中的"依旧桃花面,频低柳叶眉",就是化用了崔护人面桃花的诗句,既赞美了女子的美貌,也暗示了"人面不知何处去"的伤感结局,而且"桃花面"和"柳叶眉"对称,既勾勒了女子美貌如花之形,又烘托出美女含情脉脉之神,真是形神俱备,楚楚动人。

"昨夜夜半,枕上分明梦见。语多时。依旧桃花面,频低柳叶眉。"当我们再一次读到这首词的上半阕时,细心的读者也许发现了,这首《女冠子》的上半阕和第一首《女冠子》的上半阕好生相似啊!我们再来对比读读看。

第一首《女冠子》的上半阕:

四月十七,正是去年今日,别君时。忍泪佯低面,含羞半敛眉。

第二首《女冠子》的上半阕:

昨夜夜半,枕上分明梦见,语多时。依旧桃花面,频低柳叶眉。

是的,第一首的"忍泪佯低面,含羞半敛眉"对应第二首的"依旧桃花面,频低柳叶眉"。这几句都是词人眼中的爱姬形象,但是不同时期的爱姬形象是不一样的。"忍泪佯低面,含羞半敛眉"是分手时刻的痛苦和不舍,"依旧桃花面,频低柳叶眉",却是直接跳过了分手的那个痛苦场景,回到了他们热恋时候的甜蜜状态了。

"依旧桃花面"是爱情滋养下女子的娇美容颜,可"忍泪佯低面"却成了强忍悲痛的不舍;"频低柳叶眉"是恋爱中女性娇羞的本能反应,"含羞半敛眉"则是伤心时候的本能反应。同一个人,在不同的情绪状态下,她的神态会发生多么巨大的改变!

昨夜夜半,枕上分明梦见,语多时。依旧桃花面,频低柳叶眉。

在漫长相思的煎熬中,词人终于通过一个梦,重温了他和爱人相依相伴时的甜蜜与浪漫。在梦中,他的爱人还是那么清纯美丽,还是那样娇羞动人。上半阕因相思而入梦,下半阕就转入梦醒时分的悲凉。

半羞还半喜,欲去又依依。觉来知是梦,不胜悲。

这首《女冠子》的时间脉络依然非常清晰,"昨夜夜半,枕上分明梦见"是交代时间和故事的起因;"语多时。依旧桃花面,频低柳叶眉"是美梦正甜的时候;"半羞还半喜,欲去又依依"是梦境将醒未醒时候的胶着;"觉来知是梦,不胜悲"则是梦完全醒后的凄凉现实。

"半羞还半喜,欲去又依依。"既享受爱情的甜蜜却又难免感到羞涩,这正是热恋女子的正常心理反应;短暂的相聚之后却要面临漫长的分离,"欲去"又依依不舍,不忍离去,也是分别时候正常的情绪反应。正在欲留又去的矛盾胶着中,词人突然惊醒了。"觉来知是梦,不胜悲。""觉来",字面上的意思好像是一觉醒来,是一刹那间的醒悟,但其实要真正从甜美的梦境拉回到痛苦的现实中来,是需要多么漫长和艰辛的思想斗争啊!正像弗洛伊德所说的那样:"一个人从睡梦中刚刚醒来,免不了有一种天真想法,以为梦的本身虽不是来自另一个世界,但不管怎样,自己总是到了另一个世界。"(《释梦》)尤其是两个世界差距那么大,又怎么可能在瞬间自如切换!当词人经过漫长的思想斗争,才终于说服自己从梦的世界里醒过来,才终于说服自己承认现实、面对现实的时候,梦醒成空的悲哀,才更让人难以承受!

"觉来知是梦,不胜悲。"这两句词也呼应了第一首《女冠子》当中的"不知魂已断,空有梦相随"。都是强调梦境的温馨,以反衬现

唐

实的荒凉。梦是唐宋词当中最重要的意象之一,有多少词人像韦庄这样,企图借助梦境逃避现实;又有多少词人是那么地依赖梦境对心理创伤的治疗作用。就像捷克生理学家普金耶所说的那样:"梦用愉快治疗悲哀,用希望和快乐的解愁梦象治疗忧伤,用爱和友谊治疗仇恨,用勇气和洞察治疗恐惧……用实现代替空虚的期待。白天不断重现的许多精神创伤被睡眠所治愈……时间的安慰作用在一定程度上有赖于此。"

看来,不管是西方的心理学,还是中国的古典文学,对梦境治疗悲哀的作用都有着很深层次的心理依赖。尽管,无论梦境能在多大程度上治疗"白天不断重现的许多精神创伤",最终,梦都有醒来的时候。至少,在中国的古典诗词中,越是夸大梦境的治疗作用的神奇,梦醒成空之后导致的情绪落差就更容易让人陷入难以承受的悲哀。

而对韦庄来说,无论是"不知魂已断,空有梦相随"的无奈,还是"觉来知是梦,不胜悲"的苍凉,都无法阻止他继续去梦中寻觅安慰,哪怕那种安慰只是极其短暂的。

近代词学家吴梅先生曾说,在五代的时候,以西蜀、南唐词的创作最为繁盛,而如果比较词之工拙,则"以韦庄为第一"。词学史上一般将温庭筠和韦庄两位词人并称"温韦",温庭筠的词大多浓艳,而韦庄的词则以清雅独步一时。就像胡适所评价的那样:"(韦庄)词长于写情,技术朴素,多用白话,一扫温庭筠一派纤丽浮文的习气。在词史上,他要算一个开山大师。"

一往情深,却又平白如话,大概就是韦庄词最显著的特点了,或者说得更高雅一点,他的词就像"初日芙蓉春月柳,使人想见风度"。

(周济《介存斋论词杂著》)

【拓展阅读】

刘大杰《中国文学发展史》:

韦庄以情词闻名,但他所描写的背景,与那些专写歌姬妓女,专写肉感性欲者不同,在他的生活过程中,确有一种情爱的葛藤,因此出现于他的作品的情感较之旁人所表现者,要较为高贵。同时在修辞与表现的技巧上,脱离温庭筠派的富贵秾艳,和张泌、牛希济式的轻薄。他用着清疏淡雅的字句、白描的笔法,再加以缠绵婉转的深情,使他在《花间集》中,卓然成为与温庭筠对立的一派。

唐

菩萨蛮
韦庄

人人尽说江南好,游人只合江南老。春水碧于天,画船听雨眠。　炉边人似月,皓腕凝双雪。未老莫还乡,还乡须断肠。

春夏秋冬,四季风云,永远是诗词中的主角。从桃红柳绿的春天,到"一一风荷举"的盛夏,到"金风玉露一相逢"的金秋,再到"夜雪初积"的冬天,时间总是过得太快,快得好像总是让人感到猝不及防。好在于时光的流转中,总有那么一些词人,用他们的文字慰藉着我们的行色匆匆,抚慰着我们的疲惫与孤独,让我们在尘世的奔波中感到一份温暖。韦庄就是这样一位词人,韦庄大约出生于836年前后,到他二十五岁左右时,中晚唐的一批一流诗人如刘禹锡、白居易、杜牧、李商隐等已经相继去世,在诗人凋零的大唐末世,韦庄异军突起,堪称当时最杰出的诗人。

这一讲我们要品读的,就是韦庄一首感慨时光的词作《菩萨蛮》:

人人尽说江南好,游人只合江南老。春水碧于天,画船听雨眠。　炉边人似月,皓腕凝双雪。未老莫还乡,还乡须断肠。

英国诗人雪莱在他的《西风颂》中不是说过吗:"如果冬天已经到了,春天还会远吗?"

其实,韦庄在写下这首《菩萨蛮》的时候,正经历着他人生中最漫长的一个"冬天"。甚至可以这么说,那段时期,不仅是韦庄人生中的冬天,也是大唐王朝命运的冬天。这又是为什么呢?

我想,还是先应该介绍一下这首词创作的时代背景和韦庄当时的经历。

公元875年,也就是唐僖宗乾符二年,黄巢在曹州(今山东菏泽)发动起义,响应王仙芝的起义军。黄巢是一个极有魄力的起义军首领,他写过一首著名的《菊花》诗:"待到秋来九月八,我花开后百花杀。冲天香阵透长安,满城尽带黄金甲。"这本是黄巢落第后写的诗,可是诗中完全看不到名落孙山的颓丧失意,反而洋溢着豪迈、乐观的战斗意志。王仙芝战死之后,黄巢起义军声势越来越大,一路势如破竹。不久,黄巢自号冲天大将军,先后占领了广州、潭州(长沙)等地,又打下洛阳,随后于广明元年(880),直逼唐朝都城长安。

大敌当前,唐僖宗急得眼泪一把鼻涕一把,情急之下,居然任命一个叫田令孜的宦官为总司令,命令张承范率领神策军出城迎敌。神策军是负责保卫京师和宫廷的最重要的一支禁军队伍,理论上算是唐朝最精锐善战的部队,然而到了晚唐,这支部队早已严重腐化。部队成员的出身大多非富即贵,多为长安城中的纨绔子弟,他们享受着比一般军人更为丰厚的俸禄和特殊的权利,沉溺在酒色之中,却又长期不唐

经沙场考验,耀武扬威、欺负手无寸铁的老百姓是他们的长项,上阵杀敌却是连做梦都没有想过的。这回真要上前线了,一个个是抱头痛哭,甚至很多人仗着有钱有势,花钱去雇一些老弱病残的乞丐流民代替他们上战场,开赴潼关前线。

这样的总司令、这样的一群乌合之众,怎么可能应对士气正空前高涨的黄巢起义军!果不其然,两军一对阵,神策军就稀里哗啦兵败如山倒。黄巢大军开进华州,围攻长安。唐僖宗只好哭着鼻子,在宦官田令孜的裹挟之下,瞒着一干大臣,带着几位心爱的妃嫔和王子仓皇逃出长安,踉踉跄跄奔往蜀地。

广明元年(880)十二月,黄巢率领着起义大军大摇大摆开进长安城,并且在大明宫正殿含元殿登基做了皇帝,国号"大齐",大赦天下,一时间风光无限,真应了他当年的那首诗:"冲天香阵透长安,满城尽带黄金甲。"

国家命运必然和个人命运紧密相连,长安陷落,也改变了韦庄的命运轨迹。

在这一轮又一轮血雨腥风中,年近半百的韦庄在唐僖宗中和二年(882)春天,终于仓皇逃出兵荒马乱的长安,开始了他的半生漂泊。

就在黄巢攻陷长安之后,韦庄目睹了起义军和官兵相继给长安带来的动荡,他写下了长篇乐府叙事诗《秦妇吟》,以一位"秦妇"自述的口吻,叙述了这一场又一场纷乱带给人民的痛苦:"南邻走入北邻藏,东邻走向西邻避",这是老百姓争相避难的惊慌;"家家流血如泉沸,处处冤声声动地",这是无辜百姓蒙难的惨状;"家财既尽骨肉离,今日垂年一身苦",这是老百姓对骨肉分离、有家难归的悲叹……一场紧接着

一场血洗的灾难过后,"百万人家无一户",田园荒芜,老百姓流离失所、朝不保夕,大唐国运急转直下,只剩下苟延残喘。

这首《秦妇吟》因其强烈的现实精神和高超的艺术水准而享有崇高的诗坛地位,后人将《孔雀东南飞》《木兰辞》和《秦妇吟》并提,并称"乐府三绝"。而且因为这首诗,韦庄当时还赢得了一个公认的雅号"秦妇吟秀才"。

历史上是否真有"秦妇"其人并不重要,重要的是《秦妇吟》极其写实地展现了一幅动乱的时代画卷,而韦庄就是这个时代感受最深的亲历者,或者可以说,"秦妇"的所见所闻所感其实就是韦庄本人的所见所闻所感。

韦庄这一次在刀光剑影中捡回一条命,狼狈逃出京城,一度寓居洛阳、浙西、金陵(今江苏南京)、婺州(今浙江金华)等地,在江南、江西、湖南往来奔波,贫窘交加,为在乱世之中求得一线生机而四处流浪,这样的日子持续了十余年。

就在江南流浪时,韦庄写下了这首著名的《菩萨蛮》:

人人尽说江南好,游人只合江南老。春水碧于天,画船听雨眠。　炉边人似月,皓腕凝双雪。未老莫还乡,还乡须断肠。

江南的春天风光确实秀美,杏花春雨,小桥流水,无不让人沉醉。江南不只是风景优美,而且还经济富庶,交通发达,自唐代以来更是才子佳人聚集之地。"人人尽说江南好,游人只合江南老"可不是诗人的夸张,人人都喜欢江南,在温暖美丽、繁华富庶的江南流连忘返,甚至想在这里终老,也应该在这里终老。

"春水碧于天,画船听雨眠",人们在这里可以惬意地江边垂钓,欣

唐

赏碧水蓝天,可以悠闲地荡舟湖上,听雨入眠。

对于风流才子们来说,江南更是孕育浪漫爱情的地方:"炉边人似月,皓腕凝双雪。"这两句暗用了汉代美女卓文君当垆卖酒的典故。

汉代第一才子司马相如琴挑文君之后,卓文君瞒着父母,与司马相如一起逃到成都。文君不顾一切逃离家庭的行动,在当时被看作是大逆不道之举。父亲盛怒之下,对这个"败坏门风"的女儿采取了强硬的经济封锁:"女至不材,我不忍杀,不分一钱也。"果断宣布断绝父女关系,一个子儿都不分给他们。而卓文君呢,私自嫁给了司马相如以后才知道,这位风度翩翩的大才子,其实是个不折不扣的穷光蛋,按《史记》的说法是:"家居徒四壁立。"家徒四壁啊!

但贫穷是可以改变的,卓文君并没有因此而后悔自己的爱情选择。于是,文君建议相如说,成都物价太贵,房租也不便宜,与其待在大城市喝西北风,不如回临邛去谋生吧。临邛虽然地方小了点,但物价便宜,谋生要比成都容易得多。

临邛是卓文君的故乡。于是,夫妻俩卖掉成都所有的破破烂烂,回到临邛,买下一间很小很小的酒馆。两人都身兼数职,把小酒馆经营得有模有样:卓文君换上了以前从未穿过的麻布衣裳,一头秀发挽到脑后梳成发髻,卷起袖口,露出白嫩的手臂,站在酒馆门口,放下架子大声吆喝,亲手为客人沽酒,活脱脱一个能干泼辣的劳动妇女。相如也放下了书生的清高,系上滑稽的粗布大围裙,弓起身子洗碗扫地,当上了酒馆里忙前忙后的店小二。这副模样,哪里还是那个清高脱俗的美男子!

司马相如与卓文君共患难的爱情故事是流传已久的一段佳话,韦庄用这个历史典故,主要是为了突出卓文君的美貌——江南处处

都有像卓文君那样才貌双全的佳人,肤如白雪,面若银盘,一笑解千愁。在这样好的地方,面对这样好的才子佳人,又何必老是念念不忘遥远的故乡呢?

"未老莫还乡,还乡须断肠。"还是不要回去了吧!趁着年轻,好好享受江南的旖旎风情。如果回去看到家乡一派战后残败的景象,一定会痛断肝肠的啊!

"未老莫还乡,还乡须断肠。"表面上看来,韦庄一直在口口声声夸着江南好、江南美,可是细细品味之下,我们会发现他从头至尾说的其实都是"反语"。他真正想说的心里话是:江南再好,江南再美,江南再温柔,那也不是你的江南、不是你的家乡。他越是宣称"未老莫还乡",越是有无法掩饰的故国之思喷薄而出。前人说得好,他通篇都在强颜欢笑,骨子里却是浓得化不开的乡愁:"强颜作欢快语,怕肠断,肠亦断矣。"(谭献《词辨》)

的确,当韦庄流落江南的时候,他的故乡长安还陷于兵荒马乱之中,先是黄巢占据长安,后是李克用的沙陀兵逼入长安,你方唱罢我登场。公元888年,还不到三十岁的唐僖宗暴病而亡,掌权的宦官又拥立唐僖宗的弟弟李晔继位,这就是历史上的唐昭宗。

唐昭宗景福二年(893),韦庄再度回到阔别十一年的长安应试,再度落第。直到第二年,也就是昭宗乾宁元年(894),年近花甲的韦庄才终于进士及第,释褐为校书郎。

生逢乱世,十年飘零,来往万里,到处求仕求食,年近六旬方才成为新科进士,韦庄至此才算是给了自己一个交代。

长安,韦庄牵挂了十多年的故乡,直到现在才算真正抚慰了他的唐

半世乡愁。

重回长安,故乡终于回报了这位游子一个进士及第的荣耀。虽然对于韦庄来说,这个回报来得实在是太晚太晚,但他那颗在乱世中被打击得七零八落的心终于感受到了些许的温暖。

"未老莫还乡,还乡须断肠。"这样的故乡,早已不是韦庄日思夜想的故乡,长安反而成了他不得不逃离的地方。眼见着大唐王朝已经走到了命运的尽头,韦庄做出了他人生中最艰难的一个选择:接受王建的邀请,入蜀辅佐王建。

昭宗天复元年(901),六十多岁的韦庄在成都成为节度使王建的掌书记。名义上,此时的王建仍然是大唐的臣子,掌书记也是节度使麾下的正常"编制"。但实际上,唐王室自顾不暇,早已没有能力节制王建。韦庄入蜀,无疑是他命运中最重要的一次转折。

907年,朱全忠逼昭宣帝"禅位"给自己,自己则改名朱晃,登基改国号为大梁,定都汴梁(今河南开封),这就是历史上的后梁太祖。唐朝至此灭亡。唐王朝的这一系列动荡,封杀了韦庄重返故乡的最后一线希望。韦庄此后终身仕蜀,再也未能重回长安。后来,王建称帝,国号大蜀,史称前蜀。作为王建开国称帝的心腹参谋,韦庄深受王建信任,位至前蜀的宰相。

"人人尽说江南好,游人只合江南老。春水碧于天,画船听雨眠。"走过人生最漫长的冬天,韦庄终于在蜀地迎来了他政治生涯的最高潮,也是他事业的真正春天。不知道大器晚成的韦庄,是否还会时不时回想起,当他漂泊江南时,面对江南美丽的春景,自己曾经流露过那么强烈的乡愁呢!

【拓展阅读】

韦庄《菩萨蛮》

洛阳城里春光好,洛阳才子他乡老。柳暗魏王堤,此时心转迷。桃花春水渌,水上鸳鸯浴。凝恨对残晖,忆君君不知。

五代

五代

生查子
牛希济

　　春山烟欲收,天淡稀星小。残月脸边明,别泪临清晓。　　语已多,情未了,回首犹重道。记得绿罗裙,处处怜芳草。

　　春天是很美好很温暖的季节,但春天也是一个和离别有关的季节,因为在古代,春天是科举考试的季节,学子们要离开家乡,去京城参加会试,所以这个季节同时还盛产"离别"。五代词人牛希济的《生查子》,就是一首和春天的离别相关的词。

　　在讲这首词之前,我们还要先说明两个问题:一个是"生查子"这个词牌名的来历;另一个问题,牛希济的名气肯定比不上白居易、刘禹锡、温庭筠这些大词人,但牛希济在词的发展历史上,确实又是一个非常重要的词人,那么他到底是谁呢?

　　第一个问题:"生查子"这个词调来自于唐代教坊曲。据学者考证分析,"查"又叫"查郎",这个查郎可不同于现在的流行语"渣男",现

杨雨说词

在说"渣男"是指那种人品特不好、特不靠谱的男人,而古代的"查郎"指的是士大夫官员。唐玄宗就呼人为"查郎",而且在唐代,用"生查子"这个词调来填词的时候,确实大多是吟咏士大夫建功立业的内容。但我们也讲到过,词牌名只是乐曲的名字,发展到后来,填词的人越来越多,内容越来越丰富,慢慢地,词牌名和词的内容之间就没有什么必然联系了。而大多数的唐宋词主题都是以爱情为主,很多原本和爱情没有关系的乐曲,后来也可以填写关于爱情的内容,"生查子"也是这样。

牛希济这首词也是和爱情有关,而且因为这首词太有名了,尤其是最后两句"记得绿罗裙,处处怜芳草"更是流传千古的经典名句,所以"生查子"这个词牌又有了一个别名,就叫作"绿罗裙"。从此之后,"生查子"这个词牌填写爱情词的现象就非常普遍了,例如欧阳修的《生查子》"月上柳梢头,人约黄昏后",讲的就是凄美浪漫的爱情故事。

第二个问题:牛希济是谁呢?

这位词人主要生活在五代的前蜀、后唐时期。唐朝灭亡之后,中国历史进入了五代时期,这个时期王朝更迭频繁,社会动乱不止,生活在其中的文人命运大多也比较坎坷,牛希济正是这样。在前蜀的时候,他官至翰林学士、御史中丞,他的词集被命名为《牛中丞词》。925年,前蜀被后唐所灭,牛希济跟着前蜀后主王衍一起投降后唐,来到了当时后唐的都城洛京,也就是今天的洛阳。

本来作为亡国之臣,牛希济是很被后唐君臣看不起的。有一次,后唐的皇帝故意命令前蜀的这些降臣赋诗,内容还必须是说前蜀的灭

五代

亡,这就等于是赤裸裸的羞辱了。降臣们为了保命,在赋诗的时候都纷纷批判前蜀后主王衍如何如何昏庸,如何如何荒淫,最终导致了国家灭亡。唯独牛希济不卑不亢,他写的诗从头到尾,没有一句是说前任皇帝的坏话,其中还有这样的句子:"唐主再悬新日月,蜀王还却旧山川。"恰恰是他的这一份气节和胆量,让后唐的皇帝非常感慨,而且从此对牛希济刮目相看。皇帝说:"像希济这样才思敏捷,又心存忠孝的人,真是太难得了。"于是拜牛希济为雍州节度副使,受到了朝廷的重用。

牛希济就是这样一个不仅有人品担当,而且还有才华担当的词人,他也是中国第一部文人词集《花间集》当中最重要的词人之一。但是,他和温庭筠这些花间词人不一样的是,他不喜欢写那些经过刻意雕琢、华丽香艳的词,他的词最大的特点就是崇尚清新自然。前人评价他的作品,最常用的一个词语就是"清俊",也就是清新俊秀的意思。

这首《生查子》正是"清俊"的典范。

春山烟欲收,天淡稀星小。残月脸边明,别泪临清晓。 语已多,情未了,回首犹重道。记得绿罗裙,处处怜芳草。

词一开篇就像写意的水墨画一样,为我们描绘了一番春天的景象,而且这还是一个春天的早晨。"春山烟欲收,天淡稀星小",黎明时候,天还没有完全亮,远山笼罩在一片轻烟当中,雾霭将散未散,天淡星稀,这一切,一开始就渲染出一种烟水迷离的韵味,是不是确实很清新俊秀呢?

"春山烟欲收,天淡稀星小",这是一幅朦胧缥缈的远景图,但是词人并没有沉溺在这种凄迷的景致当中,而是立刻将笔墨从远景拉回到

了近景:"残月脸边明,别泪临清晓。"如果说"春山烟欲收,天淡稀星小"是纯粹的写景,那么"残月脸边明,别泪临清晓"就是情景交融了,而且就好像电影镜头一样,从远景直接拉回到了一个特写镜头:快要西沉的月亮,月光和曙色一起照在脸上,我们可以清清楚楚地看到,这是一张素颜但仍然清丽非常的脸。在月色下,脸上挂着的两行清泪,显得特别楚楚可怜。

这么美好的春天,又是这么一大清早,为什么要哭呢?又是谁在哭呢?词里面写得很明白,是"别泪临清晓",是离别时恋恋不舍的泪水啊!"别泪"这两个字就点明了这首词的离别主题,而且是一对爱人的离别。

离别,当然是诗词当中烂熟的话题。奇妙的是,在一流的文人那里,同一个话题却总是能够写出跟别人完全不同的味道来,绝不会雷同。牛希济这首《生查子》写离别,最大的特点,是他将爱人在离别时候的赠语和"移情"的手法结合在了一起。

我们先来看看"移情"是怎么一回事。当代著名美学家朱光潜先生说过,所谓移情作用,"就是人在观察外界事物时,设身处在事物的境地,把原来没有生命的东西看成有生命的东西,仿佛它有感觉、思想、情感、意志和活动,同时,人自己也受到对事物的这种错觉的影响,多少和事物发生同情和共鸣"。简单地说,移情,就是人的情感转移到了别的事物上面。比如那句著名的唐诗"天若有情天亦老",就是把人的情感投射到了无情的老天上面,好像天和人都能成为知己一样。

这种手法不仅中国的诗人用得炉火纯青,西方的文学家也常常使用移情法。亚里士多德老早就说过,用这种手法来描写事物,带给人五代

的感觉是"如在目前",就好像你可以亲眼看到、亲手触摸到一样。他还举了荷马的例子:"那块无耻的石头又滚回平原""矛尖兴高采烈地闯进他的胸膛"。石头哪里知道什么无耻不无耻呢?兵器哪里会兴高采烈呢?还不是因为人的情感投射到了石头上面,投射到了兵器上面。所以,移情作用往往还带着一点隐喻和拟人的味道。

在中国的古典名著《红楼梦》中有一个特别著名的情节:黛玉葬花。落花当然是没有感情没有思想的,可是黛玉因为联想到自己的身世,就好像和落花的命运是一样的,所以她写的《葬花吟》就说:"一朝春尽红颜老,花落人亡两不知。"而宝玉在听到了以后,更是"不觉恸倒山坡之上,怀里兜的落花撒了一地"。

宝玉是由黛玉葬花的举动,以及这首令人心醉魂痴的《葬花吟》,想到了落花的不幸,又进一步联想到了红颜的薄命:连黛玉这样神仙一般的女子,无论曾经有过怎样的花容月貌,也终归会像落花一样归于尘土,一想到这里,岂不令人"心碎肠断"!

这就是黛玉和宝玉都移情到了落花的身上。

牛希济的这首《生查子》,移情的对象又是什么呢?"记得绿罗裙,处处怜芳草。"

移情的对象就是女子身上穿着的那条绿色罗裙。

这两句词,本来是女子送给即将远行的爱人的。"语已多,情未了,回首犹重道。记得绿罗裙,处处怜芳草。"一对深深相爱的人,在离别的时候,当然会有说不完的话,"语已多,情未了",那么,他们两个人之间,到底是谁的话最多呢?显然,是女方话多。男子要走了,而女子一直在不停地各种叮嘱,各种舍不得,话已经说了一大堆,可是总觉得

意思还没表达完。

当然,女方告别的话说了那么多,在一首短短的小词当中,肯定不可能全都记下来,那就只能挑选最特别、最重要的话写下来。比如:一千多年前,《诗经》里的那位妻子,送丈夫上战场的时候,就只说了十六个字:"死生契阔,与子成说。执子之手,与子偕老。"生离死别的时候,妻子向丈夫许下了山盟海誓:一定会等着你平安归来,牵着你的手,和你一起白头到老。这是多么感人的誓言!

在这首《生查子》里面,这位女子说的是什么呢?"记得绿罗裙,处处怜芳草。"她对男子说:"你看到面前这一片萋萋芳草了吗?只要你还记得我爱穿的绿色裙子,那么不管你到了哪里,一看到绿色的芳草就要想起我啊,就要脚下留情啊!"

"记得绿罗裙,处处怜芳草。"我们都知道,一般诗词当中习惯用花来比喻女性的美貌和命运,所谓美人如花,可是,这位女子,却别出心裁地选择了芳草作为移情的对象,这又是什么原因呢?

我想有两个原因。

第一个原因,女子平时最爱穿的就是绿色的裙子,他们分手的那个黎明,她身上穿的也一定是一条和芳草一样颜色的裙子。所以,她希望自己最爱的颜色,在爱人心里,也能够成为最熟悉、最难忘的印象。当然,选择青青的芳草而不是万紫千红的鲜花来作为移情的对象,我想,这也是牛希济清俊风格的一种表现吧。

另外一个原因,就是这位女子的小"心机"了,当然,这是特别深情、特别聪明的小心机。在通常情况下,鲜花和芳草给人的视觉印象最大的区别是什么?

五代

  鲜花颜色艳丽,很抢眼,往往能够在一瞬间占据人的视线,给人一种"惊艳"的感觉。

  芳草却不一样,它比鲜花显得更普通,更不起眼,颜色也更单调。但,芳草也有芳草的魅力。

  首先,芳草占据的面积一般更大,更加随处可见;而且,它虽然不像鲜花那样娇贵,不像鲜花那样更容易吸引"回头率",但是芳草的生命力却更加顽强,更不容易凋零,就像白居易的诗中所描写的那样:"离离原上草,一岁一枯荣。野火烧不尽,春风吹又生。"女子所希望的爱情,不也正是这样吗?她想要的,不是一见钟情的惊艳,不是萍水相逢的露水姻缘,而是能够经受考验的细水长流的爱情啊!

  现在,她深爱的人就要远行了,她不能跟着他一起走,但她又希望爱人不要忘记自己,甚至是时时刻刻都要想着自己。可是那个时候没有手机,不能时不时发一条微信查岗:"喂,你在哪里啊?你和谁在一起啊?你有没有想我啊?"当然更不能视频聊天,给对方看看自己新买的裙子,展示一下新换的口红。从这首词当中,我们并不知道这个女子长得漂亮不漂亮,性格是温柔还是泼辣,他们的关系是夫妻还是恋人。但从这几句词里我们完全可以肯定,这位女子对男子的爱特别特别深,她特别特别舍不得他走,而且,在男子面前,她把自己放到了很低很低的位置,就像张爱玲说她的爱情一样,是那种"低到了尘埃里"的姿态。

  她不敢奢望,在那个四海为家的男子心里,她能成为那朵最艳丽的鲜花,可以时时刻刻吸引他"猎艳"的目光,可是她又不甘心只是他生命里无足轻重的一个过客。她希望,无论男子走到哪里,每一个春天,每一处芳草萋萋的原野,只要一看到翠绿色的芳草,都能够让他想

起她身上那条翠绿色的裙子,想起她窈窕婀娜的身姿,想起他们之间缱绻的爱。

这样一份对爱的祈求是何等深情,何等卑微,又是何等的聪慧!说她深情,是因为她希望爱情天长地久;说她卑微,是因为她不奢望如鲜花般惊艳的爱情,却把自己放低到像草一样的平凡;说她聪慧,是因为她知道,在百花盛开的春天,男人又怎么能够在那些千娇百媚的容颜中,辨认出她这小小的一朵呢?只有年年春天,在不经意的春风中绿了又绿的芳草,才能够追随着男子远行的脚步,一直延伸到看不见的远方,才能占据爱人的全部视野啊!

"记得绿罗裙,处处怜芳草。"这样的爱情,是卑微的,却又是倔强的。

春山烟欲收,天淡稀星小。残月脸边明,别泪临清晓。　语已多,情未了,回首犹重道。记得绿罗裙,处处怜芳草。

如果你还记得我身上穿的这条绿色罗裙,那么无论你走到哪里,都请你对脚下的芳草处处留情,因为,每一株小草,都是我对你温柔的爱。

【拓展阅读】

唐圭璋《唐宋词简释》:

此首写别情。上片别时景,下片别时情。起写烟收星小,是黎明景色。"残月"两句,写晓景尤真切。残月映脸,别泪晶莹,并当时之愁情,都已写出。换头,记别时言语,悱恻温厚。着末,揭出别后难忘之情,以处处芳草之绿,而联想人罗裙之绿,设想似痴,而情则极挚。

五代

诉衷情

顾敻

永夜抛人何处去?绝来音。香阁掩,眉敛,月将沉。争忍不相寻?怨孤衾。换我心,为你心,始知相忆深。

这首《诉衷情》词中,有几句是我个人超级喜欢的句子,被我自己反复引用的频率也非常高,那就是"换我心,为你心,始知相忆深"。我一直觉得,这几句词表达相思,简直是到了深入骨髓的地步,前人用"透骨情语"四个字来评价,真是深契我心。爱一个人究竟要到什么程度,才会横空迸出这样的句子:把我的心,换成你的心,你才会明白,我到底有多想你,到底有多爱你!

这几句表达透骨相思的词,就出自五代最重要的词人之一——顾敻的笔下。

我此前提到过,唐五代属于词的形成期,词调的名称和词的主题内容往往倾向于一致,这首词调名"诉衷情",顾名思义应该就是倾诉

内心的情感,顾敻的这首词也的确是以女性的口吻来倾诉衷肠的。其实,《诉衷情》是唐代教坊曲,调名有可能取自《离骚》:"众不可户说兮,孰云察余之中情。世并举而好朋兮,夫何茕独而不余听。"顾敻这首《诉衷情》并不是正体,而是变体。《诉衷情》以温庭筠所作为正体:"莺语花舞春昼午,雨霏微。金带枕,宫锦,凤凰帷。柳弱蝶交飞。依依,辽阳音信稀,梦中归。"

温庭筠词是单调,一共三十三个字,描写的也是思妇的情感。顾敻的变体《诉衷情》则是单调三十七个字,多了四个字。可见在当时,这两种不同形式的《诉衷情》在演唱的时候,旋律和节奏都应该会有些细微的变化。

顾敻是五代花间词人的代表,《花间集》选录了他五十五首词,入选数量高居花间词人的第三名,仅次于花间鼻祖温庭筠和另外一位词人孙光宪。可惜的是,顾敻的生平事迹史料记载不详,生卒年和籍贯都不清楚,只知道他在前蜀时曾经担任过内廷给事中。这个官职虽然不高,但工作性质还挺重要的,属于门下省,对一应政令的错失都有驳正的职能。后来顾敻被提拔为茂州刺史,这就相当于一个地级市的市长了。后蜀时累官至太尉,侍奉蜀主孟知祥,所以顾敻世称顾太尉。太尉在秦汉的时候地位非常尊崇,太尉和丞相、御史大夫并称"三公",是全国的军政首脑,东汉的时候太尉与司徒、司空并称"三公"。后代一般也设置太尉一职,但逐渐变为加官,级别很高,但并不代表实权。

顾敻顾太尉在历史上并不是以他的政治成就出名,而是以"花间词人"这个身份留名青史的。他的词主要风格是什么呢?我列举清末词学家况周颐的几个经典评价,大概就能总结出来了。况周颐说顾敻五代

的词"浓淡疏密,一归于艳",认为他是"五代艳词之上驷","以艳之神与骨为清,其艳乃益入神入骨"。

这几句评价无一例外都提到了一个关键字——"艳"。《花间集》的整体风格,其实就是这一个"艳"字。欧阳炯给《花间集》写的序言就相当于介绍了《花间集》选词的基本纲领:"镂玉雕琼,拟化工而迥巧;裁花剪叶,夺春艳以争鲜。"这篇序言开门见山标举了两个关键字:一个是"巧"字,另一个就是"艳"字。

"巧"是说花间词人的创作技巧整体上都很高明,"艳"说明花间词的整体风格趋向于艳丽,甚至可以和春天的百花去争奇斗艳,所以这部词集取名为《花间集》。一个"巧"、一个"艳",既然《花间集》选录词作显然主要是按照这两个标准来操作的,那么顾敻的"艳"又有什么特别之处呢?

按照况周颐的评价,顾敻的艳词是"五代艳词之上驷","上驷"的本意是千里马中的上品,况周颐的意思就是说顾敻的词是花间艳词中最杰出最艳的那一类。而且顾敻的"艳"不仅仅是艳在词藻的华美,更是"入神入骨"之艳,是艳在骨子里、艳到极致了!

那么,顾敻的这首《诉衷情》能不能带给我们一种"入神入骨"之艳的感觉呢?我们还是来细读一下这首词吧。

"永夜抛人何处去?绝来音。"起句就是一个问句。在诗词当中,疑问句确实是一种特殊的存在,因为疑问句永远显得比陈述句更有震撼力,如果说陈述句更像是一湾平静的水面,那么疑问句就好像是一阵突然掠过的风,在原本平静的水面上掀起了巨浪,它不仅能让人感受到作者发自肺腑的情感波涛,也让我们不由得随着作者的发问,同

时在我们自己的内心搜索着答案。李煜的"春花秋月何时了",元好问的"问世间情是何物",辛弃疾的"更能消几番风雨",都是这样,劈空一个问题砸下来,让我们原本平静的心绪瞬间如潮水般翻滚、涌动。

这首《诉衷情》开头也是这样的:"永夜抛人何处去?"永夜,就是漫长的夜。一般情况下,我们不会觉得夜晚很漫长,如果情绪稳定的话,通常我们会说"一觉醒来"怎么样。这说明,虽然夜晚的时间会占掉我们一天24小时的三分之一甚至更多,但这段时间常常是睡一觉就过去了。当然,前提是睡眠状况很好,对一个能睡的人来说,夜晚不过是一闭眼、一睁眼的事儿。

可是,对于失眠的人来说呢?

那就是"永夜"了!长长的,长长的,好像是永无尽头的黑夜啊!当你在黑暗中睁着眼睛的时候,听着时钟的嘀嗒声一秒一秒地过去。当然对古人而言,是听着计时的铜壶漏声一声声、一声声,仿佛敲打在心上。你会绝望地想:夜,怎么那么长、那么长呢?那种痛苦,只有失眠的人才能深切体会吧?

"永夜抛人何处去?"一个"抛"字,更是尽显情绪的空落,就好像万丈深渊当中抛下去一块石头,你等啊等啊,等了半天都等不到石头落水的声音,那悬崖下的深渊到底有多深啊?到底什么时候才能落到尽头啊?

心,总是浮在半空中,落不到实处,不知道你有没有体会过这种感觉呢?我反正是有过类似经历的。比如:一场重要考试之后,你在焦急等待考试结果的那一段时间;再比如:你向心仪的女孩或者男孩表白,在忐忑等待他(她)回答的那一段时间。这一段等待的时间也许其

五代

实都不长,可对你来说,每一秒可能都像一个世纪那么长。

词中的女主角也是如此,因为等待,才会让夜晚显得尤其漫长。但"永夜抛人何处去",要"抛弃"女主角的并不是漫长的夜,而是另有其人。那个人,才是让女主角一夜无眠的真正原因。因此第二句就揭示了这个原因——"绝来音"。音讯全无!

"绝来音",这才是让女主角失眠的真正原因。既然是"绝来音",一个"绝"字,其实是在暗示我们:那个他,已经好久好久没有写信回来了,好像现在已经好久好久没有发过微信和朋友圈了。因此"永夜抛人何处去"就绝对不只是一夜无眠,而是好久以来的夜夜无眠、夜夜相思了!女子才忍不住发问:那个把我抛弃在漫漫长夜中的薄情人,你现在究竟在哪里流浪呢?

"永夜抛人何处去?绝来音。"起句的情感就如此强烈,让我们不由得对女主角兴起深切的同情。这样漫长相思的无眠之夜,她该怎么度过呢?

答案在接下来的这几句:"香阁掩,眉敛,月将沉。争忍不相寻?怨孤衾。"

庭院深深的闺房里,她关上门,紧锁的双眉锁住的仿佛是她内心无尽的幽恨。"月将沉",当月亮渐渐西沉的时候,黎明又将如期而至,又一个无眠之夜终于熬过去了。

"争忍不相寻?"黑夜属于相思,白昼属于寻找。虽然明知这种寻找是徒劳的,是没有结果的,可是爱到深处,你让我怎么忍心不去追寻你的踪迹、你的音讯呢?因为追寻不得才会产生怨情恨意——"怨孤衾"。既然相爱,你为什么又总是让我这样独守空房、

孤枕难眠呢?

由无望的相思而生无尽的怨恨,女子终于迸发出最后两句掏心掏肺的深情至语:"换我心,为你心,始知相忆深。"

把我的心,换成你的心,你才会明白,我到底有多想你,到底有多爱你!

原来,她想努力放下,却到底还是放不下;她想恨那个人,却到底还是恨不起来。

爱得有多深,才会让人放不下,又恨不起呢?!

"换我心,为你心,始知相忆深。"我得承认,对于这样的"透骨情语",我是一点儿抵抗力都没有的。岂止是我没有抵抗力,就连王国维都说,虽然写得好的词大多是含蓄的,是将感情蕴含在自然风景中的,可是也有专门直接抒情而能到达"绝妙"境界的,例如牛峤的"甘做一生拼,尽君今日欢",又如顾夐的"换我心,为你心,始知相忆深",就是这样"专主作情词而绝妙者"。

永夜抛人何处去?绝来音。香阁掩,眉敛,月将沉。争忍不相寻?怨孤衾。换我心,为你心,始知相忆深。

短短三十七个字,完全从女性内心独白的角度,完成了从问,到怨,再到忆的一段心路历程,让我们看到了一个相爱入骨、相思入神的女性形象。也许这样短的一阕小令,还不足以让我们充分了解擅长写"透骨情语"的花间词人顾夐,那么,我愿意尝试一下,补充介绍几首顾夐的代表作,串连起较为完整的一个思妇的心路历程。这是顾夐创作的一组《荷叶杯》词——

首先当然是初次相见的爱之震撼:

弱柳好花尽拆,晴陌。陌上少年郎,满身兰麝扑人香。狂么狂,狂么狂?

然后是坠入情网的爱之浓烈:

记得那时相见,胆战。鬓乱四肢柔,泥人无语不抬头。羞么羞,羞么羞?

再然后是迫不得已分离的爱之无奈:

一去又乖期信,春尽。满院长莓苔,手挼裙带独徘徊。来么来,来么来?

因为分离而产生无尽的相思,于是女子用吟诗写信的方式来遥寄爱之深切:

我忆君诗最苦,知否?字字尽关心,红笺写寄表情深。吟么吟,吟么吟?

因遥寄相思却始终得不到回音,进而相思成病,女子忍不住质问对方,我对你这样的爱,你到底知道还是不知道:

春尽小庭花落,寂寞。凭槛敛双眉,忍教成病忆佳期?知么知,知么知?

因相思成疾最终至于夜夜无眠、独自伤神的爱之绝望:

夜久歌声怨咽,残月。菊冷露微微,看看湿透缕金衣。归么归,归么归?

我截取了顾敻一组《荷叶杯》词中比较有代表性的这六首,清晰地勾勒出女子爱情的一段心路历程。从对"陌上少年郎"一见钟情的震撼,到相思不得的绝望——"一去又乖期信""我忆君诗最苦";从爱到不顾一切——"狂么狂""羞么羞",到爱到完全失去自

我、一切希望都寄托在与对方的重逢之上——"来么来,来么来""归么归,归么归"!这个女子爱得大胆,爱得勇往直前,爱得无怨无悔,也爱得苦不堪言。

这就是顾敻的"透骨情语"。当然,所有的情语加起来也许都比不过这一句"换我心,为你心,始知相忆深"。不要简单地将这样的爱情嗤之以鼻,认为只是儿女情长,其实爱情也可以是一种信仰,就像恩格斯曾经说过的那样:"痛苦中最高尚的、最强烈的,和最个人的——乃是爱情的痛苦。"

其实我很感谢《花间集》,尽管《花间集》里的爱情表现多少有些雷同的遗憾。在中国漫长的诗歌史上,中国诗人的爱情几乎长期处于被压抑的状态,"发乎情止乎礼"是他们终生恪守,不敢稍有逾越的基本教条,但《花间集》却以五百首词的庞大数量,如此集中而强烈地突破了这个束缚,尽情地释放出了对爱情的渴望,真实的人性在这里流露无遗。或许正像钱锺书先生所说的那样:"据唐宋两代的诗词看来,也许可以说,爱情,尤其是在封建礼教眼开眼闭的监视之下那种公然走私的爱情,从古体诗里差不多全部撤退到近体诗里,又从近体诗里大部分迁移到词里。"(《宋诗选注·序》)这种"集体大撤退"的过渡时期显然就在唐末五代,而且显然集中地爆发在了《花间集》里。

永夜抛人何处去?绝来音。香阁掩,眉敛,月将沉。争忍不相寻?怨孤衾。换我心,为你心,始知相忆深。

如果所有的爱情都能做到"换我心,为你心",也许这个世界上就不会有那么多的痴男怨女和爱情悲剧了吧?

五代

【拓展阅读】

俞平伯《唐宋词选释》：

本篇白描,作情极的说法,仍有含蓄。如本句"争忍不相寻",相寻又怎么样呢？口气未完,却咽住了,得断续之妙。

鹊踏枝

冯延巳

谁道闲情抛弃久？每到春来，惆怅还依旧。日日花前常病酒，不辞镜里朱颜瘦。　　河畔青芜堤上柳，为问新愁，何事年年有？独立小桥风满袖，平林新月人归后。

晚唐五代时的词集《花间集》是中国第一部文人词总集，收录晚唐五代词五百首。这五百首词是由清一色的男性词人所作，描写对象又几乎是清一色的女性形象和男女爱情。但是，《花间集》收录的词人，排除了五代词创作的一个重镇，那就是南唐。其实南唐词人的名气一点都不逊于花间词人，甚至从某种程度上说，南唐词人的影响还要超过花间词人。南唐词人的核心力量就是二李一冯——南唐中主李璟、南唐后主李煜父子俩，以及南唐宰相冯延巳。

王国维对冯延巳的评价相当之高，他说冯延巳的词"堂庑特大，开北宋一代风气"。王国维认为冯延巳才是北宋词坛一代风气的真正开

五代

启者,而且南唐词人的格局远比花间词人更为开阔。从词的主题内容上来看,南唐词人抗衡花间词人的重要一点是:与花间词人着力描写艳情不同,南唐词人不但写艳情,更将词抒情的触角伸向了比艳情更为宽阔、更为深远的"另类"情感,例如:文人士大夫个性化的身世感怀、时空意识、生命意识,甚至家国情怀,都进入了词的世界。在这种更为宽阔、更为深远的"另类"情感中,就包括了我们这一讲要讲到的——闲情。创作这类作品的代表人物,就是南唐词人冯延巳。

我们现在就来一起品读冯延巳的这首经典名作《鹊踏枝》:

谁道闲情抛弃久?每到春来,惆怅还依旧。日日花前常病酒,不辞镜里朱颜瘦。 河畔青芜堤上柳,为问新愁,何事年年有?独立小桥风满袖,平林新月人归后。

当我们读到这首词的时候,可能会有这样一种感觉:好像这首词和别的词有些不同,可是真要说出它的与众不同,又好像不是那么容易。要我说呀,这首词至少有两个特点是和别的词不一样的。

首先,我们可能会注意到,一般的词,大多数都是先写景,再由景入情,例如牛希济的《生查子》"春山烟欲收",就是上片写景,下片抒情。可是冯延巳的这首《鹊踏枝》,上片从"谁道闲情抛弃久"就开门见山地抒情了,而且上片每一句都有情绪色彩比较强烈的词,像抛弃、惆怅、病酒、不辞等。下片却营造出一派风轻云淡的疏朗景致,这种先言情再写景,寓情于景的写法,是别有一番味道的。

第二个不同之处就是主题了。一般我们读词都会判断:这首词是写爱情,还是写友情,还是家国之情,等等,可是这首词,完全无法确定情感的性质。它一开始就明确地标举了一个关键词——"闲情"。

"谁道闲情抛弃久?""闲情"又是一种什么样的情感呢?

按我们通常的理解,比如说看到一个同事或一个朋友在悠闲地喝着下午茶,而你却正忙得脚不沾地地加班,这时也许你会很"羡慕嫉妒恨"地感叹一句:"你可真有闲情逸致啊!"

这说明,"闲情"是一种和"正事"无关的生活状态,是用来缓解、放松必须要完成的工作和生活带来的紧张、焦虑感的情绪状态。我们说生活要"一张一弛",闲情就正是"弛"的、放松的感觉。

可是这首词的作者冯延巳,恰恰是最不容易拥有闲情的,因为他的身份很特别,他是南唐的堂堂宰相,深受南唐中主的信任,几乎可以说是日理万机。

冯延巳本来只是一介平民百姓,少年时代跟随父亲在南唐先祖(庙号烈祖)李昇的军营里长大,并且成为李昇的儿子——后来的南唐中主李璟府上的掌书记,类似于李璟的高级文秘这样的职位。李璟即位之后,冯延巳累官至户部侍郎、拜翰林学士承旨,保大四年(946),进中书侍郎,拜同平章事,这就是宰相的位置了。虽然后来历经几起几落,几度罢相又再复相,但基本上可以说他一直是南唐的重臣。

作为一个国家的宰相,冯延巳工作忙不忙?生活紧张不紧张?这当然是不言而喻的。"闲情"对于冯延巳而言,显然基本上也是属于一种奢侈的享受。所以,冯延巳在这首词中一开始就明确亮出了他的主观愿望——他想要"抛弃""闲情"。他有那么多的国事家事要去想、要去做,家事国事要事事关心,尽管内心对"闲情"有强烈的向往,但他还是极其理智地想要摆脱"闲情"的纠缠。他甚至用了"抛弃"这样措辞很强烈的词汇,含有那种狠狠地、用力地甩出去,希望能甩得远远的

含义。这说明"闲情"在他的内心深处实在是很顽固、很难摆脱的一种情绪。

可是,尽管他用尽全力,想将这种闲情远远地扔出去,但"每到春来,惆怅还依旧"。每年的冬去春来,他还是会感到惆怅。当读到"惆怅还依旧"这一句的时候,不知道你有没有觉得,其实冯延巳对"闲情"的理解跟我们一般人是不一样的。到底哪里不一样呢?

刚才我说到了,一般认为"闲情"是缓解、放松紧张焦虑的工作和生活状态的一种情绪,可是冯延巳的"闲情",它的核心竟然是"惆怅"。并且,他竟然还被这种惆怅的闲情折磨到了这样的地步:"日日花前常病酒,不辞镜里朱颜瘦。"为了摆脱"闲情"的折磨,他天天借酒消愁,甚至到了"病酒"的程度。

"病酒"就是饮酒过量,相当于"酗酒"了,天天惆怅再加上日日"病酒",后果当然可以想象:"不辞镜里朱颜瘦。"他看到镜子里自己的容颜日渐消瘦下去了。而且"不辞镜里朱颜瘦",这个"不辞"说明他对自己的"病酒"、消瘦是无怨无悔的,可他无怨无悔的对象竟然是看不见摸不着的"闲情",这就让人有点难以理解了。

上片短短的五句,已经让我们看到了一个极其矛盾、无比纠结的冯延巳。一方面,作为一个日理万机的堂堂宰相,他努力地想要摆脱"闲情"的纠缠;另一方面,当他万般努力之后,发现"闲情"就像深爱的恋人一样,如影随形,无法摆脱。从来不需要想起,永远也不会忘记。

这种极其矛盾的状态,不单是作为读者的我们发现了,词人自己也发现了。于是他又发出质问:"河畔青芜堤上柳,为问新愁,何事年

年有?"芜,就是茂盛的芳草。杨柳芳草年年都会在春天绽放新绿,就好像词人的愁绪一样,每年都会不请自来。那满眼的新绿就好比词人的愁绪一样,无边无际,旧愁未去,又添新愁,真是愁何以堪啊!

"河畔青芜堤上柳,为问新愁,何事年年有?"在这么强烈的发问之后,按照我们正常的思维逻辑,接下来词人应该给出一个答案了。比如说李煜的词:"问君能有几多愁?"问过之后,他就给出了一个明确的答案:"恰似一江春水向东流。"这样一来,我们就明白了,他的愁真多啊,就像江水一样滔滔不绝、永无休止啊!可是冯延巳问过为什么新愁年年都有之后,接下来的两句却完全不是我们意料之中的答案。

"独立小桥风满袖,平林新月人归后。"猛然一看这两句,我们可能会很失望,这根本是答非所问嘛,根本就没有回答我们到底为什么新愁年年都会有的问题,就好像我问你:"你是广州人吗?"你偏偏回答一句:"不,我是中文系的。"这根本是风马牛不相及吧?

而且,看到这两句,我们可能还会有一种感觉:最后这两句词,跟前面的句子似乎连风格都大相径庭了。这首词,从一开始的"抛弃",到"惆怅",到日日"病酒",到"不辞""瘦""新愁",等等,感情是越来越强烈,用字也是越来越"狠"。词虽然是写"闲情",可词人的笔调一点都不悠闲,反而直到最后两句,词人好像才真的悠闲了一把:"独立小桥风满袖,平林新月人归后。"

表面上看来,这两句词是纯粹的写景:夜幕降临,月色如水,词人悠闲地站在小桥上,和煦的夜风拂来,钻进他宽大的衣袖,让衣袖随风扬起,远远看去,简直就有神仙中人的感觉。用我们今天的话来说,那个样子,肯定是帅呆了、酷毙了!

五代

新月一般是指上半月的月亮,弯弯的仿佛蛾眉一般的月牙儿,渐渐地升到了树梢上。夜渐渐深了,路上的行人也渐渐看不到了,没有喧嚣了,没有繁忙的工作要处理了,没有复杂的人际关系要面对了,没有文山会海需要应付了,万籁俱寂的时刻,只留下词人独自在月色下悠闲地享受着夜色。

词中前半部分渲染的强烈情感,到这个时候忽然变得宁静了,悠闲了,也优美了。似乎这种状态,才是我们通常所理解的"闲情逸致"。在词的末尾,我们才真正看到了那位"闲庭信步"、从容欣赏着风花雪月的浪漫词人。

词读到这里,已经解释完了,可是我们心里的疑惑可能反而更强烈了。那冯延巳笔下的闲情到底是"日日花前常病酒,不辞镜里朱颜瘦"的惆怅,还是"独立小桥风满袖,平林新月人归后"的悠闲呢?

看来,尽管我们逐字逐句地解释了这首《鹊踏枝》,但并不意味着我们就真正读懂了它。冯延巳的词,表面上可能是"轻描淡写"(蔡嵩云《柯亭词论》),但仔细一琢磨,"轻描淡写"的背后很可能蕴藏着不容易被发现的深意。

我觉得,冯延巳的"闲情"是重在以惆怅、愁绪为核心的悲情,它充满着想要摆脱而不得的焦虑感,这绝不是我们一般理解的悠然的闲情逸致。他的"闲情",不但没有、也不可能缓解现实生活、工作带来的压力和紧张感,反而在这种紧张感的基础上,又加重了一份额外的焦虑感。

"焦虑"似乎也是我们现代人常常要面对的一个词。现代人快节奏的生活、高强度的工作压力、养家糊口的责任、亚健康的身体状态,

等等,都可能会引发我们的焦虑感,甚至焦虑还成为很多人一种潜在的情绪状态,它似乎随时都有可能被点燃,甚至爆发出来。这说明,不论是古代的一国宰相,还是天天为生计而奔波的现代人,焦虑都有可能成为一种情绪的常态。所以,不仅仅是像《鹊踏枝》这样的文学作品会将焦虑作为抒情的主要内容,其实"焦虑"甚至还成为最重要的哲学概念之一。

例如:西方著名的哲学流派存在主义哲学就是将人存在的"焦虑"作为重点研究对象的。德国哲学家海德格尔认为"焦虑"是对生命"虚无的把握";后来法国的存在主义哲学家萨特又进一步将"焦虑"分为"面对未来的焦虑"和"面对过去的焦虑"。萨特在解释"面对未来的焦虑"时这样说过:"我们是在与一种时间形式打交道,我根据这种时间形式在未来等待着自己,我'在未来的某月、某日或某时与自己约会',焦虑是担心在这种未来的约会时刻找不到我自己,担心自己甚至没有希望去赴约了。"(《存在与虚无》)这就是哲学家在面对时间、面对未来、面对生命的时候感受到的焦虑。

这样看来,"焦虑"是存在的一种常态,它并不一定要由某一件具体的事情来引发,也不是发生在某一个特定的人身上。冯延巳所感到的焦虑,也并不一定是具体的工作或生活带来的紧张感,而是抽象的生命意识带来的存在的焦虑。这种焦虑感其实也一直充斥在我们的文学史中。

对生命的悲情认知,古今中西,概莫能外。只不过,每个文学家表达生命焦虑的方式是不一样的,有的是沉痛的,有的是沉静的。

沉痛的表达如屈原的"惟草木之零落兮,恐美人之迟暮"(《离

五代

骚》),这是面对理想失落的沉痛;《古诗十九首》的"所遇无故物,焉得不速老",这是面对死亡的沉痛,这种沉痛和杜甫的"访旧半为鬼,惊呼热中肠"(《赠卫八处士》)很相似;再如李煜的"独自莫凭栏,无限江山"(《浪淘沙令》),这是亡国的沉痛……这一类作品都是用强烈的抒情语句来表达沉痛的情感。

沉静的表达则像晏殊的"无可奈何花落去,似曾相识燕归来"(《浣溪沙》);欧阳修的"笙歌散尽游人去,始觉春空。垂下帘栊,双燕归来细雨中"(《采桑子》)……这一类作品就是将生命的焦虑含蓄地融入景色的描绘中,用写景的方式使情绪显得更为理性、平和。

冯延巳这首《鹊踏枝》却是将沉痛和沉静这两种表达方式融入了同一首词中,上片的强烈抒情就属于沉痛的表达;下阕,尤其是最后两句"独立小桥风满袖,平林新月人归后"就是属于沉静而非沉痛的表达。由沉痛而渐渐回归沉静的表达风格,使得原本特别具有悲情的生命焦虑感,最终显示出了比较平和、节制、理性的美。

用自然的静美抚慰着焦虑的情绪状态,消解着生命的悲剧情怀,这正是冯延巳词奠定的一种独特风格,并且这种风格还深刻地影响到了北宋的晏殊、欧阳修等一流大词人。

当然,即便是最为平和、从容、沉静的最后两句,如果仔细推敲,也还是暗含了沉痛的情绪在内的。比如叶嘉莹先生就将这两句比之于清代诗人黄景仁的名句:"似此星辰非昨夜,为谁风露立中宵?"认为这两句极力渲染了词人孤独寂寞的情怀。

仔细想想,也确实是如此,如果不是有难以排解的忧愁,又有谁会在寒冷凄清的小桥上,独自伫立到深夜呢?

谁道闲情抛弃久? 每到春来,惆怅还依旧。日日花前常病酒,不辞镜里朱颜瘦。　　河畔青芜堤上柳,为问新愁,何事年年有? 独立小桥风满袖,平林新月人归后。

抒情,是沉痛而感性的;写景,是沉静而理性的,这就是冯延巳词表现出来的理性而节制的悲情之美。一首真正的经典作品,它在传达作者个性风格的同时,一定会深刻地触及人类的共性,"闲情"的本质就是生命的焦虑感,这就是冯延巳"闲情"词的深刻蕴意所在吧。

【拓展阅读】

陈廷焯《云韶集》:

起得风流跌宕。"为问"二句映起笔。"独立"二语,仙境? 凡境? 断非凡笔。

五代

鹊踏枝
冯延巳

庭院深深深几许？杨柳堆烟，帘幕无重数。玉勒雕鞍游冶处，楼高不见章台路。　雨横风狂三月暮。门掩黄昏，无计留春住。泪眼问花花不语，乱红飞过秋千去。

《鹊踏枝》是唐代教坊曲，唐代的风俗是以鹊声报喜，就以此作为调名了。宋朝以后晏殊将"鹊踏枝"改名为"蝶恋花"，取南朝梁简文帝萧纲《东飞伯劳歌》中"翻阶蛱蝶恋花情"的诗句为调名。又名"卷珠帘"，因为宋朝词人赵令畤词中有两句："不卷珠帘，人在深深处。"除了这几个别名以外，"鹊踏枝"还有一个名字叫"凤栖梧"，取自杜甫《秋兴》八首中的一句"碧梧栖老凤凰枝"。冯延巳显然是很喜欢"鹊踏枝"这个词调的，他写了十四首《鹊踏枝》，我们分享的正是其中两首最著名的作品。

在细读这首"庭院深深深几许"之前，我想和大家解释一下与这首

词有关的一桩词坛公案。有心的读者朋友可能已经发现了：这首词不是欧阳修写的吗？怎么又说它是冯延巳的作品呢？

对，这就是这桩公案的核心问题了：很多版本都将这首词的作者署名为欧阳修，也有不少版本将其署名为冯延巳。那么，它的著作权到底应该归属哪一位呢？

这首词写得太好、太有名了，无论将著作权归属冯延巳还是欧阳修似乎都说得过去。例如：李清照就很喜欢这首词，而且明确说这是欧阳公欧阳修的作品，"欧阳公作《蝶恋花》，有'深深深几许'之语，予酷爱之。用其语作'庭院深深'数阕。"李清照还模仿这首词，也填写了好几首以"庭院深深深几许"开头的词，例如："庭院深深深几许，云窗雾阁常扃。柳梢梅萼渐分明。春归秣陵树，人老建康城。"（《临江仙》）又如："庭院深深深几许？云窗雾阁春迟，为谁憔悴损芳姿。夜来清梦好，应是发南枝。"（《临江仙·梅》）

李清照是北宋人，又是博学的大才女，生活的时代距欧阳修并不太遥远，她说的应该总没错吧？

但是，大才女也有犯错的时候，李清照在这里就犯了一个小小的错误，我可以基本肯定地说，这首《鹊踏枝》的作者就是冯延巳。我的理由是什么呢？有两大证据可以证明冯延巳的著作权。

第一个证据，欧阳修是冯延巳的铁杆粉丝，经常刻意学习甚至模仿冯延巳的作品，到了几乎可以乱真的地步。欧阳修平时是怎么模仿冯延巳的呢？他常常是先抄下自己喜欢的冯延巳词，再把自己模仿的词作写在下面，两相比较，看看自己与"偶像"的差距到底有多大。

五代

当然,这样的学习效果是非常显著的,清代学者刘熙载就曾经评论说:"冯延巳词,晏同叔得其俊,欧阳永叔得其深。"这就是说,晏殊与欧阳修都继承了冯延巳词的部分特质,并且还进一步形成了自己的个性色彩。

不过,这样亦步亦趋的学习方式也导致了一个欧阳修不曾预料到的后果:因为他自己后来也成了北宋文坛盟主,成了别人模仿学习的榜样,而后人在汇集欧阳修的手稿时,常常就分辨不清哪些词作是冯延巳所写,哪些词作的著作权应该归属欧阳修,冯延巳词与欧阳修词混杂的现象就很严重。例如最为有名的这首《鹊踏枝》(又名《蝶恋花》)就既见于冯延巳的词集,又被收入欧阳修的词集。

冯延巳的词集《阳春集》在宋代初年就已经散佚了,我们现在看到的《阳春集》是他的外孙编订的。嘉祐三年(1058),冯延巳的外孙陈世修开始重新整理他的词集,并且仍然取名为《阳春集》,一共收录119首词。《阳春集》面世的时候,欧阳修仍然健在,时年五十一岁。以他对冯延巳的喜爱程度,他一定是会仔细阅读"偶像"的词集,并将其置于案头经常欣赏。如果他看到自己的词作居然被误收入冯延巳的词集,署上了冯延巳的名字,那他一定会提出抗议并要求改正的。但是,欧阳修从未对冯延巳这首《鹊踏枝》的著作权提出过任何异议,这说明连欧阳修自己也承认这首词应是冯延巳的作品。

第二个很有说服力的证据,是王国维的儿子王仲闻曾发现一份极有价值的文献:北宋人崔公度曾经见到过冯延巳的亲笔手稿,其中就

有这首《鹊踏枝》。而且崔公度还在冯延巳词集后面写了一篇跋,明确提出冯延巳有不少作品都被误收入欧阳修《六一词》中了。①

崔公度曾受到欧阳修的大力提携,欧阳修是他的恩人,他们之间交往十分密切,所以崔公度对欧阳修的创作应该是相当熟悉的,连他都这么肯定这首词的著作权当属冯延巳,应该没有疑问。

一首"庭院深深深几许"让李清照一连模仿了好多首,又让世人对其著作权聚讼纷纭,可见它的魅力有多大了。那我们不妨再来细细品读一番。

庭院深深深几许?杨柳堆烟,帘幕无重数。玉勒雕鞍游冶处,楼高不见章台路。

这是一首非常典型的闺怨词。词的上片主要是写一个闺中女子期盼自己的情郎。"庭院深深深几许",这既是写景,更是一种叹息:那层层紧锁的庭院到底有多深啊!独处深闺的那位女子,拼了命地想看向远方,可是她能看见的地方,只有数不清的重重帘幕,只有烟雾凄迷的杨柳。这又是一个杨柳迷茫、暖日含烟的暮春时节,被锁在深不可测的庭院中的女子,她到底想看到什么呢?

"玉勒雕鞍游冶处,楼高不见章台路。"原来,她想看到的是她的情郎。"玉勒雕鞍"是马的美称。玉勒,以玉制成的马衔。雕鞍,装饰有彩色图案的马鞍。"游冶"这个词暗含贬义,说得委婉一点呢,是出去找乐子玩;说得直白一点呢,就是出入秦楼楚馆,追逐声色。想想看,一个富贵公子哥儿,骑着装饰豪华的高头骏马,流连在声色繁华之地,

---

① 欧阳修《六一词》罗泌的校勘案语:元丰中,崔公度跋冯延巳《阳春录》,谓皆延巳亲笔,其间有误入《六一词》者。

五代

回头率该有多高啊!

"章台"其实就是秦楼楚馆的代称。章台最早为秦代所建,故址在今陕西省咸阳市附近,是秦宫的台观之一。台下有长街,名为章台街,为当时人们游乐之处,后来泛指歌妓聚居的地方。

"玉勒雕鞍游冶处,楼高不见章台路。"词读到这里,问题又来了:既然女子被锁在深闺之中,压根儿看不到外面的世界,她又怎么可能看到情郎此时此刻正游冶在章台路上呢?其实,我们仔细一想就能明白了,"玉勒雕鞍游冶处,楼高不见章台路",原来,这并不是女子看到的真实场景,而只是她的想象之词。

我们大概也能体会这样的心情吧?假设有一位留守妻子,丈夫长期在外打工,那个年代又没有手机可以随时查岗,经常是很久都收不到丈夫的音讯,只要妻子有那么一点点的多疑,她很有可能就会猜测:丈夫会不会变心啊?丈夫会不会花心啊?越是长久看不到丈夫,越是要无限"脑补"丈夫在外的种种可能的场景……越是多疑就越是止不住要猜测,越是猜测就越是担心恐惧,魂不守舍。

"玉勒雕鞍游冶处,楼高不见章台路。"她越是想看清丈夫的样子,重重叠叠的高楼就越是遮挡着她的视线,她什么也看不到。

完全可以想象,当女子凭空脑补出"玉勒雕鞍游冶处"的场景时,她的心一定痛得在滴血。

"世界那么大,我想去看看。"当年丈夫潇潇洒洒地抛下这句话,离家远走的时候,他也许没想到,就此留下了一个永远挣扎在思念、猜疑和痛苦中的思妇。

庭院深深深几许啊!"深深深",连下三个叠字,读起来还显得那

么和谐动人,也可见词中情景之深和意境之深。其实不仅仅是李清照酷爱这句词,历代词人也都酷爱模仿这句词的句式,像"夜夜夜深闻子规""日日日斜空醉归""更更更漏月明中""树树树梢啼晓莺"(徐釚《词苑丛谈》卷一引),等等,虽然都写得不错,但比起原创"庭院深深深几许"来,毕竟是有差距的。

"庭院深深深几许?杨柳堆烟,帘幕无重数。玉勒雕鞍游冶处,楼高不见章台路。"深闺中的女子在这深深的庭院之中,思念着她那位游冶在外、杳无音讯的意中人。层层帘幕阻挡了女子渴望追随情人而去的脚步,而重重高楼也切断了她遥望情郎身影的视线。既然看不到远方的爱人,那女子的视线只能收回到那个深深的庭院里了。在深深深几许的庭院中,她又能看到什么呢?

雨横风狂三月暮,门掩黄昏,无计留春住。泪眼问花花不语,乱红飞过秋千去。

女子只能无助地倚在闺阁的门前,看暮春黄昏的风雨交加。"雨横风狂",这四个字虽然是写景,可是我们完全能够体会到女子内心那种近乎崩溃的情绪。一个"横"字,一个"狂"字,风雨如此狂暴,眼看着庭院中盛开的繁花就要被摧残殆尽,女子甚至想关上门,将风雨挡在门外,可是那又有什么用呢?"门掩黄昏,无计留春住。"春天的脚步,岂是你想留就留得住的?每次读到这两句,我总是忍不住地想:女子想要留住的不仅仅是春天,也不仅仅是自己青春的容颜,应该还有男子匆匆离去的脚步吧!

春天,青春,爱人,她都想留住,可她一样都留不住!"泪眼问花花不语,乱红飞过秋千去。"和女性命运最相似的可能就是鲜花了,所以,五代

女子想在花儿那里寻求共鸣,寻找安慰,可是花儿和她一样,没有力量主宰自己的命运。花儿不仅不能给她答案,连花儿自己也只能任凭暮春的狂风吹落,空荡荡的秋千旁乱花飘零,再一次激荡起女子内心强烈的惜花伤春之意——她的惜花伤春又何尝不是对自己爱情失落、青春逝去的哀叹呢!

"泪眼问花花不语,乱红飞过秋千去。"煞拍这两句是历来传诵的名句。简简单单两句词,却营造出了层层深入的意境,就像清代词学家所分析的那样:"因花而有泪,此一层意也;因泪而问花,此一层意也;花竟不语,此一层意也;不但不语,且又乱落,飞过秋千,此一层意也。人愈伤心,花愈恼人,语愈浅,而意愈入,又绝无刻画费力之迹……"(王又华《古今词论》引毛先舒语)当然,这两句词或许还受到了严恽《落花》诗句"尽日问花花不语,为谁零落为谁开"的影响,只不过,冯延巳的化用,情绪更加强烈,意境也更加深沉了。

如果要用一个关键词来概括这首《鹊踏枝》的主题,可能我们都会很快想到一个词,那就是"闺怨"。上一讲我们读冯延巳的《鹊踏枝》(谁道闲情抛弃久)提炼出来的关键词是"闲情"。两首词一对比,不知道你有没有发现,虽然一首写闺怨,一首写闲情,其实两首词是有共同之处的,那就是它们都在表达生命的焦虑感。这首"庭院深深深几许"虽然是用一个怨妇的口气在抒情,但结合冯延巳自己的人生经历,我们应该能够理解为什么冯延巳也会"男子而作闺音",用女性的口吻来表达自己的人生焦虑了。

在这里,我还要和你讲一个词坛上广为流传的小故事:

冯延巳作为南唐宰相,尽管中主李璟对他颇为信任,但伴君如伴

虎的焦虑于他始终如影随形。举一个著名的例子：

冯延巳写过一首《谒金门》词，头两句是"风乍起，吹皱一池春水"。传说中主李璟见到这首词就问冯延巳："'吹皱一池春水'，干卿底事？"冯延巳立即对答："未若陛下'小楼吹彻玉笙寒'。"李璟一听很高兴。

李璟也是一个文艺全才，"细雨梦回鸡塞远，小楼吹彻玉笙寒"是他《摊破浣溪沙》词中的名句。这段对答历来被看作是南唐君臣爱好文艺、风流儒雅的代表。

可是，也有人发现了其中暗藏的机锋：其实这是中主李璟疑心冯延巳在词中借风吹皱一池春水的比喻，来讽刺他治理国家不当，引起了政局的动荡不安。所以李璟就责问冯延巳了：我这么做，关你什么事？要你来写词暗中讽刺我？而冯延巳聪明的回答，其实是在说：咱俩的词都不过是写点儿伤春悲秋的情怀，风花雪月而已，实在没什么别的意思，只不过我的词啊，没陛下您写得那么好罢了。

这两个人的对答，看上去像是文艺青年的互相吹捧，暗中却是在相互较劲儿，针锋相对。设想一下，冯延巳如果不是这么对答如流，很可能这次问答的结果就是一场文字狱了。

冯延巳的仕宦经历也证明了这种焦虑，他虽位至宰相，但也曾经历几度罢相，说明皇帝对他的宠信并不是无条件的。再加上南唐偏安一隅，内忧外患从来没有消停过，这一切都不能让敏感的词人高枕无忧。从历史记载上看，冯延巳显然不是一个强悍的能臣、贤臣，他对安顿国事似乎并没有强有力的措施，马令的《南唐书》甚至还将冯延巳列为"奸臣"之流。

五代

在这里,我们不对冯延巳的人品作出评价,但是风雨飘摇的弱国之臣,风雨飘摇的人生,都加重了他的焦虑感,这种焦虑就不仅仅是伤春悲秋那样纯粹的生命意识和时间意识了。

庭院深深深几许?杨柳堆烟,帘幕无重数。玉勒雕鞍游冶处,楼高不见章台路。 雨横风狂三月暮。门掩黄昏,无计留春住。泪眼问花花不语,乱红飞过秋千去。

其实,闺怨也好,闲情也罢,词人填词,无论是直抒胸臆,还是代人立言,归根结底,都是为了寄托自己内心的情怀。读这首"庭院深深深几许"也当如此,不必拘泥于思妇的闺怨之情了。

【拓展阅读】

陈廷焯《词坛丛话》:

词至五代,譬之于诗,两宋犹三唐,五代犹六朝也。后主小令,冠绝一时,韦端己(韦庄)亦不在其下。终五代之际,当以冯正中为巨擘。(按:冯延巳字正中。)

摊破浣溪沙

李璟

手卷真珠上玉钩,依前春恨锁重楼。风里落花谁是主?思悠悠。　青鸟不传云外信,丁香空结雨中愁。回首绿波三楚暮,接天流。

李璟这位词人的身份很特别,因为他是一位皇帝——南唐后主李煜的父亲,史称南唐中主。李璟流传下来的词作不多,只有四首,但每一首都很有名,很经典,尤其是其中的两首《摊破浣溪沙》,更是字字珠玑。

在解读这首词之前,我们可能先得了解一下,有一些比较常见的专业术语,像这首词的词牌名——《摊破浣溪沙》,"摊破"是什么意思呢?

《浣溪沙》原本是唐代教坊的舞曲,我们现在读到的《浣溪沙》词一般都是六句,上下片各三句,例如纳兰性德写的《浣溪沙》:

五代

谁念西风独自凉。萧萧黄叶闭疏窗。沉思往事立残阳。被酒莫惊春睡重,赌书消得泼茶香。当时只道是寻常。

这首词就是六句,每句七个字,比较整齐的句式。但是李璟的这首词上下片的最后各加了一句"思悠悠"和"接天流",这就是所谓的"摊破"了。摊破,就是摊开、突破的意思,在原来词调的基础上增添几个字,让节奏多一些变化,曲调也相应有所扩展。

《摊破浣溪沙》,就是在《浣溪沙》词调的基础上,乐曲摊开之后,突破七个字,增加到十个字,节奏比《浣溪沙》更加舒缓抒情。类似的词牌名还有《摊破木兰花》《摊破江城子》《摊破诉衷情》等。

说完了词牌,我们该谈谈李璟这位帝王词人了。历史上的皇帝能够写诗写词的并不稀奇,据说乾隆皇帝就写了五万多首诗。可是,像李璟这样,一代帝王的身份和一个词人的身份,形成了比较大的反差,这就比较少见了。这是一种什么样的反差呢?

在我们的印象中,皇帝高高在上,富有天下,统帅万民,应该是威严赫赫、器宇不凡的形象才对。例如宋太祖赵匡胤,他就很得意地自我炫耀:"那些读书人的穷酸语气,我才看不上呢。我还没发迹的时候,有一次经过华山,喝醉了,倒在田间睡了一觉,醒了之后一看,月亮都升上来了,我灵感一来,就写了两句诗:'未离海底千山黑,才到天中万国明。'"

你看,宋太祖还没发迹的时候,就已经显示出要称霸天下的气概了,这才是一代帝王应该有的自信和豪迈吧?

就连特别有文艺范儿的多情皇帝唐玄宗,写起诗来也是这个样子的:"暇景属三春,高台聊四望。目极千里际,山川一何壮……"(《春

台望》)气势也很磅礴吧?

可是李璟写起词来却是这个样子的:

手卷真珠上玉钩,依前春恨锁重楼。风里落花谁是主?思悠悠。　青鸟不传云外信,丁香空结雨中愁。回首绿波三楚暮,接天流。

你有没有觉察出这些皇帝之间的区别?是不是觉得在李璟的词当中,有一种淡淡的忧伤,缓缓地流动在字里行间呢?

的确,淡淡的忧伤,正是李璟的风格。就像前人评价的那样,李璟的词"以秾至之景写哀怨之情,称美一时,流声千载"。

那么,这首《摊破浣溪沙》,抒发的是一种怎样的忧伤之情呢?

"手卷真珠上玉钩,依前春恨锁重楼。"我个人,非常喜欢第一句。因为每次当我读到"手卷真珠上玉钩"的时候,我的眼前就好像出现了这样一幅画面:在一个春天的早晨,一栋雅致的小楼静静地矗立在烟雾凄迷之中。当镜头继续缓缓向前推,直到定格在珠帘低垂的门口时,随着珠帘的轻轻晃动,一双纤纤玉手优雅地将珠帘慢慢儿地卷起,用玉钩将珠帘挂住。这幅画面多少会引发我们一种隐隐的期待,期待什么呢?

期待接下来从那扇珠帘背后,会莲步轻移,走出来一位容颜绝世的美女,带给我们一个大大的惊喜。

可是,李璟偏偏没有这么写,他从卷珠帘这个细微的动作,直接跳到了抒情:"依前春恨锁重楼。"就好像一个导演,明明已经给了一个特写镜头,让我们看到了那双纤纤玉手,可是镜头突然跳开,带到了烟锁重楼的朦胧的远景。

五代

为什么镜头会出现这样的跳跃呢?这就需要我们运用丰富的想象力,将词人省略的情绪补充完整。这位美女,之所以要卷起珠帘,当然是想从室内走到室外,去放眼远望,去看看外面的风景。可是她看到了什么呢?

"依前春恨锁重楼",她什么都没看到。因为雾气那么浓,烟锁重楼,让她的视线没有办法看到更远的地方。这样一种朦胧的景色,让她内心的幽怨不但得不到排遣,反而更加强烈。一个"锁"字,让我们深深感受到了她内心的失落。她的所有希望、所有期待,都被锁在了这栋小楼里。怎样才能放飞她的梦想呢?

她的梦想其实好简单:"风里落花谁是主?思悠悠。"她梦想的,是有一个可以让她依靠的"主"。她看到风中的落花飘飘洒洒,落在地上,让她联想到了自己的命运:春天很快就会过去,花儿开得再美也总会有凋零的时候,女人也是一样啊,再年轻、再美貌,也总会有老去的那一天。有谁才能成为落花的"主人"呢?有谁能成为落花一生的依靠,不让花儿零落无主呢?

"风里落花谁是主?思悠悠。"词当中写到的这位女子,可能是一位大龄剩女。她那么美,那么优秀,可就是没有遇到她想托付终身的另一半。所以她才会说:"依前春恨锁重楼。""依前",说明这样的"春恨"可不是一天两天偶发的情绪,而是年复一年一样的春恨啊!

换头两句是这首词被广为传诵的名句:"青鸟不传云外信,丁香空结雨中愁。"这两句词有两个点值得我们特别注意,一个点是神话,一个点是意象。

青鸟,是古典诗词中常用的一个神话意象,是王母娘娘身边的信使。王母要去哪里,要做什么,通常会派青鸟先去传信。传说在汉武帝的时候,有一年七夕,汉武帝忽然看到一只青鸟从西方飞来,停在殿前,汉武帝就问身边的大臣东方朔:"这是什么鸟啊?怎么飞到这儿来了?"

东方朔是个很奇葩的人物,满腹才华,但是在汉武帝身边主要的工作就是逗笑取乐,整个一幽默大师,所以东方朔还被当成是中国相声界的祖师爷。据说当相声演员入门拜祖师爷的时候,拜的就是东方朔。

汉武帝很喜欢东方朔身上那股子诙谐劲儿,凡是东方朔说的话,有的没的,他都愿意相信。现在听汉武帝这么一问,东方朔就说:"这就是青鸟啊,它一定是来报信儿的,王母娘娘可能马上就要到了。"

要是搁现在,这话听着实在是不靠谱,汉武帝都有点儿半信半疑了,可是没想到过了一会儿,西王母竟然真的大驾光临了,而且跟在西王母身边随侍的就是两只青鸟。

当然这只是一个神话故事,但是对于世界上所有的民族而言,神话都是其文化起源的一个源头,这也是古人对于理想世界的一种反映。例如《西游记》就是神话性质的古典名著之一。"青鸟"后来在古典诗词中就成为邮递员或者快递小哥的代名词了。

再来看一个特别的意象——丁香。现在很流行花语,按照西方的文化习惯,康乃馨是母亲花,玫瑰是爱情花,去扫墓要用菊花。可是中西方文化传统是不一样的,花语当然也不一样。比如中国的母亲花是黄花菜,古代称为萱草,也称为忘忧草。据说母亲一看到萱草,就可以

五代

减轻对游子的思念。而菊花呢,在中国竟然是长寿花,在古代重阳节的时候,人们都要在头上戴菊花。那么中国的爱情花又是什么呢?古人没有说过,但我觉得,从古典诗词来看,用丁香作为中国的爱情花那是最合适不过了。

为什么会是丁香呢?

这就要说到丁香花的形状了。丁香花淡雅芬芳,花蕾就好像是一个个的结,层层包裹着,所以经常被用来比喻愁绪的郁结难解。而中国古典的爱情似乎总是和愁绪、忧伤联系在一起,总是那么婉转含蓄,可不像玫瑰花那样。玫瑰花虽然鲜艳亮丽,充满诱惑却有一种高贵冷傲的气质,像法国著名诗人马拉美(Mallarmé)的《花》(Les Fleurs):"无情的玫瑰/宛若女性的肌肤/是在明媚的园中花枝招展的希罗底(希罗底是希律王的王后,见《新约·马可福音》)。"这一类的西方诗歌总是用玫瑰来赞美爱慕的女神。

而丁香总是出现在忧郁的中国爱情诗当中,例如唐代李商隐就写过:"芭蕉不展丁香结,同向春风各自愁。"(《代赠》)后来北宋词人贺铸也引用了这个句子:"芭蕉不展丁香结。枉望断天涯,两厌厌风月。"(《石州引》)

一直到现代,著名诗人戴望舒还写过一首《雨巷》,也延续了古典诗词的意象,用丁香来象征爱情的忧郁和芬芳:"撑着油纸伞,独自/彷徨在悠长,悠长/又寂寥的雨巷/我希望逢着/一个丁香一样的/结着愁怨的姑娘/她是有/丁香一样的颜色/丁香一样的芬芳/丁香一样的忧愁/在雨中哀怨/哀怨又彷徨。"

可见,丁香在诗词当中的特点就是芬芳、哀怨又彷徨。

明白了青鸟的神话和丁香的喻义,再回到李璟的这两句"青鸟不传云外信,丁香空结雨中愁",我们就能理解他想要表达的情感了。其实这是一种非常沉痛的感情:因为爱情的求之不得,让词中的这位女子愁肠百结,就算有青鸟这样的信使,她的满腹心思、满腔幽怨又能传递给谁呢?茫茫人海,我到哪里才能找到那个你呢?

"回首绿波三楚暮,接天流。"三楚是地名,秦汉时期将楚地分为西楚、东楚和南楚,合称三楚,其实就是泛指长江中下游地区。李璟所拥有的国家——南唐,疆域正好就在长江中下游一带。

南唐一共有三代帝王,开国皇帝李昪,史称南唐先主,他于937年创立国家,国号齐,939年改国号为唐,史称南唐,定都在今天的南京。李璟是李昪的长子,史称南唐中主,他的儿子李煜,史称南唐后主。李璟在位期间,曾经迁都到今天的江西南昌。所以"三楚"其实是泛指南唐的国土。

"青鸟不传云外信,丁香空结雨中愁。回首绿波三楚暮,接天流。"词人从一种非常沉痛的情感,转入纯粹的风景描写:看不到想要看的人,只能看到满目的景色。以江天暮色之景作为整首词的结尾,其实是将绵绵不绝的春恨,淡化在了雄浑苍茫的暮色之中,好像让那种沉痛的情感也变得余音袅袅了。

南唐中主李璟,堂堂一代帝王。在他的词中,我们没有看到睥睨群雄的帝王豪气,却只看到一个词人的多愁善感。更奇妙的是,李璟的这种多愁善感,一点儿不少地全部遗传给了他的儿子——南唐后主李煜,而且李煜的多愁善感,比起他的父亲来,更是有过之而无不及。李璟、李煜父子二人在词史上,被并称为南唐二主。就像明代学者谭五代

尔进所评价的那样,南唐二主的词"读之皆凄怆悲恸,亦复幽闲跌宕,如多态女子,如少年书生。落调纤华,吐心婉挚,竟为有情人案头不可少之书"。

南唐二主的词,既像是婀娜多姿的美丽女子,又像是不谙世事的少年书生,他们表达的情感都是那么纯洁那么真挚,"竟为有情人案头不可少之书"。那么,正在读词的你,也一定会是这样的有情人吧!

摊破浣溪沙

李璟

菡萏香销翠叶残,西风愁起绿波间。还与韶光共憔悴,不堪看。　　细雨梦回鸡塞远,小楼吹彻玉笙寒。多少泪珠何限恨,倚阑干。

这是李璟流传到今天仅剩的四首作品之一,这四首作品分别是《应天长》(一钩初月临妆镜)、《望远行》(玉砌花光锦绣明),以及两首《摊破浣溪沙》。这四首作品基本上都以女性的口吻,或是伤春,或是悲秋,或是相思怀远,都是很典型的"男子而作闺音"的代言体。李璟的这种婉约清润的词风,对他的儿子李煜影响非常之大,甚至李后主还曾经亲笔书写过父亲的这四首词,并加了一句题序"先皇御制歌词"。前面一首《摊破浣溪沙》"手卷真珠上玉钩,依前春恨锁重楼",主题是女性的伤春情感,这首《摊破浣溪沙》"菡萏香销翠叶残",则是悲秋的情绪了。

五代

　　李璟词最明显的特点,就是从女性的角度抒发淡淡的忧伤,这首《摊破浣溪沙》也是如此。"菡萏香销翠叶残",词的起句就是以女性最喜爱的意象——花,来领起。

　　菡萏,即荷花,又名莲花、芙蕖、芙蓉。李璟为什么偏偏就要用"菡萏"这个名称呢?

　　除了格律的需要之外,荷花的这些别名,其实蕴含着微妙的区别。例如《尔雅·释草》是这样来解释荷的:"荷,芙蕖……其华菡萏,其实莲,其根藕,其中的。"也就是说荷花开花以后称为菡萏。也有人认为荷是指荷叶,花还没有完全开放时称为菡萏,完全开放则称为芙蓉。(洪兴祖引《本草》注《离骚》)

　　不过,咱们也不是植物学家,不用分得那么清楚详细。在李璟的词中,菡萏应该就是指开放的荷花。因为"菡萏香销翠叶残",既然"香销",香气的消散意味着荷花的凋零,这正是秋天的景色。其实早在《诗经》当中,用菡萏称荷花就已经出现了,《陈风·泽陂》中就有"彼泽之陂,有蒲菡萏"的诗句。

　　荷花的开放是在盛夏,北宋词人周邦彦有一首描写盛夏荷花的名作《苏幕遮》:"叶上初阳干宿雨,水面清圆,一一风荷举。"这是描写荷花盛开的经典名句,既勾勒出荷茎挺立出水面的清高姿态,又呈现出荷花在夏日微风吹拂下的翩翩神韵,被王国维认为是"此真能得荷之神理者",认为这三句写足了荷花的神韵。而李璟的"菡萏香销翠叶残"则是写足了秋天荷花凋零的萧瑟与凄凉,不仅花香消散,连碧绿的荷叶也都枯黄残败了。

　　或许连秋天的风都感染了这份凄凉秋意吧,"西风愁起绿波间",

西风哪里知道什么是"愁"呢?还不是因为人的愁,所以才感受到西风的愁。词人眼看着盛开的荷花转眼凋零,于是触景生情,一个"愁"字,既有对秋景零落的伤怀,同时也包含着对自身生命同此憔悴的哀怜。王国维盛赞"菡萏香销翠叶残,西风愁起绿波间"这两句词"大有众芳芜秽,美人迟暮之感"。因此接下来的两句,就将荷花的凋零与女子容颜的衰老融在一起来抒写:"还与韶光共憔悴,不堪看。"

韶光,本意指美好的时光,也引申为青少年时期,这个词直到今天使用频率还很高。鲁迅在《朝花夕拾·〈二十四孝图〉》中就这样写过:"回忆起我和我的同窗小友的童年,却不能不以为他幸福,给我们的永逝的韶光一个悲哀的吊唁。"

不过,这一句词还有另外一个版本写作"还与容光共憔悴","容光"显然是指妙龄女子的脸上焕发的青春光泽。汉末徐干《室思》中的"端坐而无为,仿佛君容光",便是指女子的青春容颜。唐代元稹写的传奇《莺莺传》里也说过:"自从消瘦减容光,万转千回懒下床。不为旁人羞不起,为郎憔悴却羞郎。"

无论是"韶光"还是"容光",都是从时光的转瞬即逝,联想到青春容颜的衰老憔悴。"还与韶光共憔悴,不堪看。"菡萏的凋零已然令人不忍卒睹,可红颜的消逝更让人难以面对。到底是人在怜惜花儿的凋零,还是花儿在同情人的憔悴?"不堪看"三个字,真是笔力千钧,字字泣血。秋景之衰败既不堪入目,自身之憔悴又何尝忍心顾视呢?

上阕写到这里,花和人的命运,花和人的情感,已经是你中有我、我中有你,难以分离了。

"不堪看"是非常直接、一往无前的抒情,完全没有含蓄隐约的修五代

饰,这样的直白,被李煜完整地继承下来了。李煜词"林花谢了春红,太匆匆",这种表述方式与李璟的"还与韶光共憔悴,不堪看"是何等惊人的一致!

"菡萏香销翠叶残,西风愁起绿波间。还与韶光共憔悴,不堪看。"词的上片写荷花凋零,绿叶残败,西风愁起,秋波静流,时光流逝,秋意凄凉,引发词人的悲秋感慨,进而联想到对自身命运的怜悯。

读到这里,也许我们会产生一点疑问,伤春悲秋既然是词人的通病,那么这首《摊破浣溪沙》的女主人公,除了自然的季节变化会触发她的伤感之外,她的悲秋情绪还有没有更深层次的主观原因呢?

当然有。下阕就流露了女主人公的隐秘心绪:"细雨梦回鸡塞远。"鸡塞,就是鸡鹿塞,又称鸡禄山,在陕西横山,也有一种说法认为鸡鹿塞在今天内蒙古磴口西北哈隆格乃峡谷口。这里未必特指某一个具体的地方,实际上是泛指边塞。在霖霖的秋雨中,女主人公的梦会飘到哪里去呢?是那遥远的边塞啊!"细雨梦回鸡塞远",答案已经豁然在我们眼前了,女子梦回边塞的原因,当然是因为那里有她牵挂的人,有她征戍边塞的夫君啊!

我特别喜欢"梦回"这个词,既然有梦,自然就有梦醒的时候;既有梦中短暂的欢娱,更有梦醒之后漫长的煎熬。"细雨梦回鸡塞远",这一句描写的情境极为曲折,既写到了思妇因愁深而成梦,又写到了梦醒之后跌落现实的痛苦。无论是梦境,还是梦回,都笼罩在细雨蒙蒙的秋意之中,梦中近在咫尺欢会的征夫,梦回时又邈然远在鸡塞之外。短短七个字,却蕴含着跳跃的情节结构,折射出女子极为悲苦的情绪。

"细雨梦回鸡塞远,小楼吹彻玉笙寒。"这两句词被历代词人所盛

说词 杨雨

赞,因为不仅对仗工整,而且形象优美,意境迷离。在思妇细雨梦回之后,"小楼吹彻玉笙寒"一句由梦境的怅惘转入现实的冷峻。思妇独自居住的那座小楼,本已让人深感寂寞清寒,又怎么经得起笙曲吹寒呢?"吹彻"是吹尽、吹完的意思,已经吹到一套曲子的最后一遍了,可见思妇在深夜梦回之后是一整夜的无眠。

此处"玉笙寒"的"寒"字,不仅仅是指秋夜的寒冷,更有隐含的意蕴。寒,也指笙簧受潮之后,吹上去不能应律。因为梦回之后的无眠,思妇就像往常一样,吹起玉笙想要寄托无限的相思,可是连玉笙都无法吹出她想要的曲调了。唐代陆龟蒙的《赠远》诗里写过:"妾思冷如簧,时时望君暖。"原来女子真正想说的,并不是要吹一首合律的完整的曲子,而是借"玉笙寒"来倾诉自己内心的凄凉。她想要的,是夫君依偎在身边,彼此依靠着来互相取暖。

"小楼吹彻玉笙寒",表面说的是寒冷,其实是说内心对温暖的渴望。表达如此缠绵委婉,难怪"细雨梦回鸡塞远,小楼吹彻玉笙寒"这两句会被那么多人情有独钟了。有人说,"塞远""笙寒"两句,没有一个字说到秋天,却是"字字秋矣"。连后来的秦观,也深受影响,写下了"指冷玉笙寒,吹彻小梅春透"的词句,将李璟的悲秋词翻成了伤春词,真可谓异曲同工了。

"细雨梦回鸡塞远,小楼吹彻玉笙寒。多少泪珠何限恨,倚阑干。"细雨梦回,小楼独处,吹笙传恨寄相思。而在秋风秋雨萧飒的秋夜中,久吹而笙寒,难以应律,思妇内心的愁苦就这样层层堆积,直到最后的集中爆发:"多少泪珠何限恨,倚阑干。"泪满衣襟,独倚栏杆,愁恨无限,思妇的情感真是凄然欲绝,却又难以言说。"多少泪珠何限恨"将

五代

悲苦之情一泻而出,"多少""何限"都是极言其痛苦之深重。结句的"倚阑干"三个字,却又将一泻之情突然顿住,先扬后抑,余味无穷。

从结构上说,"倚阑干"也和开头写景的句子遥相呼应:"菡萏香销翠叶残,西风愁起绿波间",不正是倚栏人的所见所闻吗?

词学大家詹安泰先生曾经概括了李璟词的四大特点,我认为很有道理,所以在此借引:"第一,词句间很少修饰,已摆脱了'镂玉雕琼'的习气。"这也就是说李璟、李煜父子都有那种善于白描的艺术特质;"第二,层次转折多,又能灵活跳荡,没有晦涩或呆滞的毛病;第三,意境阔大,概括力强,拆开来看,各个句子都有独立的意境,合起来看,却从各种各样的意境中来表现同一主题;第四,感慨很深,接触到自己的感受时,都倾泻出无可抑遏的热情。"

显然,这首《摊破浣溪沙》很完整地体现了这四大特质。尤其是当词人感慨很深的时候,会毫不掩饰地倾泻出不可遏制的热情,在含蓄婉约之中注入浓烈真切的悲恨之情。

根据史书的记载,李璟容颜俊美,"眉目若画",器宇高迈,文采飞扬。当他还只有十岁的时候,就已经写出了吟咏新竹的美丽诗句:"栖凤枝梢犹软弱,化龙形状已依稀。"看来,李璟也是天赋词人异禀。虽然李璟没有像他的儿子李煜那样经历巨大惨痛的人生落差,但李煜词的艺术风格无疑是从父亲的影响中青出于蓝而胜于蓝的。

更奇特的是,李璟和李煜一样,虽然堪称文艺全才,却并不善于治理国家,性格都是文雅懦弱。作为南唐烈祖李昪的长子,李璟于升元元年(937)被封为吴王,后徙封齐王。升元七年(943),南唐先主李昪卒,李璟嗣帝位,改元保大。958年,后周出兵攻南唐,南唐战败,尽失

淮南之地。李璟不得不遣使奉表,愿削去帝号,改称江南国主,并且奉后周正朔。在李璟为国主的十九年中,其实南唐国力已日渐衰弱。

也许,南唐二主都不是天生的皇帝,却都是天生的艺术家吧。

【拓展阅读】

杨希闵《词轨》:

二主词读之使人悄怅失志,亡国之响也。然真意流露,音节凄婉,善学者,宜得意于形迹之外。

五代

玉楼春
李煜

晚妆初了明肌雪,春殿嫔娥鱼贯列。笙箫吹断水云间,重按《霓裳》歌遍彻。　　临风谁更飘香屑,醉拍阑干情味切。归时休照烛花红,待放马蹄清夜月。

《玉楼春》这个词牌的名称,源自白居易的《长恨歌》:"金屋妆成娇侍夜,玉楼宴罢醉和春。"这两句词原本写的是唐玄宗和杨贵妃富贵风流的宫廷夜生活,而南唐国号为"唐",南唐国主自称是正宗的大唐李氏后裔,你还别说,南唐后主李煜的文艺气质和唐玄宗还真有那么几分相似。那么,让我们也去感受一下一代帝王李煜的宫廷夜生活吧。

李煜的这首《玉楼春》反映的是其宫廷夜生活的日常。我们现在对古代帝王生活的了解来源一般有两个途径:一个途径当然就是影视剧或者史书、小说,还有博物馆里收藏的宫廷实物;另一个途径就是我们自己的想象了。不过,无论是影视剧当中的皇帝,还是我们想象中的皇帝,和真正的皇帝生活毕竟还是有很大差别的。李煜的这首《玉楼春》描写的,就既有和我们平时的想象吻合的一面,也有和我们的想象差别很大的一面。

在这首《玉楼春》当中,和我们想象中相似的场面是什么呢?

如果用一个词语来回答,那应该是美女如云。如果用一句诗来表达,那就应该是"后宫佳丽三千人"。皇帝的后宫当然是佳丽如云,在我们想象当中是这样,李煜的描述也完全印证了我们的想象。

这首词开篇两句"晚妆初了明肌雪,春殿嫔娥鱼贯列",说的就是李煜的后宫美女如云,佳丽三千。

这是一个春天的夜晚,后宫佳丽们都精心画了一个美美的晚妆,在灯火的衬托下越发显得明眸皓齿,肌肤胜雪。她们穿着鲜艳飘逸的罗裙,鱼贯进入富丽堂皇的宫殿,一个个体态婀娜,显得那么性感妖娆。

"晚妆初了明肌雪,春殿嫔娥鱼贯列。"春暖花开的季节,灯火辉煌的夜晚,美轮美奂的宫殿,风姿绰约的美女,这样的场景,是不是正符合你想象中帝王生活的一面呢?

的确,李煜完全不想故弄玄虚,一开始就用"晚妆初了明肌雪,春殿嫔娥鱼贯列"这样的句子,在我们眼前徐徐展开了一幅帝王生活的图景,真是说不尽的富贵风流。"笙箫吹断水云间,重按《霓裳》歌遍彻。"随着宫女们一个个就位,美妙的乐声响彻云霄,宫女们翩翩起舞,时而高亢、时而柔美的歌声飘荡在夜色之中。

歌声、乐声、舞姿的完美融合,这才是宣告了南唐后宫夜生活的真正开始。

五代

然而,在李煜的宫殿里,最耀眼的明星绝对不是这些浓妆艳抹的宫女,真正的主角又是谁呢?

当然就是我们唐宋词坛上男神级别的人物——南唐后主李煜了。如云的美女,只不过是为了衬托南唐皇宫里的唯一主角——李煜。"晚妆初了明肌雪,春殿嫔娥鱼贯列。笙箫吹断水云间,重按《霓裳》歌遍彻。"如果说《玉楼春》的上阕描述的帝王生活,和我们的想象几乎完全一样:一样的富贵风流,一样的歌舞升平。那么在下阕,李煜的描述和我们大部分人想象中的帝王形象可能都不一样了。

"临风谁更飘香屑,醉拍阑干情味切。归时休照烛花红,待放马蹄清夜月。"不知道你有没有看出来,是哪里不一样呢?

应该说,和历史上所有的皇帝比起来,李煜都有他独一无二的地方。在这首《玉楼春》当中,我们就至少能够看出李煜两个独特的方面:第一,独一无二的潇洒风度;第二,独一无二的文艺气质。

这两个"独一无二"都很有意思,我们还是先从外表的潇洒风度开始说吧。

首先,李煜的相貌极其有特色。史书记载他"丰额骈齿,一目重瞳子"——宽额头、龅牙齿,一只眼睛还有两个瞳孔(按照现代医学的研究,这其实是瞳孔粘连畸变)。尽管这个长相似乎和我们想象中的多情才子、翩翩公子有些不一样,但"骈齿""重瞳"在古代却被视为圣人之相,史书中也只有仓颉、虞舜、项羽、吕光、鱼俱罗、李煜等人天生"重瞳"异相。

仓颉是黄帝时期的左史官,传说为造字圣人;虞舜是上古五帝之一;项羽是著名的西楚霸王;吕光是东晋十六国时期后凉的开国之君;

鱼俱罗则是隋朝名将。

另外,据说帝喾高辛氏、周武王、孔子都是"骈齿"……李煜和这些圣人、伟人拥有一样非凡的相貌特征,似乎冥冥中早已注定了他终将不凡的一生。

当然,光是长相独特那还不能说明李煜的潇洒风度,如果再加上无与伦比的文艺气质,那就很可能让他顿时显得鹤立鸡群了。

李煜是南唐中主李璟的第六个儿子,按照古代帝位的传承顺序,他本来是没有资格继承帝位的,但因为他生来就有骈齿、重瞳的圣人之相,古人都很迷信,他的长兄李弘冀"恶其有奇表",特别忌惮他,将他视为皇位竞争的对手。为了让太子哥哥放心,李煜从小就很乖巧,一直表现出对政治的疏远与冷漠,一头扎进学术和艺术之中。表面上看,他就是一个沉溺于奢华生活的皇子,喜好声色,对佛教表现出特别痴迷的兴趣,在文学艺术方面的天赋高得惊人,可就是对国事漠不关心。

这样一种韬光养晦的生活,一方面避开了皇权斗争可能招致的杀身之祸,另一方面他也有足够的时间和精力涉猎百家,对一切艺术都显示出过人的天赋,诗词、绘画、书法、音乐无一不通。此时的李煜,不问政治,甚至一心向往隐逸。他还取了一些号和别称,例如他自号钟隐,又号莲峰居士,还写过几首《渔父》词,其中有类似这样的句子:"阆苑有情千里雪,桃李无言一队春。一壶酒,一竿身,快活如侬有几人。"从这些词和他的自号看来,哪里像一个锦衣玉食的皇子,简直就是一个厌倦宫廷富贵,一心向往江湖田园的洒脱隐士。

959 年八月,南唐中主李璟立长子李弘冀为太子,可惜这位新立的

五代

东宫之主一个月以后就离开了人世。更让人意想不到的是,李煜的其他几位哥哥也相继夭折。961年二月,李璟迁都洪都(今江西南昌),立李煜为太子,留在金陵(今江苏南京)监国。六月,李璟卒于洪都,七月二十九日,二十五岁的李煜在金陵继南唐国主位。

就这样,从来不想当国君的李煜被强悍的命运推到了那张龙椅上。

就这样,一个从小就梦想当艺术家的人,阴差阳错被命运安排成了一国之君。

正因为李煜从来都没想过要当皇帝,所以他和其他的皇帝都不一样,反而更像一名艺术家,甚至比一般的艺术家更具有艺术天赋。他是个书法家,他的书法如行云流水却又风骨铮铮;他是个画家,他的画是收藏家视若珍宝的稀世之物;他是个音乐家,洞晓音律,填词作曲皆成天籁;他是个藏书家,十多万卷图书,数不清的书画古玩颐养出他高贵优雅的气质……

当然,在李煜所有的文艺天才中,最让我们倾倒的,还是他在音乐和填词方面的成就。在这首《玉楼春》中,其实有一句词就含蓄地暗示了他的音乐天才,这就是上阕的最后一句:"重按《霓裳》歌遍彻。"

《霓裳》,就是著名的《霓裳羽衣曲》,传说原来的曲子是唐代开元中西凉节度使杨敬述进献,为盛唐大曲名曲。后来唐玄宗和杨贵妃合作,将这一大曲进行了改编,并且创作了歌词,定名为《霓裳羽衣曲》,经常在宫廷里演出这一大型曲目。白居易在《长恨歌》当中写到"惊破《霓裳羽衣曲》",展现出唐朝极盛时候的辉煌与歌舞升平。

安史之乱后,《霓裳羽衣曲》散佚民间,再也没人能演奏出完整的曲子。可是到了李煜这里，李煜不但自己的音乐素养比起唐玄宗来毫不逊色，他也有一个最宠爱的女子——大周后周娥皇。大周后既是南唐的国母，还是李煜最得力的音乐伴侣，她的音乐造诣比起杨贵妃来也丝毫不逊色。据史书记载，大周后不仅容貌倾国倾城，而且还是顶尖级的琵琶乐手，擅长谱曲制乐。于是，由大周后亲自操刀，根据《霓裳羽衣曲》的残谱进行了修订和复原，居然在南唐宫廷里再现了盛唐之音，这简直让李煜乐不可支。因此，"重按《霓裳》歌遍彻"绝不仅仅是简单的皇家风流，在李煜的眼里，简直就是大唐盛世辉煌在南唐的回响：悠扬的乐声飘扬在云水之间，妖娆的舞姿荡漾在后主的春思之中，一派歌舞升平的气象。

我还想和大家说一个小故事，从这个小故事里也可以看到李煜后宫生活的艺术品位。有一年冬夜，宫殿外大雪纷飞，李煜和大周后在一起拥炉饮酒，其乐融融，大周后喝得满脸桃红的时候撒起娇来，非要李煜跳舞给她看。

堂堂一国之君，当着一众宫女太监的面跳舞给爱妻看，这还成什么体统？国君的威严何在？这样的要求显然不合规矩，李煜就故作一本正经地不肯答应。

可是他们夫妻平时非常恩爱，李煜就算板起脸也吓唬不了大周后，大周后继续撒娇，一副不达目的誓不罢休的模样。李煜哪里扛得住爱妻那醉眼蒙眬的娇媚神态，就自己给自己找了个台阶下："让我跳舞给你看也不是不可以，不过你得先答应我一个条件。""别说一个条件，一百个条件我也答应你啊。"大周后嘟着嘴说。

"那些陈词滥调的旧曲子听着没劲，如果你能即席谱一首新曲子，

那我就按新曲子跳舞给你看。"

大周后一听,立即吩咐宫女备好纸笔,一边构思一边哼唱一边记谱,思路没有片刻的滞涩和停顿,不到一会儿工夫,一曲《邀醉舞破》就写成了。"破"是音乐术语,说明这是一首节奏比较欢快的曲子,"邀醉舞"正是记录这首舞曲的来由——是在酒醉之后趁着酒兴邀请丈夫跳舞。爱妻如此才华横溢,李煜自是心情畅快,于是他吩咐大周后用琵琶弹奏这首《邀醉舞破》,自己则狂舞一曲为爱妻助兴。

李煜就是这样沉醉在了他一手营造的艺术化的帝王生活之中,他真想就这样一直沉醉下去,永远不要醒来。"临风谁更飘香屑,醉拍阑干情味切。归时休照烛花红,待放马蹄清夜月。"

在我们一般人对帝王生活的想象当中,一场盛大的歌舞欢宴过后,风流天子李煜应该在宫女们的簇拥下,在大周后的温柔陪伴下,回到红烛高照、浓香醉人的寝宫。

然而,在这个春天的夜晚,李煜的表现偏偏出乎我们所有人的意料:他吩咐宫人们吹灭了所有的烛火,所有的乐声歌舞声在刹那间都静止了下来,浓妆艳抹的宫女们已经全都退去。这一刻,所有的繁华热闹都消逝得一干二净,只有如水的月色,宁静地照耀着重重叠叠的巍峨宫殿,凉爽的夜风吹送着清幽的花香,似有若无。苍茫的天地间仿佛只留下了唯一的一个主角,独自行走在万籁俱寂的夜色中。

这个唯一的主角,时而"醉拍阑干",仿佛还在应和着音乐的节拍,趁着微醺的醉意,潇洒豪迈而又自得其乐地享受着此刻的宁静和任性。清脆的马蹄声,从容而悠闲地踢踏而过,渐行渐远,直到完全消失在漆黑的夜色尽头……

临风谁更飘香屑,醉拍阑干情味切。归时休照烛花红,待放马蹄清夜月。

当我们再三回味这样的句子,我们也许能够从中感觉到李白式的"且乐生前一杯酒,何须身后千载名"(《行路难》)的豪迈不羁,甚至还能体会到辛弃疾式的"把吴钩看了,栏杆拍遍,无人会、登临意"(《水龙吟》)的苍茫孤独。当然,它更是李煜式的艺术气质和潇洒风度的完美呈现。

晚妆初了明肌雪,春殿嫔娥鱼贯列。笙箫吹断水云间,重按《霓裳》歌遍彻。   临风谁更飘香屑,醉拍阑干情味切。归时休照烛花红,待放马蹄清夜月。

一首《玉楼春》,从上片的笙歌艳舞、人声鼎沸,到下片的醉拍栏杆、清赏夜月,静听马蹄声声的孤独;从人人都能想得到的宫廷夜生活,到鲜为人知的帝王私生活;从富贵繁华的宫廷到清新静谧的自然;从浓烈的感官刺激回归深邃悠远的心灵……一代词帝李煜就是这样向我们展示了他与众不同的帝王人生,李煜就是这样以一种全情投入的审美模式享受着生命,游走在帝王与艺术家双重身份之间,挥洒着生命极致的悲情与欢乐。

【拓展阅读】

蒋一葵《尧山堂外纪》:

李后主宫中未尝点烛,每至夜,则悬大宝珠,光照一室如日中。尝赋《玉楼春》宫词……

五代

菩萨蛮

李煜

花明月暗笼轻雾,今宵好向郎边去。刬袜步香阶,手提金缕鞋。　画堂南畔见,一向偎人颤。奴为出来难,教君恣意怜。

这首《菩萨蛮》讲述的,是关于南唐后主李煜的一个爱情故事。只有了解了这段爱情传奇的前因后果,我们才能解释清楚李后主的这首词。

这首词创作的时间大约在北宋乾德四年(966)前后,也就是李煜三十岁左右。此时的李煜正陷入一段如火如荼的热恋之中,南唐的王宫里隐约流淌着爱情的甜蜜与疯狂。《菩萨蛮》正是截取了这场爱情中最动感、最具体的一幕——李煜与恋人的幽会场景。

首先是约会的时间:"花明月暗笼轻雾。"这是一个美丽的夜晚,花儿盛开,暗香浮动,月色并不明亮,然而对于相恋的人来说,也许幽暗的月光和明媚的花容更配。

再看约会的主人公,这是一个活泼可爱又古灵精怪的少女。今晚,她要和恋人约会了。"今宵好向郎边去",一个"好"字泄露了少女迫切的心情。

在古代社会,女性无论如何是要表现得矜持一点的,可是这个女孩毫不顾忌那些传统礼教的条条框框,反而满心欢喜地奔向情郎所在的地方。一个"好"字,又隐约告诉了我们这对恋人平时单独相处的时间大概并不多,好不容易才有了这样的机会,所以女孩子实在按捺不住自己欣喜的心情。

接下来的两句就是描摹少女的具体情态了:"划袜步香阶,手提金缕鞋。"划袜,就是没穿鞋子,光穿着袜子匆匆跑过落满花瓣、香气暗溢的台阶,手里还提着她那双用金丝线绣成的鞋子。看来,这真的是一场名副其实的"幽会",少女生怕路上被人撞到、被人听到,因此脱下鞋子,只穿着袜子一路小跑。

读着这样的句子,我们仿佛能够亲眼看到少女红润的脸颊,她的裙子随风飘起,满地的落花也随着她的裙角被风扬起,在幽暗的夜色里轻舞飞扬。大约只有文学这种艺术形式,才能将如此动感的画面和如此安静的环境完美地融合在一起,传神地刻画出少女赴约时迫切和担忧并存的心情。这么复杂微妙的情绪交织在一起,反倒使这次幽会更令人期待。

接下来就是约会的地点:"画堂南畔见。"画堂指色彩艳丽、装饰华美的殿堂,画堂的南边是他们相约见面的地方。少女一路跑过来,远远看到了画堂,她越发加快了脚步。

五代

　　这时候,男主人公也终于登场了:他一直守候在"画堂南畔",远远看着他的心上人,手提着鞋子,衣袂飘飘,像只机灵可爱的小燕子一样向他飞奔而来。他赶紧伸出双手,敞开怀抱,迎接他最爱的人。

　　镜头定格在终于相拥的一对恋人身上。当然,主角仍然是那位少女:"一向偎人颤。"不知道是因为跑得太急,还是因为心情太激动,少女依偎在爱人的怀抱里,身体还在微微颤抖。一向,是"一晌、片刻"的意思。此处没有对男主人公的任何描写,但是我们完全可以想象,怀抱着最心爱的女子,那微微颤抖的身体和急促的喘息一定是无比惹人怜惜、疼爱的。

　　这首词对于幽会的描写极其细腻生动,从少女拎着鞋,踮着脚出现在花明月暗的夜色之中,到一路急切却又悄无声息地飞奔过台阶、长廊,不顾裙角扬起的满地落花,不顾额角冒出的细密汗珠和散落的长发,这一系列的描写不仅具体可感,而且还能引发读者的无限联想。然而,这些动态描写所营造的爱情力量,都抵不过词的最后两句:"奴为出来难,教君恣意怜。"

　　从第一句"花明月暗笼轻雾"开始,词人就仿佛是一个观众,站在第三者的旁观角度,绘声绘色地描述着少女本色而动人的形象,然而最后两句忽然转换成了少女自己的口吻:"我出来一次那么艰难,你可一定要好好疼我、好好爱我啊!"

　　古人不用"爱"字来表达男女间的情爱,而往往用"怜",甚至还用莲子作为表达爱情的信物,因为莲子谐音"怜子",也就是爱你的意思。恣意,就是尽情、任意。"教君恣意怜"替换成流行歌曲里的歌词,大概

就是:"让你一次爱个够,给你我所有!"

这哪里是我们印象中婉约矜持的古典女子呢?

是什么样的女子这么大胆,居然敢偷偷和恋人约会,还口口声声宣称要"让你一次爱个够"呢?

据说,这位女子就是南唐国主李煜当时心爱的恋人,也就是后来的小周后。小周后当然不是这女孩的名字,女孩姓周,后来成为了李煜的王后。小周后是李煜第一任王后周娥皇的同胞妹妹,历史上以大周后、小周后的称呼来区分李煜的前后两任妻子。

既然李煜和小周后,一个是堂堂一国之君,一个是堂堂一国之后,为什么在他们的恋爱生活中,居然还会出现"刬袜步香阶,手提金缕鞋"这样偷偷摸摸的幽会场景呢?

其实,虽然小周后是李煜明媒正娶的王后,但两人之间的婚姻程序却并非按照宫廷礼法来完成的。他们的恋爱在相当长的一段时间内,只能是"地下活动"。那么,李煜和小周后的恋情到底面临了怎样的障碍呢?

第一大障碍主要来自情感方面。小周后出现在李煜视线中的时候,李煜其实还没有从前一段感情中完全走出来。我们常常说,完美的爱情是要在正确的时间爱上正确的人。不巧,李煜和小周后就相爱在不正确的时间。

李煜注意到小周后的时候,正是他的妻子大周后生病期间。大周后闺名娥皇,公元964年是他们结婚后的第十一个年头。李煜作为一国之君,后宫中的美女自然不少,可是十一年来,李煜将全部爱情都放

五代

在大周后身上,"宠嬖专房"。可是,就在这一年,命运给他们开了一个残酷的玩笑,大周后病倒了。

这一年,大周后去世,年仅二十九岁。大周后去世之时,李煜心痛到无法呼吸。史载:"后主哀苦骨立,杖而后起。"他沉浸在哀伤之中,到第二年正月大周后入葬陵寝的时候,李煜已经消瘦憔悴到只剩下皮包骨头,要撑着拐杖才能勉强站起来。

就在大周后病重期间,奉李煜母亲的懿旨,大周后的妹妹小周后入宫侍疾。此时的小周后年约十五岁,已经是亭亭玉立、含苞待放的少女了。李煜虽然全部心思都在大周后的病情上,可当小姨妹突然脱胎换骨般地站在他面前时,他还是震惊了。曾经的小女孩已经长成一个动人心魄的妙龄少女了。

很多人都认为在大周后病重期间,李煜和小周后已经开始悄悄谈恋爱了。"奴为出来难,教君恣意怜"的幽会就发生在这个时期,他们的恋情之所以见不得阳光,就是怕刺激到病重的大周后,因此才会出现"划袜步香阶,手提金缕鞋"这样的幽会场景。

然而事实很有可能是另外一种情形:李煜和小周后彼此动心,的确开始于大周后病重期间,但他们真正进入热恋应该是在大周后去世之后。而两人的恋情之所以在当时不敢公开,并不是因为害怕刺激到大周后,而是就在大周后去世的第二年九月,李煜的母亲圣尊后也去世了。根据礼制,李煜必须守孝三年,三年之中废止一切娱乐活动,连夫妻都不允许同房,更何况与其他女子谈情说爱。如果是一般的臣民百姓,违反了这些礼制是要依据法律从重处罚的。

天子作为天下臣民的行为榜样,必须更加崇礼守法,否则同样会遭到舆论的谴责。

因此,李煜和小周后恋情遭遇的第二大障碍,就是礼法的障碍。

然而,礼法的禁忌也好,情感的约束也好,当爱情爆发的时候,任何试图抗拒的理智都显得无能为力。就像法国著名作家司汤达所说的那样:"爱情就像发高烧,它的产生和消失绝不以人自己的意志为转移。"李煜和小周后的恋情就像是一场突如其来的爱情高烧,烧得他们头脑发热,烧得他们完全丧失了意志和抵抗力。

三年守丧期满后,李煜不顾部分大臣的反对,以极为隆重的礼仪正式迎娶了小周后。据史书记载,李煜以帝王之尊"行亲迎礼",以新郎的身份亲自迎接新娘。这样盛大的庆典造成举国上下轰动,甚至达到"民间观者万人"的地步。甚至有人为了看得更清楚一点,爬到屋顶上,结果坠地而亡。

在婚礼第二天的宴席上,有大臣写诗毫不留情地指责李煜守丧期间不遵礼法,而李煜竟不好意思对他们发脾气。

堂堂一国之君,居然默默地忍受了大臣们的指责,想必是因为他自己多少还是觉得有些心虚的。

由此可见,李煜和小周后如胶似漆的热恋很可能就发生在大周后和母后相继去世之后,他们不能公开恋爱的主要原因也是因为守丧的礼法制度。可是即便冒着天下之大不韪,他们还是无法克制地想要见面,这才造成了小周后"奴为出来难"的尴尬局面,才不得不"刬袜步香阶,手提金缕鞋"以掩人耳目。

五代

宋代马令的《南唐书》里有这么一段话:"(小周)后自昭惠殂,常在禁中。后主乐府词有'刬袜步香阶,手提金缕鞋'之类,多传于外。至纳后,乃成礼而已。"昭惠,是大周后的谥号。这段史料说得很清楚:大周后去世之后,小周后时常出入宫廷,开始了和李煜的热恋,因此后主李煜为她写的词诸如"刬袜步香阶,手提金缕鞋"之类香艳的句子,也透过层层宫墙流传在外了,导致世人皆知李煜和小周后谈恋爱时间长达两三年之久,直到为太后服丧期满才正式成婚,婚礼其实不过就是一个仪式而已了。

小周后入宫之后,获得的宠爱甚至超过了她的姐姐,不仅延续了姐姐"宠嬖专房"的"神话",李煜还专门为她修建了一个装饰华美的花房,仅能容纳两个人。春天百花盛开的时候,夫妻俩就在花房中赏花饮酒,吟诗唱曲,享受着温馨甜蜜的二人世界。

然而,李煜和小周后无忧无虑的爱情生活在975年戛然而止。这一年金陵城陷落,李煜率群臣肉袒出降。一国之君从此沦为宋朝的阶下囚。

这一年,李煜三十九岁,小周后才二十多岁。

厄运很快降临到这对苦命夫妻的身上。作为宫廷命妇郑国夫人,小周后经常被宋太宗赵光义以各种理由召进宫,别的命妇很快就出宫了,可小周后每每一留就是好几天。每次出宫后回到自己的府第,小周后总是忍不住伤心得大哭不止,而李煜,只能默默地陪着妻子饮泣,不敢表现出一点儿不满,更不用说反抗了。

他还能说什么呢? 作为一国之君,他不能保护自己的国家和人民;作为丈夫,他自身难保,更不用说保护自己的女人了。

柔弱的李煜,在遭遇重创之时尤其显出他的无助与无奈。为了丈夫,一贯娇气的小周后不得不坚强起来。因为在李煜的身边,如今只剩下她一人还能和他朝夕相伴,只有她,还能成为李煜生活中唯一的依靠。

陪伴丈夫,是小周后能够压抑住剧痛和耻辱努力活下去的唯一理由。当年那个"花明月暗笼轻雾,今宵好向郎边去"的天真女孩不见了;当年那个"刬袜步香阶,手提金缕鞋"的俏皮女孩不见了;当年那个"画堂南畔见,一向偎人颤"的娇羞少女不见了;当年那个"奴为出来难,教君恣意怜"的率性少女不见了……让你一次爱个够的激情,永远地停留在了遥远而陌生的记忆中。

如果说李煜的存在是小周后忍辱偷生的唯一理由,那么李煜的去世令小周后彻底丧失了活着的信念。南唐举国投降的第三年,也就是公元978年七月初七,李煜去世,深爱他的小周后"悲哀不自胜",三个月后,小周后也追随丈夫而去,并且与丈夫同穴而葬。

花明月暗笼轻雾,今宵好向郎边去。刬袜步香阶,手提金缕鞋。　　画堂南畔见,一向偎人颤。奴为出来难,教君恣意怜。

对于小周后而言,虽然热恋时那种不顾一切"让你一次爱个够"的激情最终会趋于平淡,但是那个多情的丈夫毕竟给了她全部的宠爱;虽然亡国奴的日子让她尝尽了侮辱辛酸,但是那个柔弱的丈夫终究让她无法狠心离开。"奴为出来难,教君恣意怜",无论世事变迁,无论是富贵还是患难,她对李煜的爱一如当初那般任性率真,一如当初那般毫无保留。

五代

破阵子

李煜

四十年来家国,三千里地山河。凤阁龙楼连霄汉,玉树琼枝作烟萝。几曾识干戈? 一旦归为臣虏,沈腰潘鬓销磨。最是仓皇辞庙日,教坊犹奏别离歌。垂泪对宫娥。

我愿意用两个词来概括李煜的这首《破阵子》的基本特点,第一个词是悲壮,第二个词是天真。

悲壮是李煜词的表象,天真却是他的内核。那么,这首词是如何体现李煜的悲壮与天真的呢?我们还是先来看看他的悲壮吧。

这首《破阵子》是李煜亡国之后不久的作品。

"四十年来家国",词的起句,悲壮情怀就以排山倒海之势扑面而来。公元975年,也就是南唐亡国的这一年,离李煜的祖父李昪称帝的公元937年,正好39年,词里是四舍五入取整数,也就是四十年。

更巧的是,李煜这一年也正好是三十九岁。也就是说,国家创立

的那一年,也正好是李煜诞生的那一年。到 975 年南唐举国投降,他的一生,经历了国家从建立到灭亡的全部过程。

命运是以何其震撼的方式,宣告了李煜人生的传奇!

"四十年来家国,三千里地山河。""三千里"这个数字乍一看有些吓人,南唐国最盛的时候疆域大概包括今天江西全省,还有安徽、江苏、福建、湖北、湖南等省的一部分,下辖 35 个州。公元 951 年,气势汹汹的南唐军队,还曾踏上今天的湖南长沙,消灭了当时在长沙主政的"马楚"王朝。

只可惜并不善于治国治军的李璟,在灭楚的第二年,就失去了这块土地。

公元 958 年,受到后周的威胁,李璟主动上表削去帝号,奉后周为正朔,从此李璟不再是一国的皇帝,而称"国主"。

公元 960 年,赵匡胤发动陈桥兵变,黄袍加身,建立大宋王朝,就从这一年开始,李璟派遣使臣到宋朝廷朝贡,从此以后,年年朝贡以表臣服。南唐国就是以这样卑微的姿态被交到李煜的手里,事实上这时候的南唐国土已经只剩下江南的半壁江山。因此,"三千里地"实在是个微不足道的数字。

我们只要稍微比较一下就知道这个数字的渺小了:在南唐之前,大唐王朝疆域最广的时候达 1200 多万平方千米;在它之后的北宋王朝,疆域最广的时候达到 300 万平方千米。而唐朝治国时间近三百年,宋朝虽然经历了南渡之耻,但前后算起来统治时间也长达三百多年。南唐在五代十国里也算是个大国,但跟唐宋两大王朝比起来,李煜所统治的南唐,无论是从时间上的"四十年",还是从空间上的"三五代

千里",都是如此渺小。

因此,"四十年来家国,三千里地山河",这两句听上去是挺豪迈的,但是再一回味,就会发现豪迈只是打肿脸充胖子的伪装。在李煜为四十年和三千里地的江山感到无限荣光的时候,我们却更悲哀地看到了这种荣光背后的渺小和卑微:他拥有的这一点江山不过是虎视眈眈的大宋王朝嘴边的一块"肥肉"而已。

"四十年来家国,三千里地山河",悲壮的背后,我们是不是也能够看到李煜的天真呢?

我们都知道,词是一种抒情的文体,而在所有语言文字中,似乎最缺少感情的就是数字。很少会有词人敢在词的一开头就用数字来引起下文,因为没有感情的数字很容易冲淡词的抒情色彩,而且数字的运用相对也比较难以协律。例如从一到十这十个数字中,只有三是平声字,一、二、四、五、六、七、八、九、十这几个数字全都是仄声字,百千万里又只有千是平声字,因此使用数字会给平仄对仗增加难度。

但李煜就没有这么多的忌讳。谁说不能用数字开头呢?谁说数字就"无情无义"呢?谁说数字难以合律呢?我就偏用数字开头,并且还连用两个数字:四十、三千。

能够在短短的一首小词里面把几个数字用活,这需要高超的技巧,也需要非凡的胆量。但李煜似乎没有刻意地用什么技巧,当然胆子确实很大,这倒印证了周济评价李煜的话:"李后主词,如生马驹,不受控捉。"他的词就像初生的小马驹,还没被人驯服,胆有多大,力就有多大。因此,他脱口而出的"四十年来家国,三千里地山河",好像没有经过任何深思熟虑、反复推敲,但是这两个数字不仅非常合律,还偏偏

极其准确地概括了他身为一国之君的一生,同时又强烈地表达了他痛失国家的悲怆之情。

最"无情"的数字,偏偏造就了最震撼人的力量。

"四十年来家国,三千里地山河。凤阁龙楼连霄汉,玉树琼枝作烟萝。"后两句看上去排场也很大。当李煜还是国君的时候,他的皇宫盘龙栖凤,雕梁画栋,高耸云霄,气势巍峨;他的御花园里种满了各种各样的奇花异草,远远望过去云遮雾绕,仿佛是人间仙境。

如果没有战争,那江南之地物产丰饶,经济富庶,风景秀美,一国之君当然可以享尽人间荣华富贵。尽管他的邻居大宋王朝对这块富庶之地早就垂涎三尺,不过李煜居然天真地以为,自己不过是个孩子,大宋王朝就像自己的父亲一样,哪有父亲会不保护、照顾自己的孩子,让他无忧无虑地生活呢?他这么低眉顺眼地看赵匡胤的脸色行事,目的无非只有一个:换一个太平的日子,保住他"凤阁龙楼连霄汉,玉树琼枝作烟萝"的奢侈生活。

张爱玲在谈到她在爱情里的地位时,说过一句名言:"遇见你我变得很低很低,一直低到尘埃里去。"李煜对赵匡胤,也是用这种低到尘埃里的姿态来力图保全自己的地位,这种姿态倒也确实换来了十多年的表面太平。所以他会说:"几曾识干戈?"干戈本来是武器,这里代指战争。他这一路走来,虽然战战兢兢,可毕竟保住了自己夜夜笙歌的太平生活。无忧无虑的他哪里见识过战争的残酷呢?

然而,张爱玲低到尘埃里的姿态没有保住她的爱情,同样李煜委曲求全的姿态,也没能保住他的太平和国家。

公元974年,赵匡胤在都城东京(今河南开封)修建了华丽的府

五代

邸,三番五次"盛情邀请"李煜北上,去做这座豪宅的新主人。李煜再傻再天真,也不可能不知道,他如果去了就意味着举国投降,将"四十年来家国,三千里地山河"全都拱手献给赵匡胤了。这亡国奴可不能做!他想来想去,"应邀"北上肯定不行,正面对抗更不行,于是他只好装病,说自己病体缠绵,实在经受不了长途跋涉,乞求赵匡胤的宽恕。

事实上,无论李煜用什么方式企图拖延时间,都阻挡不了赵匡胤统一天下的勃勃雄心。既然三番五次"请"不来李煜,那就只好诉诸武力了。公元974年闰十月,北宋大将曹彬奉命率兵向南唐发动了进攻。柔弱的李煜,柔弱的南唐,怎能抵挡得住大宋军队的所向披靡?

一切,就在公元975年结束了。

就在宋军兴兵伐唐的时候,束手无策的李煜又做了两件极其天真的事。

第一件,他派南唐国的大才子——第一号"辩手"徐铉,赶往宋朝廷去找赵匡胤求情。徐铉对赵匡胤说:"李煜以小国侍奉大国,就像儿子侍奉父亲一样,从来没有过任何过失。只不过是陛下您要见他,他正好生病没有及时奉诏。我想,父母疼爱子女应该是无微不至的,难道李煜仅仅因为生病没来跟您请安,您就要消灭他吗?请陛下可怜我们,把军队撤回来吧!"

这一番乞怜的话应该是合情合理,可宋太祖不是那么天真的人,他听了徐铉的话,哈哈大笑,说:"你的主子既然把我当父亲看待,我也把他当儿子对待。可父子一家亲,我几次邀请他住到我们东京来他都不肯,哪有父子像我们这样南北对峙、分作两家的道理啊?"

这番辩论的结果不说我们也猜到了。正像赵匡胤后来说的那样,

李煜没有罪,江南也没有罪,可是天下只能有一家,卧榻之侧岂容他人鼾睡?这么简单的道理,李煜也许是真不懂,也许是不想懂。

第二件,在宋军包围金陵,兵临城下的生死关头,李煜既没有退兵之策,也不知道自己是该投降还是该自杀殉国。火烧眉毛急了,他居然去求助于佛门弟子,希望佛祖保佑宋军退兵,如果佛祖显灵,他愿意在国境内大兴佛教。这番祈祷的结果就是:金陵城陷,李煜肉袒出降。

你看,李煜是不是很傻很天真呢?

"一旦归为臣虏,沈腰潘鬓销磨。"《破阵子》词转入了下片,李煜的人生也进入了后半期。做俘虏的日子实在不好过,因此他才说自己是"沈腰潘鬓销磨"。

这一句包含了两个典故,"沈"和"潘"都指历史上著名的美男子。"沈"就是南朝诗人沈约。"沈腰"出自《梁书·沈约传》。沈约在写给徐勉的信中称自己又老又病,瘦得很厉害,每隔几个月,皮带上的孔就要往里移一格;用手握一下手臂,每隔个把月就要小半分。后人就以"沈腰"指腰肢消瘦。

"潘"是另外一位美男子,就是西晋诗人潘安,也就是我们常说的"貌似潘安"的那个潘安。"潘鬓"指的是潘安的鬓发。他的《秋兴赋》说:"斑鬓髟以承弁兮。"后来,"潘鬓"成为鬓发斑白的代称。

李煜连用"沈腰"和"潘鬓"两个典故,强烈地表达了自己当俘虏以后精神和肉体经受的双重摧残。

在痛苦中挣扎的李煜,不由得回想起他永生都不会忘记的那一天:"最是仓皇辞庙日,教坊犹奏别离歌。"

五代

　　这里的"庙"指太庙,是供奉历代祖宗灵位的地方。"仓皇"既是指他当时的行动仓促草率,也是指心情惶恐不安。宋军攻陷宫城,一个即将投降的亡国之君,当他匆匆忙忙、满腹羞愧地去拜辞列祖列宗的时候,教坊偏偏还奏起了别离的哀乐。

　　教坊,是宫廷里的音乐机构。作为优秀的音乐家,教坊曾经是李煜特别亲近的地方,教坊的音乐也是他一度最喜爱的。但是,在仓皇的李煜听来,教坊此刻奏起的别离哀乐无疑让他的心情雪上加霜。在听到音乐的那一刻,他强忍住的泪水终于像决堤的洪水一样倾泻而下。

　　"垂泪对宫娥。"我们原本可能会以为,在这首悲壮的词里,一定会有一个同样悲壮的结尾,但是本质上李煜并不是一个悲壮的人,他只是一个哀怨的人。所以亡国之时,在听到亡国之音的时候,他的痛哭,他的眼泪,对准的居然是这样一个特殊的群体:宫女。

　　这些宫女,曾经陪着他一起无忧无虑、通宵达旦地歌舞狂欢,曾经陪着他一起度过了一生中最为风光浪漫的日子,这些宫女代表了昔日的繁华。但现在,她们的眼泪只是提醒了他作为亡国之君的彻底失败。而对着柔弱的女人流泪的男人,内心比女人还要柔弱。

　　这样的结尾,不悲壮,但悲怆。

　　"垂泪对宫娥",这句结尾貌似不是什么神来之笔,可是,如果李煜是一个心思成熟的人,他应该想到,作为国君,有些事你可以去想,甚至也可以做,但是你不能去写。以他的身份,一旦写成了白纸黑字,传开去了,那就很可能万劫不复,将自己推向深渊。

　　李煜没想到的,后来的苏轼帮他想到了。苏轼评价这首《破阵子》

时说过这么一段话:"'四十年来家国,三千里地山河……'后主既为樊若水所卖,举国与人,故当恸哭于九庙之外,谢其民而后行,顾乃挥泪宫娥,听教坊离曲。"(苏轼《东坡志林》卷七)

苏轼提到的樊若水以前在南唐考过进士,但一直没有被李煜选拔重用。樊若水一气之下就跑到赵匡胤那里献计献策,帮助宋军攻打南唐。因此,苏轼很是讽刺李煜的软弱和天真。他说,你都被人出卖了,国家都被灭了,当然上愧对先王祖宗,下愧对黎民百姓。亡国的时刻,你应该在太庙之外痛哭,向列祖列宗忏悔,向黎民百姓请罪,怎么却对着宫女流泪,还有心思听着教坊离别的曲子呢?

苏轼固然说得很对,作为一国之君,哪怕你的内心已经虚弱到了极点,但在你的列祖列宗、黎民百姓面前,也应该挺直你的脊梁,怀着一颗忏悔的心承担起自己的罪责。

可我觉得,李煜也是对的。他对,就对在他的真实。他是这么想的,也是这么做的,这就是他在那一刻最真实的行动和最真实的感情,所以,他就毫不掩饰地写出来了。至于别人怎么看、怎么评价,那已经不是他关心的事了。用王国维的话来说,他就是一个拥有"赤子之心"的人。

所谓"赤子",本来是指初生的婴儿,没经历过世事的孩子,固然很傻很天真,可是也正如王国维所说:"客观之诗人,不可不多阅世。阅世愈深,则材料愈丰富,愈变化,《水浒传》《红楼梦》之作者是也。主观之诗人,不必多阅世。阅世愈浅,则性情愈真,李后主是也。"(《人间词话》)

也许,李煜就是那个阅世愈浅,而性情愈真的天真词人吧。

五代

【拓展阅读】

唐圭璋《唐宋词简释》：

论者谓此词凄怆，与项羽拔山之歌，同出一揆。后主聪明仁恕，不独笃于父子昆弟夫妇之情，即臣民宫娥，亦无不一体爱护。故江南人闻后主死，皆巷哭失声，设斋祭奠。而宫娥之入掖庭者，又手写佛经，为后主资冥福。亦可见后主感人之深矣。

乌夜啼

李煜

无言独上西楼,月如钩。寂寞梧桐深院锁清秋。　剪不断,理还乱,是离愁。别是一般滋味在心头。

我记得很多年前,台湾歌手邓丽君演唱过一首很著名的流行歌曲《独上西楼》,歌词是这样写的:

无言独上西楼,月如钩。寂寞梧桐深院锁清秋。　剪不断,理还乱,是离愁。别有一番滋味在心头。

这虽然是一首流行歌曲,但其实这首歌就是一首词。词牌名是《乌夜啼》。只不过邓丽君演唱的歌词和《乌夜啼》的原词最后一句有一个字的差异,邓丽君唱的是"别有一番滋味在心头",但《乌夜啼》词的最后一句应该是"别有一般滋味在心头",大多数版本写作"别是一般滋味在心头"。"一番滋味"和"一般滋味",一字之差而已。"一般"和"一番"的意思相近,都指"一种"。因此,李煜《乌夜啼》原词应该是

五代

这样的:

无言独上西楼,月如钩。寂寞梧桐深院锁清秋。　　剪不断,理还乱,是离愁。别是一般滋味在心头。

这首《乌夜啼》之所以能被当成流行歌曲,时隔一千多年,还能被这么多人喜欢,是为什么呢?首先因为它写得太好了,其次还是因为它写得太好了,最后,是因为它真的写得太好了!

呵呵,这种"写得太好了"的废话我居然一连强调了三遍!这实在是因为我想不出其他更合适的词来形容这首脍炙人口的经典作品,而且我还想不出该从什么样的途径去解释这首词,因为它看上去那么简单,既没有你不认识的生僻字,也没有故弄玄虚的生僻典故,更没有什么理解不了的隐秘情绪。词的上片写秋天的深夜,词人一个人独自登上西楼赏月,觉得非常寂寞冷清:"无言独上西楼,月如钩。寂寞梧桐深院锁清秋。"词的下片揭示了词人为什么觉得寂寞的原因:"剪不断,理还乱,是离愁。别是一般滋味在心头。"这就说得非常明白了,是因为一种离愁别绪嘛。

词里面的离愁别绪我们已经读得太多了,白居易的"思悠悠,恨悠悠,恨到归时方始休",写的是离愁;秦观的"销魂,当此际,香囊暗解,罗带轻分",写的是离愁;柳永的"今宵酒醒何处,杨柳岸、晓风残月",写的是离愁;晏几道的"落花人独立,微雨燕双飞",写的是离愁;苏轼的"人有悲欢离合,月有阴晴圆缺,此事古难全",写的还是离愁……尽管每位词人的抒情角度和方法都不一样,但离愁的实质都是一样的——因离别而不舍,因不舍而相思。这样的情绪,每个人都经历过,每个人也都懂,实在不用我太多废话了。

那么,关于这首《乌夜啼》,我还能讲什么呢?说实话,我还真有很多话要讲。因为关于这首人人都懂的小词,还有一个大问题至今学术界聚讼纷纭,没有定论。

这个问题就是:这首《乌夜啼》到底是谁写的?这么美丽的一首小词,它的作者是谁呢?

这个问题要是确定不了,另外一个问题就会接踵而至。因为如果不能确定它的作者,就不能确定它写的离愁具体指向了什么人。换句话说,这首词写的是谁和谁之间的离愁呢?我之前列举的秦观、柳永、晏几道的词,写的应该都是词人和恋人之间的离愁,苏轼的《水调歌头》写的是他和弟弟苏辙之间的离愁,这些都是很容易确定的。那么这首《乌夜啼》能否坐实离愁的主角呢?

我先来说说第一个问题,关于《乌夜啼》的作者,现存的所有版本中主要有两种说法,一种说法认为是南唐后主李煜,这也是更容易被人接受的一种意见;另外一种说法认为是后蜀国主孟昶,这个观点在当代没有那么普及,可是有不少重要的古籍如《花草粹编》《古今词话》《十国春秋》等都标注是孟昶所作。

那我们不妨稍微分析一下这两位词人的不同特色。李煜的生平和主要词风,前面我已说过,所以这里暂时将他放一放,我们先来重点介绍一下孟昶。

孟昶是五代时期后蜀国主,他是后蜀高祖孟知祥的第三个儿子,出生于公元 919 年。明德元年,也就是 934 年,孟昶登基即后蜀帝位,做了三十二年的太平皇帝。直到广政二十八年,也就是 965 年,孟昶举国投降宋朝,不久即暴病而卒。

五代

从亡国之君的命运来看,孟昶和李煜的相似之处还真是多得不得了。首先,他们都是五代偏安一隅的小国君主。南唐定都金陵也就是今天的南京,后蜀定都成都,地势比南京更为易守难攻,而且巴蜀之地自古就是天府之国,物产富饶,也为帝王的富贵生活提供了源源不断的财富与资源;其次,他们都是多才多艺的风流皇帝。李煜不仅善于写词,还是音乐家、书画家,还有一个美丽多情的小周后陪伴左右,亡国之前的生活真是说不尽的富贵浪漫。孟昶在这方面可丝毫不输给李煜。孟昶对于治理国事不怎么上心,可他也是一个文艺全才。我们现在不是说成都别号"锦城"吗?孟昶就曾经命令在城上尽种芙蓉,盛开四十里,他还对左右的侍从说:"古以蜀为锦城,现在看来,这才是真的锦城呢!"

我们在说到词的发展历史的时候,首先一定要说到第一部文人词集《花间集》,《花间集》可以说是奠定了文人词的主流基调。《花间集》所收录的词人,大部分都是蜀人,或者是入蜀的词人。蜀地向来远离战乱,社会相对稳定,生活比较富裕,再加上先后建立的蜀国,史称前蜀、后蜀的帝王又都是爱好文艺的人,为娱乐性的小词发展提供了最合适的温床。比如建立前蜀政权的王建特别优待文人,深受信任的前蜀宰相韦庄就是《花间集》里最具代表性的词人之一。

到了后蜀国主孟昶的时代,词的发展更是迎来了一个高潮。在孟昶的周围,围绕着以欧阳炯、鹿虔扆、韩琮、阎选、毛文锡为代表的一批词人,其中大多数人都是《花间集》里的干将。这五个人就是因为词写得好受到孟昶的赏识,因而引起很多人的嫉妒,当时人甚至将他们并称为"五鬼"。

此外,《花间集》的编纂者就是后蜀的赵崇祚,曾经担任后蜀的卫尉少卿。其中欧阳炯还为《花间集》撰写了序言,落款处标明写序的时间是大蜀广政三年,广政正是孟昶的年号,这一年也就是公元940年,是孟昶在位的第七个年头。

在五代十国时期,词坛最引人注目的两大重镇就是蜀和南唐了,这当然与这两个地方的君王的喜好有密切关系。君王自己喜欢又大力推动,词就这样充满活力地发展、繁荣起来了。

只可惜的是,南唐后主李煜还有三十多首词流传下来,可是孟昶自己的作品并没有被完整地流传,只有苏轼曾经说过一个关于孟昶填词的故事。苏轼在他七岁的时候,偶然听到老家眉州一个姓朱的老尼姑说起孟昶的词。这个尼姑九十多岁了,自己说她年轻的时候曾经跟着师父去过蜀主孟昶的后宫。那天天气很热,孟昶和他的爱妃花蕊夫人晚上在摩诃池上乘凉的时候填了一首词,就是《洞仙歌》,尼姑还能完整地唱出来。后来又四十年过去了,姓朱的尼姑早就死了,《洞仙歌》也早已失传了,但是苏轼还记得老尼姑唱的头两句,于是一时兴起,就将整首词补充完整了。现存的这首《洞仙歌》可以看作是孟昶和苏轼的联合创作:

冰肌玉骨,自清凉无汗。水殿风来暗香满。绣帘开,一点明月窥人,人未寝,欹枕钗横鬓乱。　　起来携素手,庭户无声,时见疏星渡河汉。试问夜如何?夜已三更,金波淡,玉绳低转。但屈指西风几时来,又不道流年暗中偷换。

如果苏轼的记忆不错的话,那么起句的"冰肌玉骨,自清凉无汗"应该就是孟昶形容花蕊夫人的花容月貌了。有意思的是,还有人说后

五代

来蜀帅谢元明曾开凿摩诃池,找到了刻有这首词的古石刻,孟昶的原作也就重见天日了。孟昶的原词是这样写的:

冰肌玉骨,自清凉无汗。贝阙琳宫恨初远。玉阑干倚遍,怯尽朝寒。回首处,何必留连穆满。　　芙蓉开过也,楼阁香融,千片红英泛波面。洞房深深锁,莫放轻舟、瑶台去,甘与尘寰路断。更莫遣流红到人间,怕一似当时,误他刘阮。

如果这首词果真是孟昶原作,那么孟昶的《洞仙歌》显然比苏轼的词更加香艳,更加贴近花间风味。

好了,关于孟昶就介绍到这里。孟昶对词有如此偏爱,也堪称其中高手,他和李煜一样,有着缠绵旖旎的爱情经历。更传奇的是,他最宠爱的妃子花蕊夫人也是著名的诗人、词人,流传到今天的宫词还有一百多首。这样文艺范儿的才子佳人,并不逊色于李煜和大小周后。

这样看来,如果将《乌夜啼》的著作权归属于孟昶,也不算辱没了这首好词了。

那么,为什么又有人说这首词是李煜的作品呢?原因很简单,一方面确实有版本依据;另一方面,孟昶虽然对词的发展有巨大贡献,但他自己流传下来确切可考的词毕竟寥寥无几,而李煜在词坛的地位就是至尊无敌的了。此外,这首《乌夜啼》和李煜亡国之后的整体词风十分契合。因此,人们更愿意相信这首词抒发的不只是一般的离愁,而是"亡国之音哀以思"了。

你看:"无言独上西楼,月如钩。寂寞梧桐深院锁清秋。""无言"既有无话可说的意思,更包含有话不能说、有话不敢说、有话无人可说的多层含义,这简直就是李煜被囚禁之后的真实写照了。他有满腹的

悔恨、委屈、痛苦,却不能说,不敢说,也没有人可以听他诉说,甚至即使说出来又有什么用呢?他只能沉默无语。

也许正是为了排遣这种无处不在的孤独,他才会在失眠的深夜里独上西楼望月,偏偏他所见到的一切不仅不能为他消愁,反而更添愁绪。他抬头看见孤悬夜空的月亮并不是圆月,而是一弯残月,就如同自己伤痕累累的心,是残缺不全的,原来月亮也和他一样孤独;他低头看楼下,梧桐瑟瑟,秋意凉凉,原来人迹罕至、门窗紧锁的深深院落也和他一样寂寞忧伤。

那么,这到底是一种怎样的寂寞忧伤呢?

答案在下阕:"剪不断,理还乱,是离愁。别是一般滋味在心头。"这几句词暗用了比喻,离愁怎么可能剪得断呢?显然,词人是将离愁比喻成了一张密密实实的网,错综交织的线紧紧缠绕着他,让他拼命想剪断、想挣脱却终是挣脱不了。

这真是绝妙的比喻,将无形的情绪用有形的事物来进行比拟,使看不见摸不着的情绪变得具体可感了。而李煜的确是擅长使用这种比喻的,他会将愁绪比喻成"一江春水",会将离恨比喻成"春草",都是这种比喻手法成功使用的范例。

既然剪不断,那就看看能不能理得顺。"剪不断"是本能想要摆脱的迫切反应,"理还乱"就是退而求其次的试图平息愁绪之举了。然而词人终究陷入了进退两难的绝境,甚至连他自己也没有办法用语言准确形容这种绝望的情绪,他只好徒劳地发出最后的叹息:"别是一般滋味在心头。"所谓"别是一般滋味",意思就是我们所有能够品尝得到的滋味之外的另外一种滋味了,那是一种只可意会不可言传的滋味啊!

五代

"别是一般滋味在心头",这样的句子简直是朴素到了极致,倒真是和李煜一贯的直抒胸臆、白描手法非常相似,而且词句越朴素,情绪越沉痛,真可谓"凄凉况味,欲言难言,滴滴是泪"(陈廷焯《云韶集》卷一)。

在中华书局出版的《南唐二主词笺注》一书中,笺注者有这样一段评析,我个人认为写得非常好,借这个机会和大家分享一下:"历来诗词写离愁别恨不乏佳句。或写愁之深,如李白《远别难》'海水直下万里深,谁人不言此离苦';或写愁之长,如李白《秋浦歌》'白发三千丈,缘愁似个长';或写愁之重,如李清照《武陵春》'只恐双溪舴艋舟,载不动许多愁';或写愁之多,如秦观《千秋岁》'春去也,飞红万点愁如海';或写愁之色,如李白《菩萨蛮》'平林漠漠烟如织,寒山一带伤心碧'。这首词则写愁之味:'别是一般滋味在心头。'独特而真切,可谓味在咸酸之外,但植根于人心之中,是心之深处才可感受的滋味。刘永济更认为'盖亡国君之滋味,实尽人世悲苦之滋味无可与比者,故曰'别是一般'。"

这样看来,假如这首词真是李煜所作,大多数人都是不会有意见的。你觉得呢?

【拓展阅读】

茅暎《词的》:

绝无皇帝气,可人,可人。

陈廷焯《词则·大雅集》:

哀感顽艳。妙,只说不出。

相见欢

李煜

　　林花谢了春红,太匆匆。无奈朝来寒雨晚来风。　　胭脂泪,相留醉,几时重?自是人生长恨水长东。

　　历代的读词者几乎都认定这首《相见欢》是李煜亡国之后的作品。我们读李后主的词,总是习惯将他的词分为前后期,当他还是江南国主的时候,沉浸在富贵风流的帝王生活中,词作也大多清艳富丽;亡国降宋之后的作品浸润在悲苦的泪水中,虽然无限凄凉,却更加打动人心。这首《相见欢》就是他后期的代表作之一。

　　如果让我用一个词来概括这首词的抒情特点,我一定会选"悲情"。"悲情"这个词看上去很寻常,但对于李后主来说,他的悲情在词中的流露更具有引人共鸣的力量。因为他的悲情,并不只是一种泛泛的抒情,不是面对落花流水、季节轮回、人世沧桑而产生的一种普适性的忧伤情绪,因为这种情绪只需要词人敏锐多情的禀赋就可以产

五代

生,并不需要大起大落的具体的悲剧性事件。但是对李煜来说,他的悲情,却同时具备了两层因素,一层当然就是他自己的多愁善感的艺术天赋,另外一层就是他的确经历了常人不可能经历、也难以承受的巨大的悲剧性事件。

从读者的角度来说,悲情比快乐情绪更具有震撼的力量。无论是西方的悲剧还是中国的抒情诗,都是如此。悲剧性的事件更能激发人们的恐惧、怜悯和同情,从而达到一种情操的陶冶、净化与升华,所以在西方哲学家例如亚里士多德看来,悲剧才是最崇高的。

从作者的角度来说,悲剧性的情感更能激发创作的灵感与激情,并且产生创作的崇高感。就像亚里士多德所表述的那样,喜剧倾向于模仿比较低劣的人,而悲剧则倾向于表现更高尚、更严肃的人、事件或者是情感。

中国古代文学也有类似的说法,从司马迁的发愤著书,到韩愈的不平则鸣,"自鸣不幸"几乎是伟大文学家的一种通例,而且那些最伟大的文学经典往往都是以悲情为主旋律的。

西方的悲剧"比别种喜剧更容易唤起道德感和个人感情,因为它是最严肃的艺术,不可能像滑稽戏或喜剧那样把它看成是玩笑"。(朱光潜《悲剧心理学》)尽管悲剧不同于诗歌,但毕竟悲剧是从抒情诗中产生出来的,抒发悲剧意识的抒情诗歌无疑更能激发人性深处的同情心,而且这种同情比起喜剧色彩所引发的同情显得更为严肃更为崇高。我在这里说的"同情",是"情同此心"之意,文学作品最重要的目的之一不就是要引起读者的同情吗?一个文学作品意义的完成,不仅仅在于创作,在某种意义上更在于读者的接受和阐释。因为随着时光

的流逝,作者终究会"离场",而读者却会将作品一代一代传承下去,不断地进行再接受和再阐释。所以,评价一部文学作品,尤其是评价抒情诗歌的一个重要标尺,就是看它能否激发读者内心深处的同情。

李煜的作品无疑是最能激发读者同情的经典之一,因为他总是能够用最明白浅显的文字,表达出最深刻、最动人的悲剧情怀,这首《相见欢》就充分体现出这个特点——用最简单的语言,抒发最沉痛的悲情。

表面上看来,这不过是一首普通的伤春词:"林花谢了春红,太匆匆。"这简直就像是一句大白话:树林里的花儿已经完全褪掉了春天鲜艳的红色,时间啊,真是过得太匆忙了!

"林花"这个意象杜甫就已经用过,《曲江对雨》诗中有"林花著雨燕脂湿"。"春红"指春天红艳艳的鲜花,李白的《怨歌行》里写过"十五入汉宫,花颜笑春红",就是将少女的青春容颜与春天绽放的鲜花相比拟。

那么,用春花的凋谢来表达时光飞逝的感慨,你是不是觉得实在没什么特别的新意呢?但这么寻常的大白话,从李煜笔下流出来,就是让人感觉心中一颤,好像是被什么东西重重地敲打了一下。因为李煜的感慨是发自肺腑的真情流露,才具有这样动人的力量。

是的,真情是诗词最重要的内核。有了饱满的真情实感,外在的表现形式例如格律、典故,其实都不那么重要了。王国维评论诗词最推崇的就是这两个字——真切。"大家之作,其言情也必沁人心脾,其写景也必豁人耳目,其辞脱口而出,无矫揉妆束之态。以其所见者真,所知者深也。"这大概就是王国维对于"真切"的主要标准了。"所见

五代

者真,所知者深",自然地表达出来,当然就能沁人心脾,动人心魄了。

李煜的词,就是这样"脱口而出,无矫揉妆束之态"的真切之词。

"林花谢了春红,太匆匆。"最简单的句子,蕴藏着最深挚的感慨。"太匆匆",三个字,将春花凋零这种客观的自然景象,瞬间转到了极为强烈的主观情感。可是,李煜那种深刻的痛楚,绝对不会止于对春花凋谢的怜惜与伤感,因为紧接着的这一句"无奈朝来寒雨晚来风"将他的沉痛又推向了更深的境界。

春花已然凋零,可是早晨的寒雨、晚上的狂风还是不肯放过它们,依然在苦苦相逼,一阵又一阵地摧残着最后那一点可怜的残花。"无奈朝来寒雨晚来风","无奈"这个词,是多么直白,同时又让我们深深感受到词人内心那种撕裂般的痛!

其实"无奈朝来寒雨晚来风"这句词还有另外一个版本,写作"常恨朝来寒雨晚来风"。无论是"无奈",还是"常恨",都是将"太匆匆"的伤春情绪,进一步上升到了因为怜惜落花,而对风雨产生极致痛恨的主观情绪。朝朝暮暮,风风雨雨,风雨的无情与词人的深情形成了鲜明的对照。

其实,落花也好,风雨也罢,都不过是自然界的客观存在,可是在词人看来,任何自然的存在,都是他主观情绪的投射。这也是王国维所说的"以我观物,故物皆著我之色彩"吧!

"林花谢了春红,太匆匆。无奈朝来寒雨晚来风。"上阕只有三句,可是浓烈的情绪色彩,已经让我们分明感受到了李煜那种无法掩饰的痛苦。他哪里是在怜惜落花,分明就是对自己命运的无限伤怀!命运的变幻就仿佛是朝来雨打,晚来风吹,在风风雨雨不断的摧残折磨中,

林花褪尽残红,终于无可奈何地凋零了。看似惜花惜春,又何尝不是李后主对残酷命运的哀叹?

"胭脂泪,相留醉,几时重?"下片"胭脂泪"既是承接上片林花的颜色而来,又令人联想到女子搽过胭脂的脸颊,让泪水染成了鲜红色,"胭脂泪"就是"红泪"的意思,就好比红色的花瓣上沾染了露水,好像连露水都染成了红色一样。由此看来,"胭脂泪"是一语双关,既是写带露水的红花,更是写流泪的红颜,人和花,此刻完全融为了一体。"胭脂泪,相留醉",花与人的同病相怜让人心神悲戚,甚至到了如醉如痴的地步。

"胭脂泪,相留醉,几时重?"李煜的词特别擅长使用问句,他好像总有无数的问题,问自然,问命运,更是问自己。可是他无数次的追问却总也得不到他想要的答案,这首词也是这样。"几时重"既是词人追问凋谢的林花何时能够再开放,实际上也是词人给自己一个否定的回答:花儿再开遥遥无期。

我忽然想到我看过的一部极其经典的电影——《海上钢琴师》。男主角"1900"是一个天赋异禀的艺术家、钢琴大师,可是他生存的环境,却只能是那艘与世隔绝的远洋海轮。他拥有一颗自由不羁却又深刻孤独的灵魂,无法融入繁华热闹又复杂喧嚣的人世。然而在只属于他自己的世界里,他能够完全释放自我,他就是那个当之无愧的钢琴之王。李煜的生平经历和"1900"虽然不一样,但那颗纯粹的艺术灵魂,那颗向往自由却又深陷孤独的心灵是何其相似。

我记得《海上钢琴师》里有一句非常经典的对白:"我们笑着说再见,却深知再见遥遥无期。"("We laughed and kept saying :'see you

soon.' But inside, we both knew we'd never see each other again.")

李煜的"几时重"的追问,其实也就是因为深知"再见遥遥无期"吧?他无法再见的,不仅仅是凋谢的林花,更是他梦萦魂牵的故国,是他深爱的故人,是他再也回不去的过往。所以,结句紧接着以"自是人生长恨水长东",说明林花谢了明年还会再开,可是时光却如大江东流,载着满满的悔恨和愁恨一去不复返了。

"林花谢了春红,太匆匆。无奈朝来寒雨晚来风。"上阕写林花的悲剧命运似乎已经到了无以复加的地步,可是下阕写词人自己的命运,"胭脂泪,相留醉,几时重? 自是人生长恨水长东",悲剧的经历比起林花来又更加深入一层。"自是人生长恨水长东"与"恰似一江春水向东流"的感慨完全相同,"以水必然长东,以喻人之必然长恨。沉痛已极"(唐圭璋《屈原与李后主》)。

李后主的词,总是能带给我们这种沉痛已极的感慨与共鸣。其实,我们永远都不可能经历李煜那样的命运,但我们对他的忧伤却能感同身受,因为他用个人的命运和真切的抒情,触发了我们对于命运共同的反思。

我们也可以说,悲剧意识是人性深处的本能。虽则人人都有趋乐避祸的要求,但趋乐的过程本身就是悲剧性的。首先,追求欢乐不一定代表必然能够到达欢乐;其次,即使能够暂时到达欢乐,悲剧情感却依然是永恒的。为什么《古诗十九首》充溢着浓厚的时光之悲、命运之悲、死亡之悲? 为什么到达帝王至尊、人生欢娱之极致的刘邦在衣锦还乡之时还要唱出"安得猛士兮守四方"的茫然无助,并"慷慨伤怀,泣数行下"? 为什么桓温大将军北征,却手攀柳枝,慨叹"木犹如此,人

何以堪",且"泫然流泪"?为什么伟大的波斯王薛西斯率领浩浩荡荡的大军进攻希腊时也会潸然泪下地感叹"当我想到人生的短暂,想到再过一百年后,这支浩荡的大军中没有一个人还能活在世间,便感到一阵突然的悲哀"?欢娱是相对的,悲情却是绝对的。

  林花谢了春红,太匆匆。无奈朝来寒雨晚来风。 胭脂泪,相留醉,几时重?自是人生长恨水长东。

  因为只要人类还受到命运不可知因素的制约,还受到时光流逝和死亡的危险,人类的悲剧意识就不可能泯灭。就文学艺术而言,这种悲剧意识就是潜伏在人性深处最能激荡人心的创作原动力,而传达悲剧意识的文学作品也最能唤起接受者的情感共鸣,这种共鸣是不会受到任何时空的阻碍的。李煜对于时空的追问与悲叹,正是引起我们共鸣的一种情感来源。

五代

浪淘沙令
李煜

帘外雨潺潺,春意阑珊。罗衾不耐五更寒。梦里不知身是客,一晌贪欢。　　独自莫凭栏,无限江山。别时容易见时难。流水落花春去也,天上人间。

这是对我个人影响非常深远的一首词,在某种程度上说,是它让我从此迷上了古典诗词。那是在我读小学的时候,大概八九岁的样子,一次很偶然的机会我读到一首词:"帘外雨潺潺,春意阑珊。罗衾不耐五更寒。梦里不知身是客,一晌贪欢。"当时心里一动,那应该是我第一次在读到古典诗词的时候,体会到了一种"怦然心动"的感觉。虽然那个年纪的我,并不知道这首词是谁写的,甚至我也说不清为什么会被它打动,只是朦胧地觉得,它很优美,还有一种忧伤的感觉。

后来我才知道,这首词就是李煜的《浪淘沙令》。

帘外雨潺潺,春意阑珊。罗衾不耐五更寒。梦里不知身是客,一

饷贪欢。独自莫凭栏,无限江山。别时容易见时难。流水落花春去也,天上人间。

这首词的词牌有的版本也会写作《浪淘沙》。《浪淘沙》是唐代教坊曲,早在中唐的时候白居易、刘禹锡就已经用这个调子填过词了,不过他们填的《浪淘沙》都是七言绝句的形式。比如刘禹锡的《浪淘沙》词:"九曲黄河万里沙,浪淘风簸自天涯。如今直上银河去,同到牵牛织女家。"到南唐后主李煜这里,才开始创作分为上下片双调的长短句词,又称为《浪淘沙令》。"令"原指从唐代大曲里面摘取的片段,后来将字句不多的小调短曲称为"令",又称为小令,或者令曲。

我在读诗读词的时候,常常会有一种感觉,这种感觉,说不定你也有过,那就是每次我们在读到一首诗词的时候,常常是首先被其中的某一两句所打动,甚至隔了很久之后,当我们再回忆,不见得还能想起整首作品,就只记得其中写得最好的那几句,这就是所谓的名句效应。我们可能都能背得出很多名句,但未必能背得全所有的诗词。随便举两个例子,你一定知道"腹有诗书气自华"这句诗吧?可是有多少人能完整地背出苏轼这首《和董传留别》呢?你也一定知道"执子之手,与子偕老"这两句吧?可是,又有多少人能完整背出《诗经》里的这首《击鼓》呢?像这样的例子真是太多了。

我更愿意换一个词来解释这种名句现象,这个词就是"词眼",也就是一首作品中最重要的那个词语,也可以引申为最重要的那个句子,就好像"画龙点睛"的眼睛一样,它可能是理解整首作品的关键,也可能是整首作品最有神采、最容易让人记住的地方。

当然,每个人的人生经验和阅读体验都不一样,所以每个人理解五代

的"词眼"也可能是不一样的。比如说我吧,我在第一次读李煜这首《浪淘沙令》的时候,最喜欢的句子是"帘外雨潺潺,春意阑珊。罗衾不耐五更寒"。阑珊,就是渐渐衰减、萧瑟的意思。帘外的雨声淅淅沥沥,断断续续,又是连绵不绝,就好像是春天的脚步一样,慢慢地越走越远了。"罗衾不耐五更寒",薄薄的锦被,又怎么抵挡得住五更天的寒意呢?

古人把一夜分为五更,每更两个小时左右。"五更"可以有两种意思,一种意思是指第五更天,也就是天快亮的时候,大约相当于现在的凌晨3点到5点。另外一种意思就是指从黄昏一直到第二天黎明,整整一个晚上的时间,大约相当于从前一天傍晚7点到第二天早上5点的样子。

那么"罗衾不耐五更寒"的五更到底是特指天快亮的时候,还是说持续了整整一个晚上呢?

好像两种解释都可以说得通。词人失眠了,一直听着帘外雨声潺潺,整整听了一夜,又冷又寂寞,翻来覆去一晚上都没睡着。

另外一种解释就是,五更天的时候词人突然醒了过来。我们都知道,天亮前的那个时间点一般就是一天之中气温最低的时候,再加上外面还下着雨,词人一个人在黑暗中,裹着一床薄薄的被子,就更加觉得冷飕飕的了。

"帘外雨潺潺,春意阑珊。罗衾不耐五更寒。"这真是很美很萧瑟的句子,难怪我第一次读到这首词的时候,就怦然心动了。当然,那个时候毕竟我还只是个小女生,喜欢的就是这种文艺小清新的句子,看上去很唯美,还带着点儿无病呻吟的伤感。

可是当我的年纪越来越大,对李煜的了解越来越深,当我再反复品读这首词的时候,我发现,其实最打动我的"词眼"却是这两句:"梦里不知身是客,一晌贪欢。"

为什么读小学的时候,我最喜欢"帘外雨潺潺,春意阑珊"这样读起来很唯美很忧伤的句子,现在却更喜欢"梦里不知身是客,一晌贪欢"呢?

那是因为我现在读词,不再只是被字面的美丽所打动,更会被它后面隐藏的深意所打动,而且我也终于明白,这样的词句,绝对不只是无病呻吟的文艺小清新,而是遭遇过人生剧痛之后的悲剧情怀。

读这两句词,有三个关键字值得我们特别注意,一个是"梦",一个是"客",还有一个是"贪"。

"梦"字说明了李煜写这首词是有感而发,最直接的感发元素就是他做的一个梦。

"客"字说明他在梦中进行了一次身份转变,也就是从客人到主人的转变。而且很显然,这种身份的改变在现实生活中是绝对不可能发生的。

一个"贪"字,又说明,他非常贪恋这种身份的改变,因为梦中的身份转变给他带来了巨大的欢乐,让他无比留恋,无比沉醉,哪怕那点快乐是那么短暂。梦醒之后,他还久久停留在梦境的回味中,甚至忘了在现实当中,他早已不是主人,而是千里之外的异乡客了。

"帘外雨潺潺,春意阑珊。罗衾不耐五更寒。梦里不知身是客,一晌贪欢。"既然这首词是李煜梦醒之后的感慨,那么"罗衾不耐五更寒"中的五更,应该指的是天快亮的时候。梦里的快乐一旦消逝,词人

从温暖的梦境中,被硬生生地拽回到现实中来,才越发显出五更天的寒意彻骨。

"梦里不知身是客,一饷贪欢。"如果只是一个普通的美梦成空,那都说不上是什么悲剧情怀。可是对于李煜来说,他的梦境和现实的对比,主人和客人身份的转变,那才真是生命中不能承受之重。

那么,到底该怎么理解这两句词的深意呢?我想用宋代蔡绦的一段话来揭示这首词的主题:"南唐李后主归朝后,每怀江国,且念嫔妾散落,郁郁不自聊。尝作长短句云:'帘外雨潺潺,春意阑珊。罗衾不耐五更寒。梦里不知身是客,一饷贪欢。 独自莫凭栏,无限江山。别时容易见时难。流水落花春去也,天上人间。'"(《西清诗话》)

这段话揭示了理解这首词的一个关键,那就是李煜是在什么时候写的这首词。是在他"归朝"后,也就是在他投降宋朝之后,他从南唐国主变成了流落异乡的囚徒——"梦里不知身是客"。现在的他,不是一个普通的异乡客,而是大宋王朝严密监视下的亡国囚徒。这种身份的转变,就发生在北宋开宝八年(975),宋朝军队的统帅曹彬接受了李煜的投降。

作为南唐国君的李煜,率领亲属和随从官员"肉袒"出降,这意味着他从神圣的一国之君,从此沦落为耻辱的亡国之君;这也意味着他的称号从"江南国主"即将变成大宋王朝的"违命侯",永远离开了他的故都金陵,被软禁在开封;意味着中国的版图上,从此少了一个国号为"唐"史称"南唐"的国家……

这一年,李煜三十九岁,他在南唐国主的位子上已经坐了十五年。而他的人生,从此进入了屈辱、痛苦的下半场。

在宋朝的时候,像李煜这种亡国之君的下场,真是步步惊心,如履薄冰。举个例子,后蜀国主孟昶在965年投降宋朝,之后孟昶一行抵达汴京,宋太祖赵匡胤下诏赐孟昶为秦国公,又是赐府第,又是赐宴,还赐给孟昶的母亲金银财宝无数,尽显圣眷优容。可是,孟昶还没有来得及享受身为"秦国公"在大宋都城的"新生活",即暴病而卒。

有后蜀国主孟昶这样的前车之鉴,李煜怎么会不胆战心惊呢?李煜的处境,比孟昶也好不到哪里去。他在南唐的故人,他曾经最信任的大臣都疏远了他,孤独成了他的基本生活状态。例如李煜曾经最为倚重的南唐大臣徐铉,跟着李煜投降宋朝之后被任命为左散骑常侍,迁给事中。有一天宋太宗赵光义故意冷不丁问徐铉:"最近你去看过李煜吗?"

徐铉吓了一跳,赶紧回禀:"没有陛下的旨意,臣怎么敢私自去见他呢!"

赵光义笑笑说:"没事儿,你尽管去见他,就说是我同意了的。"

于是徐铉来到李煜府上,在门口下马,对看门的老兵说:"我想拜见太尉。"

看门人头一摇:"陛下有旨,任何人不得与他相见。"

徐铉赶紧解释:"你放心,我正是奉圣旨来的。"

老兵这才慢腾腾地进去通报。过了许久,李煜才穿戴着道服纱帽走了出来。徐铉鼻子一酸,赶紧准备下拜,李煜上前扶住他,对他说:"今天你我是什么关系,何必还行此大礼?"

昔日君臣对坐良久,居然都找不出一句可以说的话。又过了很久,李煜才长叹了一声说:"悔不该当时错杀了潘佑、李平。"潘佑、李五代

平都是李煜在南唐时的旧臣,李煜这声长叹流露出强烈的思念故国、对当初错误决定的痛悔之情。可是徐铉,不敢轻易接话——作为亡国君臣,动辄有性命之忧,怎么还敢随便怀念过去,表达对新朝的不满呢?

果然,这次拜见之后,宋太宗立即召徐铉去问话,问他李煜都说过些什么。徐铉不敢隐瞒,只好一五一十地交代。李煜的痛悔之情让宋太宗心生忌惮,也就此埋下了祸根。

理解了李煜成为亡国奴之后的处境,我们就更能体会"梦里不知身是客,一饷贪欢"这样浓郁的悲剧情怀了。

这首词看上去是在写梦,其实句句都是在写李煜现实生活的情绪。李煜的前半生作为一国之君,享受着富贵风流的帝王生活,就像他的《玉楼春》词写到的那样:"笙箫吹断水云间,重按《霓裳》歌遍彻",夜夜笙歌,美女如云,那是他人生的上半场。

可是,李煜的后半生,却只有在梦里才能重返故国;只有在梦里,他才能和南唐的故人一起重享短暂的欢娱;只有在梦里,他才能暂时忘记作为亡国奴的屈辱和痛苦,这也是李煜在后半生总是贪恋梦境的主要原因。除了这首《浪淘沙令》,他还有很多词也在抒发着对于梦回故国的依依眷恋,例如"故国梦重归,觉来双泪垂""往事已成空,还如一梦中"(《子夜歌》),"世事漫随流水,算来梦里浮生"(《乌夜啼》)等。

公元1127年,北宋灭亡,宋徽宗赵佶被金人俘虏到北方,曾经写过一首亡国之词——《燕山亭》。这首《燕山亭》常常被拿来与李煜的《浪淘沙令》相比较,因为这两首词都写到了亡国之君的故国之梦。宋

徽宗《燕山亭》的下阕有这样几句："天遥地远,万水千山,知他故宫何处？怎不思量,除梦里、有时曾去。无据,和梦也新来不做。"梁启超曾经说宋徽宗是李煜"后身",甚至宋徽宗的词比李煜的词更加凄惨,因为李煜还能在梦中贪恋曾经帝王般的快乐,宋徽宗却是绝望地悲叹"和梦也新来不做",连梦都不肯给他重回故国的机会啊！

理解了"梦里不知身是客,一晌贪欢"的沉痛,也许我们就更容易理解下阕的情感了："独自莫凭栏,无限江山。别时容易见时难。流水落花春去也,天上人间。"

下阕是纯粹直白的抒情,这就是那个毫不掩饰的李后主。他不敢独上高楼,不敢独自凭栏,不敢眺望远方……因为他控制不住地想要眺望的方向,一定是他故国的方向,是他永远的伤心地,那曾经是他的国家、他的江山啊！可是,"别时容易见时难",他已经永远丢失了他的国家,这样的永别,就好像流水带走落花,就好像春光消逝,一去不复返了。如果说,他的人生上半场,就好像是天堂的主人,挥洒着短暂的幸福快乐,那么他的人生下半场,就是屈辱的异乡客,浸泡在亡国之恨的泪水当中。人生的沧桑巨变,好像是天上人间的巨大落差,他永远,永远,都回不去了！

帘外雨潺潺,春意阑珊。罗衾不耐五更寒。梦里不知身是客,一晌贪欢。　　独自莫凭栏,无限江山。别时容易见时难。流水落花春去也,天上人间。

据说,写完这首《浪淘沙令》后不久,李煜就去世了,所以,有人还把这首词看作是李煜的绝笔词。我们常常把特别投入情感的创作说成是"用生命在写作"。李煜的词,是用他全部的生命,写成了一个个五代

饱含血泪的文字,就像王国维说的那样:"后主之词,真所谓以血书者也。"

【拓展阅读】

刘永济《唐五代两宋词简析》:

此亦托为别情,实乃思念故国之词。"流水"句,以比"见时难"也。"流水""落花""春去",三事皆难重返者,当未流、未落、未去之时,比之已流、已落、已去之后,有如天上比人间,以见重见别后之江山,其难易相差,亦如此也。

虞美人

李煜

春花秋月何时了,往事知多少?小楼昨夜又东风,故国不堪回首月明中。　　雕栏玉砌应犹在,只是朱颜改。问君能有几多愁,恰似一江春水向东流。

《虞美人》是唐代教坊曲,原本是古琴曲的名称,后来用为词调名,这个名称的由来的确和一位著名的古典美人有关,那就是项羽的宠姬——虞姬。根据《史记·项羽本纪》的记载,当年楚汉相争,刘邦将项羽围困在垓下,项羽晚上听到四面楚歌声,自知已经无法突围,他在自刎以谢江东父老之前,创作了那首著名的《垓下歌》:"力拔山兮气盖世,时不利兮骓不逝。骓不逝兮可奈何,虞兮虞兮奈若何!"他一边慷慨悲歌,一边拔剑起舞,似乎要将满腔悲愤和无奈全都融化在歌声与剑舞之中。

这首《垓下歌》中的"虞兮虞兮奈若何",就是指一生相伴项羽左

右的虞姬。《史记》的原文是这么说的:"有美人名虞,常幸从;骏马名骓,常骑之。"项羽在绝命之际,最放不下的就是他相随一生的虞美人和乌骓马了。"歌数阕,美人和之。"当项羽悲歌慷慨的时候,虞美人也泪流满面地应和着他的歌声。"项王泣数行下,左右皆泣,莫能仰视。"这是何等悲壮的诀别场景!

《虞美人》作为词牌名,既然取自项羽与虞姬的凄美爱情故事,那么这个曲调的旋律自然也应该是哀婉凄绝的,因此以《虞美人》作为词调来填写的歌词,大多抒发悲伤的情绪。李煜的词虽然与项羽、虞姬的故事早已没有关联,但这首《虞美人》包含的情意的悲怆,丝毫不亚于项羽与虞姬的绝命之辞。因为根据前人的文献记载,这首《虞美人》很可能就是李煜去世之前留下的最后几首作品之一。

公元978年,也是李煜投降宋朝、被软禁在汴京城的第三年,在这年七夕的夜晚,是李煜虚岁四十二岁的生日,他苦中作乐,命人在府中唱他写的这首《虞美人》。

作为一个亡国之君,李煜的一言一行都受到了严密的监视,据说很快这首词就传到了宋太宗赵光义的耳朵里。太宗大怒:"你一个亡国之君,怎么还敢公然唱什么'小楼昨夜又东风,故国不堪回首月明中'?居然还敢念念不忘你的故国?"于是,赵光义命人到李煜府上,赐给他一壶酒,酒里已经放了剧毒的"牵机药",一代词人就这样陨落了。

后来清代学者王士禛在《五代诗话》中转引了宋人邵伯温的一段话,这段话提到了北宋初年几位亡国之君的遭遇:南唐李煜是太平兴国三年也就是978年七月初七去世的,同样是投降宋朝的吴越王钱俶是雍熙四年(实为端拱元年,即988年)八月二十四日去世的。这两位

亡国之君去世的日子都恰恰是他们各自的生日,而且去世之前,都有宋太宗赵光义派遣太监去他们府上赏赐钱币、酒肴等,他们也都是喝完御赐的酒之后暴卒的。这样的"巧合",不得不让人联想到是宋太宗的有意安排。南唐后主李煜是因为《虞美人》毫不掩饰地流露出思念故国之情,所以惹怒了宋太宗,导致杀身之祸。吴越王钱俶也写过"帝乡烟雨锁春愁,故国山川空泪眼"的诗句,"其感时伤事",不减于李后主。如果这个文献所说是事实的话,那么这两位亡国之君的"诞辰之祸",大概都是源于他们率性而悲情的文字吧!

这首《虞美人》,还有此前我们解读过的《浪淘沙令》"帘外雨潺潺"都极有可能是李煜生命最后阶段的作品,而且这两首词在词史上都获得了非常高的评价。就说《虞美人》吧,清代词学家陈廷焯评价说:"一声恸歌,如闻哀猿,呜咽缠绵,满纸血泪。"(《云韶集》)可见,这样的文字,打动人心的正是它深入骨髓的悲情。

那么李煜的这首词到底为什么能将悲恸的情感描写得如此惊天地、泣鬼神呢?

我个人以为,这首词的巨大感染力可以用两个词来概括,第一个词是绝望,第二个词是挣扎。

绝望是心境,是对未来毫无希望、断绝一切念想的一种心理状态;而绝望中的挣扎,却是一种行为,是明知毫无希望,却仍然费尽一切力量企图抓到一根莫须有的救命稻草。就好比是一个溺水的人,明明已经沉入深渊,毫无获救的可能,却依然拼命地挥着手、蹬着脚,做着最后的、徒劳的努力。那么,李煜又是如何通过文字来表达这种绝望和挣扎的呢?我们这就来仔细品读这首"满纸血泪"的《虞美人》。

五代

该词劈头一句"春花秋月何时了"就是绝望情绪的呐喊。春花和秋月原本是自然界非常美好、赏心悦目的景色,对于正常人来说,艳丽的春花和高洁的秋月,是一定能给人带来愉悦情绪的美景。更何况,李煜本人就是一个文艺气质十足的词人,在亡国之前,他还是江南之主,无论是物质条件,还是精神条件,都足够让他从容享受年复一年春花秋月的美好,并且这种物质享受还能通过他天才般的艺术修养,转化成最动人的文字。

我们不妨来读读他的两首《望江南》:

闲梦远,南国正芳春:船上管弦江面绿,满城飞絮滚轻尘。忙杀看花人。

闲梦远,南国正清秋:千里江山寒色暮,芦花深处泊孤舟。笛在月明楼。

第一首写的是江南的春天,"南国正芳春"。一句"忙杀看花人",正是江南繁华春景的再现,也强化了李后主爱春、赏春、惜春的情绪。

第二首《望江南》"南国正清秋",写的是江南的秋天。"笛在月明楼"一句,充分体现出了李后主吟赏秋月的浪漫气质和悠闲情韵。

这两首《望江南》有可能是后主归宋之后回忆故国江南的作品,也有可能是投降之前描写江南美景的作品,无论是何时所作,都无不流露出李煜对自然情趣的欣赏和爱惜。

可是,在《虞美人》中,春花不再浪漫,秋月不再清新,一句"春花秋月何时了"的质问,尤其是"何时了",好像有千钧之力。"何时了"只有三个字,可是我们如果试图翻译成现代汉语的话,可以有不同的版本。正常的版本可以是这样的:春天的花儿秋天的月啊,年复一年,

周而复始,什么时候才是个尽头呢?

我们还可以换一种更口语化的版本:春天的花儿秋天的月啊,你们这样来来去去的,无休无止,你们烦不烦哪?

不过,"春花秋月何时了"这样的句子,最好是不要任何蹩脚的翻译,它只需要我们沉静下来,用心去体会李煜彼时彼刻的绝望心境。当他不再有任何欣赏春花秋月的兴趣的时候,季节的轮回,景色的转变,对一个阶下囚来说,早已没有任何意义。春花秋月这种源于自然的生命情趣,他已无心留恋。"何时了"三个字,听上去简单,实际上是对生命表示决绝的一种强硬态度。正像当代词学家唐圭璋先生所说的那样:"问春花秋月何时了,正是求速死也。"(《屈原与李后主》)这就是绝望,这就是生无可恋的死地,这就是李煜了无生趣的心境。春花秋月可以无穷无尽地循环下去,可是人的生命却是短暂的,是有限的,人生的有限与自然的无限,这种不可调和的矛盾,在起句七字"春花秋月何时了"里面,便已涵盖无遗。

"春花秋月何时了",一句突兀、沉重却又无奈的质问,奠定了整首词绝望情绪的基调。这首词通篇采用问答,以问起,以答结,而这样一问一答的创作模式,实在是李后主深陷绝望时最后的挣扎。"春花秋月何时了,往事知多少?"他面对春花秋月之轮回不休,转而感叹人的生命随着每一度花开花落、月圆月缺而长逝不返,所以从质问春花秋月,转而向人生发出质问——往事知多少?这第二个问题,一下子从伤春悲秋转到了人生现实。

"往事"自然是指他还在做江南国主的时候,"小楼昨夜又东风"是指他投降宋朝后倏忽又过了一年的光阴。一年又一年,对一个阶下

五代

囚来说,失去自由的日子,只不过是无意义的重复而已,又何异于最漫长的煎熬与折磨呢?这种对于"往事"的无限留恋,无限追悔,可以说是李煜归宋之后词作的主旋律。

比如这首《子夜歌》,也是李煜后期咀嚼孤独、沉溺于回忆的沉痛之作:

人生愁恨何能免,销魂独我情何限。故国梦重归,觉来双泪垂。　高楼谁与上?长记秋晴望。往事已成空,还如一梦中。

短短一阕小词,竟然接连出现两个"梦"字:"故国梦重归,觉来双泪垂""往事已成空,还如一梦中"。可见,作为受到严密监视的亡国囚徒,李煜人生的唯一希望,就是在酒醉之后的梦境中,重回江南,重返故国,重温往事。可是梦境越美,梦醒之后的现实越残酷。"往事已成空,还如一梦中"这样的句子,和《虞美人》中"往事知多少"的质问两相呼应。人生如梦的感慨,对于别人来说,可能只是矫情的抒情,而对于李煜来说,却是以生命为代价换来的人生体验。

"春花秋月何时了,往事知多少? 小楼昨夜又东风,故国不堪回首月明中。"也许再没有人能像李煜这样体验到人生如梦的宿命感了:仿佛昨天还在听着教坊新曲,享受着通宵达旦的歌筵酒席,吟咏着春花秋月的浪漫,今天就只能远在异国,咀嚼着亡国之君的耻辱,体味着空虚寂寥的囚徒生活。感性如李煜,无法解释人生对他的嘲弄,只有将一腔悲怆尽付词笔,在梦里重回故国,重新抚摸故国的土地,俯瞰故国的江山。

"小楼昨夜又东风,故国不堪回首月明中。""小楼昨夜又东风"更具体印证了春花秋月无法终了的事实,"又"字是"了"字的继续,但情

景已缩小到"小楼昨夜"这个相当明确的地点与时间之中。由小楼而联想到故国,过渡极其自然。在往事如云的梦中,李煜还是一个富有江南的一国之主,可现如今的他却是孤居小楼的亡国奴,形同软禁,不能随意与任何人接触。不要说千里之外的故国了,即便是近在眼前的南唐旧臣,他也不能相见。当年的往事又怎堪回首?即便挣扎着回首,看到的也全都是无穷无尽的痛苦和悲哀。

"春花秋月何时了,往事知多少",是情绪的绝望;"小楼昨夜又东风,故国不堪回首月明中",是绝望中徒劳的挣扎。所以,"不堪回首"四个字真是从心中滴出,字字泣血。"月明中"既是呼应起句"春花秋月"中的"月",也是将只属于李煜个人的小楼、故国,统统笼罩在这永恒无限的月色中,李煜个人的浓厚悲哀自然也就直逼我们眼前了。

"雕栏玉砌应犹在,只是朱颜改。问君能有几多愁,恰似一江春水向东流。"不堪回首,却偏偏忍不住要回首。"雕栏玉砌应犹在"就是李煜"回首"看到的印象之一。"雕栏玉砌"是指雕有精美图案的栏杆和玉石铺就的台阶,词中泛指精美的宫殿建筑。那曾经是他的宫殿,是南唐壮丽的皇宫,然而物是人非的感慨已经喷薄而出。"雕栏玉砌应犹在"看上去是陈述句,实际上也暗含反问。或许我们把它翻译成这样的表达更合适:当年巍峨壮丽的宫殿应该还在吧?可是国主却不再是那个叫作李煜的人了。

李煜三十九岁投降,四十二岁去世,在宋朝生活的时间不过三年,按正常的生理年龄来说,四十二岁的李煜还正当盛年,可是他哀叹"只是朱颜改"却并非无病呻吟。或许从一个意气风发的君主到奴颜婢膝的阶下囚,这样的人生落差,是真的可以彻底摧毁一个人的健康与心

境,是真的可以让人一夜白头,黯淡憔悴的。

"问君能有几多愁,恰似一江春水向东流。"这是抒发愁绪的千古名句。李白写愁曾经说过:"请君试问东流水,别意与之谁短长。"李颀写愁曾经说过:"请量东海水,看取浅深愁。"白居易写愁说过:"欲识愁多少,高于滟滪堆。"刘禹锡写愁也说过:"水流无限似侬愁。"以水喻愁并不是李煜的首创,但是能够青出于蓝而胜于蓝,实在是因为李煜愁之深、愁之多、愁之无限。这些愁绪全部包含在"一江春水向东流"这七个字中,沉痛之情,让人不忍卒读。

春花秋月何时了,往事知多少?小楼昨夜又东风,故国不堪回首月明中。 雕栏玉砌应犹在,只是朱颜改。问君能有几多愁,恰似一江春水向东流。

一首《虞美人》,从"春花秋月何时了"的质问开始,到"问君能有几多愁"的质问结束,整首词,始终在问与答中层层推进。问,是绝望的问,问自然"春花秋月何时了",问命运"往事知多少",问自己"问君能有几多愁";答,是挣扎着答,故国不堪回首,愁如春水东流,人生再也回不到过去……

【拓展阅读】

唐圭璋《南唐二主词汇笺·南唐二主词总评》:

自来论南唐二主词者,无不赏其艺术高奇,秀逸绝伦,既超过西蜀《花间》,又为宋人一代开山。尤其后主晚期,自抒真情,直用赋体白描,不用典,不雕琢,血泪凝成,感人至深。